최강끼리 맞선 본 결과 2

히시카와 사카쿠 지음
U35 일러스트
정우주 옮김

아그니스 님!

몍을 감는다고 들어서

저도 무심코 수영복을 입고

와 버렸어요!

"좋았어! 미리 수영복 차림이 돼서……."

레바민트 왕국
제1왕녀

에리카 리히트슈타인

"……그, 그런가?"

그 정도야…… **당연하지.**

후후후,
입으로는 싫다고 해도
속으로는 좋으면서!

다리를 뻗을 수 있을 만큼 넉넉하게 큰 욕조 속에,
두 소녀가 알몸으로 마주 앉아 몸을 담그고 있었다.

차
례
[contents]
2

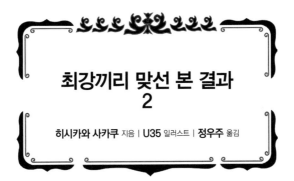

최강끼리 맞선 본 결과
2

히시카와 사카쿠 지음 | **U35** 일러스트 | **정우주** 옮김

SNOVEL

커버·권두·본문 일러스트 | **U35**

아침 안개 속에, 흙먼지를 일으키며 도로를 나아가는 마차가 있었다.

마차를 이끄는 건 함초롬한 털이 돋보이는 말 두 마리. 그 마차 안에 한 소녀가 조용히 앉아 있다.

가련하다는 말이 잘 어울리는 용모로 들에 핀 꽃처럼 청아함과 동시에 살며시 색기도 감도는 소녀. 어깨 언저리까지 부드럽게 자란 물빛 머리카락이 바람에 흔들리고, 시원스러운 다갈색 눈동자는 창밖 풍경에 고정되어 있다.

그녀의 시선 끝, 아침놀이 진 아득히 먼 하늘에 어렴풋이 먹구름이 모습을 드러냈다.

이제 곧 한바탕 비가 내릴지도 모른다.

소녀는 잠시 밖을 바라본 후, 그 눈동자를 천천히 손에 든 편지로 향했다.

──동방 삼국 회의 핵심.

그렇게 적힌 지면을 물끄러미 바라보면서 종소리처럼 맑은 목소리로 입을 열었다.

"시렌, 예의 자료를."

소녀는 마주 앉은 다른 소녀에게 말했다. 얌전해 보이는 인상에 진회색 머리카락을 눈썹 주위에서 옆으로 가지런히 자른 소녀.

그 소녀는 짐에서 몇 장의 종이를 꺼내 들고서 가련한 소녀에게 건넸다.

끝에 극비라는 붉은 인장이 찍힌 종이인데, 겉에는 짧은 설명문이 나열되어 있다.

"……동방의 거물, 에스키아 공화국, 이그마르국. 주요인물 명부——."

자료를 받아든 소녀는 종이를 팔락 넘기며 다음 페이지를 훑었다.

"에스키아 공화국. ——국가 원수, 원로원, 대귀족 삼대공……."

작게 중얼거리면서, 그 가늘고 하얀 손가락을 지면 위에 미끄러뜨렸다.

그리고 서서히 내려가던 손가락 끝이 어느 부분에서 뚝 멈췄다.

"……삼대공 필두 레스터가, 삼남. 아그니스 레스터."

소녀는 밑줄이 그어진 이어지는 문장을 확인하듯이 읽어나갔다.

"숙적 이그마르 왕국과의 '동국전쟁'에서 무명을 떨친 남자. 오합지졸이지만 강력한 부대를 이끌고, 여차할 때는 홀로 전황을 뒤집는다. 그 특수한 검술로 인해 '플레임 로드(옥

염제)'라는 별명으로 불리기도 하는——."

　윤기 나는 입술은 마지막에 이렇게 말을 맺었다.

　"——'최강'의 검사."

코베르나 대륙.

세계 최대의 육지 면적을 자랑하는 이 대륙에는 일곱 개의 대국을 중심으로 크고 작은 세력이 난립하고 있다. 국가 간의 줄다리기가 매일같이 반복되는 이 땅에서, 어느 나라에도 속하지 않은 영역이 세 개 있다.

첫 번째는 스폿(장역)이라고 불리는 장기(瘴氣)가 떠도는 마수 다발 지역.

두 번째는 정령 신앙의 총본산인 신성교회.

그리고 세 번째가 상인 연합이 관할하는 교역로와 상업특구.

동쪽의 두 나라라고 불리는 에스키아 공화국과 이그마르 왕국에서 그리 멀지 않은, 이 리피르라는 도시도 그런 상업특구 중 하나이다.

거리는 사람으로 가득하고, 나란히 늘어선 상점 앞에는 판매원들이 높다란 목소리로 호객 행위에 열중한다. 가판대에서 피어오른 먹음직스러운 냄새는 거리의 열기와 뒤섞여 이곳이 상업 특구라는 사실을 여실히 증명한다.

그러나, 평소라면 활력으로 가득했을 리피르 거리가 지금은 쥐죽은 듯이 조용했다.

하늘에 낀 먹구름.

오전부터 내리기 시작한 비가 격렬함을 더해 억수로 내렸다.

"그러고 보니 흄이 시작될 시기인가. 기후가 거칠어질 만하군."

벽돌로 지은 저택 창에서 인적 적은 거리를 바라보면서 남자가 중얼거렸다.

느슨하게 묶은 갈색 긴 머리카락에 길게 째진 눈동자. 허리에 장검을 차고 주름 하나 없는 군복을 단단한 몸에 둘렀다.

남자는 조각처럼 단정한 흰 얼굴을 등 뒤에 선 다른 남자에게 향했다.

"그래서. 이 이상 손을 빌려줄 수 없다는 건 무슨 뜻이지?"

"......"

질문을 받은 남자는 잠시 침묵한 뒤, 낙낙한 사교복 소매를 흔들며 씁쓸하게 입을 열었다.

"아까 말씀드린 그대로입니다, 랄프 레스터 님. 우리 신성교회는 앞으로 에스키아 공화국과 이그마르 왕국의 동맹 교섭 사이에 서지 않겠습니다."

랄프 레스터—— 에스키아 공화국 명문 삼대공의 필두인 레스터가의 장남.

그리고 국군 총사령관이기도 한 남자는 가볍게 콧소리를

울리면서 물었다.

"이유를 들려주실까?"

"당신들 동맹 조건은 양국 '최강' 전력끼리의 혼인이죠. 저희는 그 교섭을 맡아 말라드리아구 성당을 맞선 장소로 제공했습니다."

"물론 알아. 그때는 신세를 졌군."

"그렇다면 아시겠죠? 저희 신앙의 장이기도 한 성당이, 맞선 장본인에 의해 두 번이나 무너졌습니다. 더 이상 저희로서는 감당할 수 없다고 판단했습니다."

에스키아 공화국과 이그마르 왕국은 대륙에서도 유명한 견원지간이다. 두 나라는 오랜 시간에 걸친 '동국전쟁'이라 불리는 전쟁을 이어왔지만, 갑자기 대륙 서방에 나타난 군사국가 기르강디아 제국의 대두에 대응하기 위해 중립 세력인 신성교회의 중개로 동맹을 향한 교섭을 진행했다.

그 동맹 조건이란 두 나라가 보유한 '최강'── '플레임 로드'와 '블리자드 로즈(빙결희)'의 결혼.

그러나 맞선을 집행했던 성당은 확실히 두 번에 걸쳐서 완전히 대파되었다.

──동생이란 놈이……. 항상 수고를 끼치는군.

랄프는 속으로 혀를 차면서 담담하게 대꾸했다.

"불미스러운 일이 있었던 건 인정하지만, 적어도 두 번째로 성당이 파괴된 것은 이쪽 실수가 아니야. 그건 기르강디아 제국의———.”

“증거는 없습니다. 게다가 감당할 수 없다는 의미로는 마찬가지입니다.”

사교는 입술을 깨물며 대답했다.

제국의 수하가 맞선을 중개했던 말라드리아구의 교회에 숨어들었던 것. 그리고 인간을 마수화하는 기술을 가졌다는 것.

여동생 메이에게서 그 보고를 들었지만 확실한 증거는 무엇 하나 남지 않았다. 당시 중개를 담당했던 여사교도 지하에 감금되어 있었기 때문에 제삼자의 증언도 얻지 못했다.

“감당할 수 없다니. 천하의 신성교회가 하는 말이라고는 여길 수 없군. 그 말을 액면 그대로 받아들이라고?”

랄프는 시험하듯이 말하며 신성교회의 남자를 노려보았다.

“어딘가에서 압력을 받았나? 그게 아니면 내분이라도 있었나? 차기 법왕 선거도 가까워졌겠지. 지금까지 에스키아 공화국으로써도 교회에는 상당한 액수를 기부해왔는데.”

“……”

사교는 미간에 작은 주름을 잡으며 씁쓸하게 대답했다.

“어떻게 생각하시든 상관없습니다. 이게 교회의 현재 의향입니다. 저희가 협력할 수 있는 건 오늘 동방 삼국 회의의 개최까지입니다.”

동방 삼국 회의.

기르강디아 제국에 대한 정보 교환이나 앞으로의 보조를 맞추기 위한다는 명목으로, 일곱 대국 중 동쪽에 있는 세 나라의 외교회의가 여기 리피르 거리에서 개최되려고 한다.

"그게 교회가 남겨주는 선물이라는 건가. 뭐, 좋아. 에스키아는 외교 담당자를 더해서 이 몸까지 왔다. 그러니 다른 나라 놈들은 제대로 모습을 드러내겠지?"

랄프의 물음에 사교는 고개를 끄덕였다.

"네, 조금 전에 이그마르 왕국의 관계자가 도착했다고 연락이 왔습니다. 참석한 것은 외교 차관과──."

"──어머어, 오랜만이네. 대장군 각하."

응접실 문이 열리고 끈적한 목소리가 실내에 스며들었다. 빛나는 금발을 나부낀 여성이 발소리도 내지 않고서 다가왔다.

오른쪽은 비취, 왼쪽은 호박인 오드아이. 미를 형상화한 듯한 아름다운 몸매는 시선을 사로잡지만, 전신에서 불길함이 스멀스멀 피어오르는 듯한 여자.

이자벨라 엘드리트── 이그마르 왕국의 제1왕위계승자이다.

"……흥, 이그마르의 암여우인가. 어쩐지 아까 전부터 누린내가 나더라니."

이자벨라는 내뱉듯이 말한 랄프에게 우아한 미소를 돌려

주었다.

"후후, 액막이 향수를 뿌리고 왔으니까 당신에겐 잘 들 겠지."

공기가 쩌억 깨지는 소리가 났다.

이자벨라는 표정 하나 바꾸지 않은 채 젖은 입을 벌렸다.

"그건 그렇고, 얼굴을 마주하는 외교회의에 일부러 국군 총사령관이 오다니 대체 무슨 바람이 분 거야? 두 나라의 대면 회의는 오랜만이니 그리워진 걸까?"

"애초에는 담당자에게 맡길 생각이었지만. 문득 이런 생 각이 들었다. 만약 이그마르의 색욕녀가 찾아오면, 이쪽 담 당관이 농락당한 끝에 불리한 약정을 맺을 수도 있겠다고."

"어머, 우연이네. 나도 같은 생각을 했어. 만약 에스키 아의 근육뇌남이 오면, 특기인 힘쓰기로 우리 담당자에게 무리한 약정을 강요할 수도 있겠다고."

"핫."

"후후후."

사교는 고조되는 긴박감에 머뭇머뭇 두 사람을 둘러보 았다.

"두, 두 분! 산업 특구에서는 국가 사이의 온갖 분쟁은 금 지되어 있습니다. 위반하면 상인 연합의 교역 제재를 피할 수 없다고요. 저희는 어디까지나 평화적으로 대화하기 위 해 이 자리를 준비한 거지——."

"알고 있다. 들을 필요도 없어."

"내가 그렇게 야만스럽게 보이나?"

두 사람의 말과는 정반대로, 회담장의 분위기가 예리한 가시가 잔뜩 돋친 것처럼 찌릿찌릿해졌다.

랄프는 형태 좋은 턱을 쓰다듬으면서 이자벨라에게 말했다.

"그나저나 신성교회는 두 나라의 동맹 교섭의 중재를 기권하겠다는 모양이다."

"들었어. 이래서야 동맹 성립은 어렵겠네에."

오랫동안 적대하던 양국이 제국의 위협을 앞에 두고 처음으로 동맹 교섭의 자리에 섰다.

조건은 서로가 가진 최대 전력끼리의 결혼.

그러나 서로 신용하지 않는 관계. 불리해지면 일방적으로 약속을 뒤집을 우려가 있다. 그렇기에 유력한 제삼자의 중재── 보증이 필요한 것이다.

신성교회가 그 역할에서 내려오겠다고 선언한 지금, 동맹은 물 건너갔다고 봐도 좋으리라.

"남은 중립 세력은 상인 연합이지만……."

"어렵게 됐네에. 그들은 정치 불개입이 원칙인 조직이니까 동맹 중개에 서지 않을 거야."

"그럼 이런 건 어떠냐?"

랄프는 느긋한 웃음을 머금으며 천천히 허리의 검에 손을 뻗었다.

"이 자리에서 너를 장사지내는 거지. 강대한 힘을 가진 제
1왕위계승자를 저세상 사람으로 만들면 양국의 힘의 균형
은 무너지고, 이그마르는 우리나라의 군문 아래 들어오게
될 것 같은데."

이자벨라는 요염한 미소로 이 말을 받아쳤다.

"오늘은 별일로 마음이 맞네. 나도 같은 생각을 했어. 대
장군 각하가 여기에서 흔적도 없이 소멸하면, 자랑하는 군
대는 큰 혼란에 빠지겠지이."

대기가 구우웅 울었다.

세찬 빗줄기가 격렬함을 더하며 창을 깰 듯이 두드렸다.
나뭇잎 그늘에서 날개를 쉬던 새들이 도망치듯이 일제히 비
내리는 하늘로 날아갔다.

"……히, 히익! 사, 살려줘!"

사교는 강대하고 높은 압력에 견디지 못하고 그 자리에서
엉덩방아를 찧었다.

그리고 구르다시피 응접실 밖으로 도망쳤다.

"……흥. 당연히 농담이지. 상업 특구에서 무모한 짓은
안 해."

"그만한 살기를 흘려 놓고서 말은 잘하네. 당신의 농담은
여전히 이해하기 힘들어."

눈썹을 움찔 움직인 랄프는 장검의 자루에 손가락을 댄

채 미모의 공주에게 물었다.

"……너는 제국을 어떻게 보나?"

"적어도 친구가 될 수는 없을 거 같지이."

불길한 마력을 뿜으면서 이자벨라가 의연히 대답했다.

기르강디아 제국의 국가 중핵은 대륙 최서단에 있다.

그 소문을 들었을 때, 많은 사람이 놀라며 귀를 의심했다.

왜냐하면 대륙 최서단에 펼쳐진 것은 마수가 설치는 스폿 중 하나, 타나토스의 사화산이라고 불리는 용암 지대가 펼쳐진 황폐한 대지였기 때문이다. 그런 불가침의 위험 영역에서 갑자기 탄생한 국가. 대륙에 있는 나라들은 아직 그 국가의 진정한 모습을 헤아리지 못하고 있었다.

제국과 가까운 서쪽 나라들은 조금 더 많은 정보를 가지고 있겠지만, 문제는 대륙의 동쪽과 서쪽을 분단하듯이 펼쳐진 볼프스 산맥이다. 그 탓에 물자, 정보 교환을 자유롭게 못 하고 있다.

그래서 이번에는 우선 거리가 가까운 동쪽 삼국끼리 모이게 된 것이다.

"그러고 보니 동방 삼국 회의라고 하지만, 아직 다른 한 나라가 오지 않은 모양이네."

"흥, 레바민트 왕국인가. 그 나라는 불참할 것 같군."

레바민트 왕국.

에스키아와 이그마르의 동쪽으로 펼쳐진 구릉 지대——

통칭, 바람을 기다리는 언덕에 있는, 일곱 대국 중에서도 가장 오랜 역사를 자랑하는 국가이다.

예부터 바람의 정령을 신앙하는 종교 국가로서 독특한 존재감을 자랑하는 나라다. 하지만 오랜 역사 때문에 자부심이 강해 다른 나라와 적극적으로 교류하지 않는 경향이 있었다. 특히 수십 년 전부터는 '쇄국'이라는 시책을 취해서. 특별 허가장이 없으면 교역이나 여행자의 왕래조차 크게 제한된다.

"그놈들은 대륙에서 일어나는 일에 관심 따위 없어. 교회도 쓸데없는 준비를 했군."

"정령 신앙인 신성교회나 상인 연합과는 교유가 있는 거 같지만, 정치적으로는 이미 폐쇄 국가인거얼."

"적대하는 두 나라와 무관심한 한 나라라. 대륙 동부의 정세는 엉망이군."

"그 장본인이 말하니 재미있어."

"네가 그런 말을 할 처지는 아니야."

"──실례하겠습니다."

다시 양자의 패기가 높아지기 시작했을 때, 방울을 울리는 것 같은 음색이 실내에 울려 퍼졌다.

나타난 이는 종자를 거느린 소녀 한 사람이었다.

맑게 흐르는 물 같은 물빛 머리카락. 시원스러운 갈색 눈동자. 끝자락이 부드럽게 펼쳐진 스커트 차림. 마치 들꽃처럼 청초하고 가련한 용모이다.

"늦어서 죄송합니다. 저는 레바민트 왕국의 제1왕녀, 에리카 리히트슈타인이라고 합니다."

에리카라고 이름을 댄 소녀는 랄프와 이자벨라의 시선을 받으며 깊게 고개 숙여 말했다.

"남성분이 에스키아 공화국 총사령관인 랄프 레스터 님, 여성분이 이그마르 왕국 제1왕위계승자인 이자벨라 엘드리트 님이시군요. 국왕인 아버지를 대신해 왔습니다."

그렇게 인사하고 뚜벅뚜벅 두 사람에게 다가오는 에리카. 그렇지만——.

"꺅!"

도중에 발이 주르륵 미끄러져서 바닥에 철퍼덕 쓰러졌다.

"……"

잠시 간의 침묵.

"……이봐."

"어머나……."

"죄, 죄송합니다……. 저도 참, 굽이 높은 신발에 익숙지 않아서……."

에리카는 얼굴을 붉히면서 겸연쩍은 표정으로 허둥지둥 일어났다.

그 모습에 팽팽했던 분위기가 급속히 풀렸다.

"레바민트 왕국 제1왕녀. 바람의 정령을 섬기는 '풍광의

무녀'는 꽤 덜렁이 아가씨였구나아."

"그건…… 죄송합니다."

에리카는 이자벨라의 말을 듣고 쑥스러운 기색으로 고개를 숙였다.

풍광의 무녀.

레바민트 왕국에는 대대로 신앙 대상인 바람의 정령에게 기도를 올리는 무녀라는 직책이 존재하는데, 현재는 제1왕녀인 에리카가 그 역할을 맡고 있다는 정보쯤은 랄프나 이자벨라도 이미 알고 있었다.

"그나저나 조금 놀랍군. 다른 나라의 동향에 그렇게나 무관심했던 레바민트 왕국이 외교회의에 참가할 줄이야."

랄프가 그렇게 말하자 에리카는 입술을 굳게 다물었다.

"분명…… 지금까지는 그랬을지도 모릅니다. 하지만 대륙 정세가 크게 변하려고 하는 와중에, 우리도 계속 이대로 있어도 좋다고 생각하는 건 아닙니다."

"……."

풍광의 무녀는 말없이 팔짱을 낀 랄프에게 갑자기 잡담하듯이 입을 열었다.

"갑작스럽습니다만…… 랄프 님은 푸른곰팡이 치즈라는 우리나라의 전통 식재료에 대해 아시나요?"

"갑자기 뭐냐? 치즈에 곰팡이나 난 거겠지."

"네, 드셔보신 적은요?"

"없다. 냄새도 지독한데 누가 좋다고 곰팡이 따위를 먹겠나."

"여러분은 그렇게 말씀하시죠. 하지만……."

에리카는 양팔을 몸 앞으로 들어 올려서 힘을 모으듯이 바들바들 떨었다.

"막상 먹어보면…… 사실 굉장히 맛있어요!"

그리고 감격한 것처럼 양손을 확 펼쳤다.

"부드러운 식감, 코를 빠져나가는 향기로운 향, 푸른곰팡이가 선사하는 쌉쓰름한 자극에 점점 빠져들어서——."

"무슨 말을 하고 싶은 거지?"

"아, 죄송해요! 그러니까, 즉, 우리나라는 쇄국 때문에 다른 나라에 간섭하지 않는다는 태도를 취해 왔습니다만, 그 근간에는 자국의 역사를 자랑스러워하는 나머지 적극적으로 다른 나라를 알려고 하지 않은 경향이 있다고 생각해요."

화들짝 제정신을 차린 듯이 에리카가 황송해했다.

"……흐음."

이자벨라의 맞장구를 받고서 에리카는 기쁜 듯이 미소 지었다.

"그런데 푸른곰팡이 치즈처럼 막상 입에 넣으면 굉장히 맛있는 것도 있잖아요. 그 맛을 모르면 아까운 거 같아요. 덧붙여서 일찍이 우리나라와 교류가 있었던 극동의 섬나라 야마토에는 콩을 썩힌 낫토라는 식재료가 있는데, 그 나라에서 온 이민자의 자손들은 지금도 먹습니다만, 그것도 용기를 내서 먹어보면 의외로 맛있는데——."

"음식 이야기는 계속 이어지는 건가?"

"어, 아니요! 죄송합니다. 그게, 즉……—— 아는 것. 우선 거기에서 교류는 시작되나 싶어요."

붉적붉적 뺨을 긁던 에리카는 면목 없다는 듯이 머뭇머뭇 말을 꺼냈다.

"그래서 괜찮으시다면 한 가지 제안이 있습니다만……."

풍광의 무녀는 꽃피는 것처럼 웃으며 랄프에게 이렇게 말을 이었다.

"저를, 외유(外遊)라는 명목으로 잠시 귀국에 받아주시겠어요?"

* * *

에스키아 공화국 변경.

스폿 중 하나인 마경 이솜니아가 보이는 탑의 성벽에 작은 그림자가 서 있었다.

"북동에서 작은 형태의 무리가 열두 마리. 북북서에서 대형 세 마리가 왔어!"

그 그림자의 주인인 소녀—— 흑발의 포니 테일을 나부끼는 붉은색 눈동자의 소녀가 외쳤다.

작은 몸집에 다소 치켜 올라간 눈동자가 그녀에게 새끼 고양이 같은 인상을 준다.

메이 레스터. 에스키아 공화국 명문 레스터가의 장녀이다.

"정말, 진짜 흉의 시기는 싫다니까."

메이는 무겁게 먹구름이 낀 하늘을 올려다보면서 욕지거리했다.

흉이란 일 년에 몇 번, 스폿에 정체하는 장기가 통상보다 강하게 부는 원인 불명의 현상이다. 이 시기에는 기후도 쉽사리 거칠어지고 마수의 수와 흉포함이 한층 늘어난다고 한다.

그 때문에 지금 탑 앞에는 마경 이솜니아에서 흘러나온 마수와 그 진행을 막으려는 병사들로 들끓었다.

"이야아아압!"

"갸아스!"

"와라아아아!"

"그라아아!"

여기저기에서 대기를 가르는 것 같은 노호와 포효가 울려 퍼졌다.

"자, 오빠! 왜 멍하니 있어? 마수가 와!"

메이의 질타가 탑 아래에 서 있는 한 남자를 향했다.

눈썹까지 내려오는 칠흑의 머리카락에 타오르는 것 같은 붉은 눈동자. 목에는 문장이 들어간 낡은 펜던트를 걸고 있다. 강철처럼 갈고닦은 육체. 그 단련된 오른손으로 붉은 문양이 새겨진 흑검을 쥐었다.

"오빠, 내 말 들려?"

"……그래."

남자는 짧게 대답하더니 손에 든 칼을 치켜들었다.

구웅.

옥염(獄炎)이 생겨났다. 그야말로 지옥에서 기어 나오는 것 같은 불길한 화염.

신속의 일격에서 하늘의 철퇴 같은 두꺼운 불꽃이 생겨나서 밀려드는 마수의 무리를 집어삼켰다.

"——……으."

마수 무리는 단말마조차 지르지 못하고 검은 얼룩으로 모습을 바꾸었다.

"대단해. 과연 단장님이야!"

"우리의 일까지 빼앗지 마시라고요, 단장님!"

병사들이 환성을 질렀다.

남자의 이름은 아그니스 레스터. 명문 레스터가의 삼남이자 전장에서 '플레임 로드'라는 별명으로 두려움을 사는 에스키아 공화국 '최강'의 검사이다.

"하지만…… 단장님의 상태가 좀 이상하지 않나?"

조금 떨어진 위치에 선 상아색 쇼트커트 머리의 여자가 아그니스를 바라보며 말했다.

갈색 피부에 손에는 긴 창. 아그니스가 이끄는 군—— '홍련의 칼'의 부장을 맡은 루시아나라는 소녀였다.

"그런가요? 루시아나 부장님의 생각이 지나친 거 아닙니까?"

옆에 있던 병사가 원숭이처럼 생긴 소형 마수를 견제하면서 대답했다.

"아니, 아무래도 멍하니 있는 시간이 늘었다고 해야 할지, 건성이라고 해야 할지."

"루시아나 부장님은 정말로 단장님을 신경 쓰는군요오."

"바, 바보! 나는 그런……."

"빨개졌어요. 부장님은 알기 쉬워서 귀엽다니까요."

"너도 빨갛게 만들어줄까? 물론 혈관에 흐르는 피로."

"노, 농담이라고요! 자, 단장님이 보고 있어요. 단장님, 이쪽은 맡겨주십시오!"

"……그래."

아그니스는 손을 흔드는 병사에게 고개를 끄덕이더니 작은 목소리로 답했다.

그리고 오른손에 든 흑도—— 애검 제무스를 휘둘렀다. 그러자 순간 두터운 풍압이 일고, 해일 같은 작열이 북쪽에서 맹렬히 진격해온 대형 마수를 깡그리 태워 그 재까지 날렸다.

"보라고요, 평소처럼 압도적으로 강한 단장님이잖습니까."

"그렇다면 다행이지만……."

루시아나는 중얼거리며 눈앞에 밀려온 마수를 베어 넘겼다. 그리고──.

　전투가 일단락되고 저마다 탑으로 돌아간 후, 아그니스는 혼자 같은 곳에 서 있었다.

　"이봐!"

　"으억, 무슨 짓이야, 메이?"

　등 뒤에서 다가온 메이의 손날이 오빠의 옆구리를 찔렀다.

　"무슨 짓이기는. 오빠 요즘 좀 이상해. 마수 토벌 중에도 마음이 딴 곳에 가 있잖아."

　"……뭐? 그럴 리 없잖아. 명색이 임무 중이라고."

　"그럼 어째서 임무가 끝난 뒤에도 혼자서 멍하니 서 있는 건데?"

　"어?"

　아그니스는 갑자기 제정신을 차린 듯이 주변을 두리번두리번 둘러보았다.

　"……어? 다들 어디 갔어? 마수를 벌써 다 쓰러뜨린 건가?"

　"이건 중증이야……."

　메이는 한숨을 쉬고서 허리에 손을 댔다.

　"저기, 분명 정답이리라 생각하는데, 오빠가 건성인 이유는 레파 씨를 생각하느라 그런 거 아니야?"

　"……아닌데?"

　"노골적으로 눈을 피했네."

레파 엘드리트는 이그마르 왕국의 제5왕위계승자이자 '블리자드 로즈'라는 통칭을 가진 '최강'의 마술사이다.

　그리고 아그니스의 맞선 상대인 소녀이기도 하다.

　메이는 곤란하다는 양 팔짱을 꼈다.

　"뭐, 마음은 이해하지만. 신성교회에서 혼약 증인이 되길 거부한 지금, 두 사람의 혼약이 앞으로 어떻게 될지도 불투명해졌고."

　지금까지 중립을 지키며 에스키아와 이그마르의 동맹 교섭을 중개해왔던 신성교회가 중매 역할을 내려놓았다.

　그 사실은 삼국 회의에 간 큰오빠 랄프에게서 온 봉서로 전해졌다. 덧붙여 회의도 한 번에 정리될 리 없다. 따라서 이번에는 양국 대표자가 얼굴도장만 찍고, 추후 적당한 날을 잡아 다시 한번 회의 자리를 마련하기로 한 모양이었다.

　"흄의 시기에는 장기의 영향으로 방향감각이 이상해지니까, 마경 이솜니아를 지나서 이그마르로 만나러 가는 것도 위험하지. 대기의 흐트러짐 때문에 활로 편지를 쏘아 보내도 닿지 않을 테고. 그야 쓸쓸하겠네."

　"뭐어? 내가 누구라고 생각하는 거야? 명색이 '최강'의 검사가 쓸쓸할 리 없잖아."

　"그래? 오빠, 레파 씨를 좋아하는 거 아니야?"

　"가, 갑자기 무슨 소리야? 나는 어디까지나 임무로……."

　"그치만 오빠가 말했잖아. 나는 이미 네게 농락당한 모양이야, 훗……이라고."

"자, 자자자잠깐——!"

아그니스는 명백히 새파랗게 질린 얼굴로 소리 질렀다.

그 말을 할 당시에는 분명 주위에 들리지 않을 만큼 작은 소리로 말했을 텐데.

"너, 너, 어떻게 그걸……."

"그야 두 사람이 얘기하는 모습을 봤으니까. 난 독순술이 특기인 걸 몰랐어?"

"……몰라. 그 특기는 뭐냐?"

"난 이미 네게 농락당한 모양이야, 훗……."

"하, 하지 마…… 게다가, 훗이라고는 안 했어."

"아하하. 오빠가 이렇게나 흐트러지는 모습은 오랜만에 봤어."

"너무 놀리지 마……."

아그니스는 지친 기색으로 축 어깨를 늘어뜨렸다.

"있잖아, 오빠. 난 레파 씨에 대해서 아니까 오빠를 응원하지만, 다른 사람에게는 들키지 않도록 조심해."

숙적 이그마르 왕국과의 동맹은 '최강' 두 사람이 결혼으로 체결되는 것. 그러나 그 이면엔 맞선 중 상대를 농락해서 수중에 넣겠다는 꿍꿍이가 있다. 상대국의 최고 전력을 끌어들일 수 있다면 동맹 교섭을 단숨에 유리하게 진행할 수 있을 테니까.

따라서 상대에 대한 호의가 상층부에 밝혀지면, 혼약 자체가 중지될 가능성도 있다.

"말해두겠는데, 메이. 난 그 녀석이 강하다는 걸 다소 인정했을 뿐이지……."

"솔직하지 않기는. 뭐, 애당초 혼약은커녕 동맹 교섭 그 자체의 앞날조차 안갯속에 빠진 상황이지만……."

마치 지금 상황을 그리는 것 같은 구름 낀 하늘을 올려다본 후, 여동생은 오빠에게 시선을 되돌렸다.

"그러고 보니, 나 내일부터 한동안 수도 칸바할에 가게 됐어. 신성교회가 동맹 중개역을 내려놓은 지금, 앞으로의 방침을 이야기할 필요가 있대."

"수도에서 이야기?"

"응, 나도 참가하래."

메이는 엘리트가 모인 수도 사관학교에서 최연소 수석을 따낸 재원이고, 장래 정계 간부 후보로 촉망받고 있다. 이번 소집도 그 배경 때문이리라.

"괜찮겠어?"

아그니스가 불현듯 날카로운 눈빛으로 물었다.

그 시선이 향한 곳은 메이의 옆구리.

레스터가 일족의 신체에 드물게 나타나는 검은 육망성. 화상 흉터처럼 생긴 그 육망성 각인이 몸에 나타난 자는 언젠가 나라를 위기에 빠뜨린다는 저주의 인이다. 실제로 같은 각인을 가졌던 증조부가 살육의 화신으로 변모한 적이 있었던 만큼, 단순히 웃어넘길 수 없는 미신이다.

에스키아에서 이 사실을 아는 것은 아그니스 뿐이고, 그렇기에 그 저주가 발현해도 대처할 수 있게끔 여동생을 가까이 두려고 한다.

"그리 오래 머무를 건 아니니까 괜찮아."

"나도 동행하는 편이 좋지 않을까?"

"안 된다니까. 지금은 흄의 시기니까, 오빠는 여기 남아서 나라를 지켜야지."

"그렇지만."

"걱정하지 말라니까. 내 상태는 내가 제일 잘 아니까. 오빠는 날 그렇게 못 믿겠어?"

"……."

아그니스는 불안하게 팔짱을 낀 후 숨을 후우 내쉬었다.

"뭐, 그렇게까지 말하니 어쩔 수 없지. 하지만 잘 들어. 어쨌거나 무리는 하지 마. 조금이라도 이상해지면 곧바로 돌아와."

"그래그래, 정말 과보호라니까. 오빠도 레파 씨를 못 만난다고 너무 낙담하면 안 돼."

"누가 낙담한다고."

"나는 이미 네게 농락당한 모양이야……, 훗."

"그거 진짜 그만두지 않을래?"

남매가 그런 대화를 나눈 다음 날, 메이는 크게 손을 흔들면서 마중 온 마차를 타고서 수도로 출발했다.

그로부터 며칠 후.

마수 토벌을 일단락한 아그니스는 탑에 있는 개인실에서 한숨을 쉬며 걸터앉았다.

메이가 없는 관내는 어째서인지 묘하게 조용하게 느껴졌다. 창에서 보이는 풍경은 여전히 어두침침하게 구름 낀 모양이었지만, 흠이 끝나면 마침내 본격적인 여름이 온다.

──레파 씨를 못 만난다고 너무 낙담하면 안 돼.

메이의 말이 불현듯 귀에 되살아나자, 아그니스는 고개를 붕붕 내저었다.

"정말이지, 메이 녀석……."

문득 책장으로 고개를 돌리자 『절대 성공! 너무 효과 있어서 위험한 연애 테크닉』이라는 책등이 눈에 들어왔다. 맞선 볼 때 실컷 참고했던 연애 교본이었다.

일어서서 책을 펼쳤다. 책장을 팔락팔락 넘기자 이런 항목이 있었다.

【특별 편 열 번째】그녀를 만날 수 없다고 꾸물거리는 것은 금물. 오히려 못 만나는 시기에 마음이 더 커진다. 그럴 때는 친구와 신나게 놀면서 기분전환 하자.

"……친구라."

아그니스는 책을 타악 덮었다.

친구가 있을 리 없다.

메이의 각인을 짊어지기 위해 스스로 옆구리에 육망성 화상 흉터를 새긴 아그니스는 친족들에게 경원시 당하며 어린 나이에 변경으로 내쫓겼다. 그 후 강한 힘만을 추구하며 단련에 몰두했기 때문에 친구라고 부를 만한 존재를 만들 기회도, 여유도 없었다.

그때 문을 똑똑 두드리는 소리가 났고, 아그니스는 서둘러 책을 책장 안쪽에 되돌려놓았다.

"루시아나인가. 왜 그러지?"

"역시나 대단하시군요, 단장님. 발소리만으로 저라는 걸 아시다니."

문이 철컥 열리고 쇼트커트를 한 부장이 얼굴을 내밀었다.

"발소리는 또 하나 있었지. 낯선 소리였지만."

그렇게 말하자 루시아나는 고개를 끄덕이며 옆으로 눈길을 주었다.

"네. 단장님께 손님이 찾아왔습니다."

"손님?"

아그니스는 '그러고 보니'라고 생각했다.

형이 삼국 회의의 내용을 간략히 정리해 편지를 보냈었는데, 거기엔 이런 내용이 적혀 있었다.

——레바민트 왕국에서 손님이 방문할 예정이다. 목적은

해외여행. 한동안 그쪽에서 맡아라.

레바민트 왕국은 유구한 역사를 자랑하는 일곱 대국 중 하나지만, 쇄국 정책을 취하며 다른 나라와의 교류를 극히 꺼린다. 그 때문에 레바민트 국민이 다른 나라를 여행하러 다니는 일도 거의 없는 걸로 알고 있다.

아그니스가 수상쩍어하고 있노라니, 루시아나의 옆에서 한 소녀가 얼굴을 내밀었다.

"처음 뵙겠습니다. 저는 레바민트 왕국 제1공주, 에리카 리히트슈타인이라고 합니다."

아름답고 가련한 소녀였다. 물빛 머리카락이 부드럽게 흔들리고, 청량한 향이 주위에 감돌았다.

에리카라고 이름을 댄 소녀는 꽃처럼 웃는 얼굴로 꾸벅 인사했다.

"한동안 신세 지겠습니다. 부족하지만 부디 잘 부탁합니다, 아그니스 님."

* * *

이그마르 왕국 남부에 펼쳐진 셰리스호.

바닥이 비쳐 보일 만큼 맑은 호수 표면을 가르며 소녀 한 명이 나아가고 있다.

입고 있는 건 푸른 원피스 타입의 수영복. 분홍빛 머리카

31

락이 물속에서 흔들흔들 흔들렸다. 균형 잡히고 쭉 뻗은 팔다리로 천천히 물을 가르는 소녀의 모습은 절로 인어를 연상시켰다.

"푸하아……."

소녀—— 이그마르 왕국의 제5왕위계승자이자 '최강'의 마술사인 레파 엘드리트는 수면에서 첨벙 고개를 내밀고 크게 숨을 내뱉었다.

깊고 푸른 눈동자에 하늘이 담기고, 물방울이 눈부실 만큼 새하얀 살결을 타고 내려간다.

"대낮부터 수영이라니 우아하시군요, 레파 님."

메이드복 차림의 여성이 안경을 고쳐 쓰며 한 손에 수건을 들고 다가왔다. 매끄러운 은발에 얹힌 하얀 헤드 드레스가 정말 잘 어울리는 여성이다.

레파는 사용인에게서 수건을 받아들고 목에 걸쳤다.

"상관없잖아, 로제린. 날씨도 점점 더워지고 있고, 마침 일도 한 건 마친 후인걸."

"정말이지, 조금 전까지 수많은 마수와 싸우신 분이라는 게 믿기질 않네요."

로제린은 어깨를 으쓱이고서 연한 녹색 눈동자를 호수 저편으로 향했다.

마경 이솝니아의 북쪽에 있는 이곳도 당연히 흄의 영향을 받는다. 그 사실을 여실히 증명하듯, 호수 건너편에는 얼음

Illustrations copyright©Umiko

에 갇힌 마수가 몇 마리나 늘어져 있었다.

"흄의 영향으로 평소에는 나타날 리 없는 고랭크 마수까지 일소하신 겁니까. 과연 '최강'의 마술사이십니다."

로제린은 감탄 어린 숨을 뱉으며 수영복 차림의 레파를 힐끗 바라보았다.

"그건 그렇고 제가 공들여 만든 마이크로 수영복은 이제 안 입으시는 거군요."

"전에 5분 만에 만들었다고 하지 않았나. 그런 파렴치한 수영복은 이제 안 입을 거야."

쓸데없이 천 면적이 적은 수영복을 에스키아 해변 축제에서 무심코 '플레임 로드'에게 보인 것을 떠올리자, 레파의 얼굴이 순식간에 빨갛게 달아올랐다.

그날을 반성하며 오늘은 무난한 원피스 타입 수영복을 고른 것이었지만.

"하지만 이 수영복이 이렇게 꽉 끼었었나?"

레파는 수영복이 파고든 부분을 손가락으로 고치면서 투덜거렸다. 전부터 가지고 있었던 것인데, 쓸데없이 팽팽해서 가슴이나 엉덩이 부분이 상당히 답답했다. 체형은 그다지 변하지 않은 것 같은데.

"혹시…… 나 살쪘어?"

로제린이 눈썹을 팔 자로 만든 레파에게 냉정히 말했다.

"아니요, 레파 님께서 가지고 계셨던 수영복은 이미 폐기했습니다."

"어? 그럼 지금 입은 건?"

"잘 물어보셨습니다. 폐기한 물건과 소재나 겉모양은 같게 해서, 사이즈만을 두 치수 작은 수영복을 제가 정교하게 만든 겁니다. 꼬박 사흘이 걸렸지만, 이전 것과 얼핏 봐서 구별되지 않는 멋진 물건이 완성되었다고 자부합니다."

"제발 그 능력과 정열을 다른 곳에 써보는 게 어떨까 싶어……."

레파는 기가 막힌다는 말투로 답하곤 수건으로 몸을 닦으면서 뭍에 올라왔다.

로제린은 그 모습을 눈으로 좇으면서 입을 툭 열었다.

"그런데 레파 님. 조금 전부터 신경 쓰이는 점이 있습니다만."

"뭔데?"

"그…… 오른손에 낀 주먹 씌우개는 대체 뭔가요?"

"——!"

레파는 반사적으로 오른손을 등 뒤에 숨겼다.

"아, 아무것도 아니야!"

"수영복 미소녀와 메탈릭한 빛을 뿜는 주먹 씌우개. 그 기묘하고 위험한 조합을 싫어하지는 않습니다만, 누군가 박살 내고 싶은 상대라도 있으신지?"

"아, 아니야. 그 왜, 마술만 하면 몸이 굳잖아. 몸을 좀 단련할까 해서."

"그런가요……."

"그래, 그렇다고. 봐, 꽤 폼이 나잖아."

레파는 허공을 향해서 가는 팔로 휙휙 펀치를 내질렀다.

로제린은 그 모습을 바라보고서 담담히 말했다.

"그것 참, 선물을 온종일 몸에서 떼어 놓지 않는다니 '플레임 로드'도 행운아네요."

레파의 얼굴에 어린 홍조가 전신에 화악 퍼졌다.

"정말, 시, 시, 심술궂어! 알면서 물어보지 마."

"죄송합니다. 하지만 여성에게 주는 선물로 주먹 씌우개라니, 그분은 여전히 상식을 뛰어넘네요."

"그 의견엔 강하게 동의해……."

"뭐, 그런 선물을 착실하게 착용하는 레파 님도 보통은 아니십니다만. 이건 의외로 잘 어울리는 커플──."

"뺄래! 이제 뺄 거야! 어쩌다 끼었을 뿐인걸!"

레파는 허둥지둥 몸을 비틀었다.

그러나 사이즈가 딱 맞아서일까. 주먹 씌우개는 좀처럼 빠지지 않았다.

로제린은 쿡하고 미소 지은 뒤, 불현듯 기묘한 표정을 지었다.

"그건 그렇고 이번 혼약은 대체 어떻게 될까요."

"……."

사용인의 중얼거림에 레파는 움직임을 멈추고 푸른 두 눈을 가늘게 떴다.

신성교회가 동맹 교섭 중개를 그만두겠다는 정보는 궁정에서 전해졌다. 유력한 제삼자의 보증이 없으면 두 나라 사이의 동맹이 지속되기도 힘들고── 나아가서는 혼약 성립 자체가 어려워지는 건 뻔하리라.

"앞으로 어떻게 될지…… 나도 몰라."

"그런 소극적인 태도를 보여도 괜찮겠습니까? '플레임 로드'가 신경 쓰이시죠? 선물을 몸에 착용할 정도니까요."

"아, 아니야. 이건, 어디까지나 몸을 단련하기 위해서라고. 딱히 신경 같은 건…….'

"그러신가요? 그런데 요즘 들은 얘기인데, 레바민트 왕국의 제1왕녀가 지금 현재 에스키아 공화국에 방문 중이라는 모양입니다."

"……레바민트 왕국?"

레파는 갑자기 나온 이름을 듣고 눈썹을 찌푸렸다.

그 나라는 대륙 동쪽의 바람을 기다리는 언덕이라고 불리는 구릉 지대에 있는 일곱 대국 중 하나로, 그 폐쇄적인 성질로 인해 갇힌 나라라고 불리는 종교 국가이다.

"레바민트 왕국이 왜 지금 다른 나라에 왕녀를?"

"기르강디아 제국의 대두로 대륙 정세가 변하는 중이니까요. 역시 방관만 할 수 없게 되었다고 들었습니다. 그래서 우선 이웃 나라를 알아보고자 하는 것 같아요. 기특한 마음 가짐이죠."

"제1왕녀라고 했지? 그 나라에서는 보기 드물게 혁신적인 사고방식을 가진 사람이네."

"네, 그런 모양입니다. 덧붙여서 현재는 명문 레스터가의 삼남이 사령관으로 근무하는 변경의 탑에 체류 중이라고 합니다."

"……어? 레스터가의 삼남이라면."

"그분입니다."

로제린은 천천히 고개를 끄덕인 후 레파를 흘낏 흘겨보았다.

"정보에 따르면 왕녀는 무척 아름다운 분이라는 모양인데요."

레파의 한쪽 눈썹이 움찔 올라갔다.

"……흐으응."

"이마에 핏대가 섰네요. 그분 근처에 미인이 있다고 들으니 걱정되시나요? 역시 '플레임 로드'가 신경 쓰이시잖아요."

"처, 천만에! 전혀 그렇지 않은걸!"

레파는 황급히 이마를 손으로 누르며 어깨를 으쓱였다.

"진취적으로 국교를 구축하려고 하니까 잘된 일이잖아. 너무 놀리지 마."

"네, 네."

레파는 뺨을 뽈똑 부풀리며 고개를 돌렸다.

푸른 시선은 자연스럽게 마경 이솜니아의 저편── 에스키아 공화국으로 향했다.

당연히 에스키아 공화국은 전혀 보이지 않았다. 그저 하늘을 뒤덮은 두꺼운 구름 안쪽에서 천둥소리가 우릉우릉 울릴뿐.

에스키아 공화국 변경.

태양이 지평선 너머로 사라진 저녁 식사 때, 아그니스 군단이 상주하는 탑의 식당은 병사들의 떠들썩함으로 가득 차 있었다.

"우오오, 맛있어!"

"한 그릇 더 주십시오!"

"이쪽도 한 그릇 더!"

식사 때면 늘 떠들썩하지만, 오늘은 평소보다 한층 더 와자지껄한 분위기였다.

그들은 식탁에 차려진 요리를 게걸스럽게 먹은 뒤 차례차례 그릇을 내밀었다.

"아, 네, 레젤 씨랑 보스민 씨랑, 카츠 씨가 더 드신다고요. 아직 많이 있어요."

병사의 이름을 하나하나 불러주며 답한 이는 커다란 솥과 국자를 든 소녀였다.

하얀 에이프런 차림에 화사한 미소를 꽃피우곤 병사들에게 요리를 나눠주며 돌아다니는 소녀는 에리카 리히트슈타인—— 레바민트 왕국의 제1왕녀이다.

때는 하루 전으로 거슬러 올라간다.

"모처럼 외국에 나왔는데 이런 말하긴 뭣하지만, 굳이 이런 변경으로 올 필요는 없지 않나?"

레바민트 왕국에서 온 손님―― 에리카 리히트슈타인을 자기 방으로 맞아들인 후, 아그니스는 탑 안을 안내하며 돌아다녔다.

"그 말씀은?"

아그니스는 고개를 갸웃거리는 에리카에게 벅벅 머리를 긁으면서 답했다.

"솔직히 여기는 촌구석이라 구경할 만한 것도 없어. 모처럼 왔으니 수도 칸바할에 가는 편이 좋을 거 같은데. 멋진 궁전도 많고, 슈타겐 거리에서 아침 시장이 열리면 소소한 축제 분위기를 느낄 수 있으니까."

"그런가요? 랄프 님이 이쪽을 권해주셨는데요."

"형이?"

"네. 애당초 제가 억지 부려 온 거니 권유해주신다면 따라야 할 거 같아서요. 게다가 저는 관광하러 온 건 아니에요. 이웃 나라의 생활이나 문화를 접하고 깊게 아는 것이 제일 큰 목적이니까, 그런 의미에서는 관광지보다 평소의 모습을 볼 수 있는 지역 쪽이 더 좋아요."

"흐음, 그런 건가."

아그니스가 응하자, 에리카는 살짝 곤란하다는 양 한 손을 뺨에 댔다.

"말은 그렇게 했지만, 실제로는 랄프 님은 절 그다지 신용하지 않는 거 같아요."

"……아."

아그니스는 애매하게 고개를 끄덕이면서, 어째서 형이 에리카를 변경으로 보냈는지 이해했다.

레바민트 왕국은 지금까지 타국과 제대로 된 교류가 없었던 나라다. 그런 나라의 요인을 갑자기 국가 중핵이 위치하는 수도 칸바할에 머무르게 해서 섣불리 정보를 주게 되는 상황을 꺼린 것이리라. 그래서 시정 사람들이나 생활을 접한다는 명목으로 변경행을 지시한 것이다.

에리카가 국빈이기는 하지만, 삼대공 필두 레스터가의 직계인 아그니스가 딱 붙어서 돌봐주게 된다면 최소한의 예의는 다 하는 것이라 생각했으리라.

——형이 할 법한 생각이다.

아그니스는 문득 옆에 선 에리카에게 물었다.

"그나저나, 다른 한 사람도 함께 안내하는 편이 좋겠지?"

"아, 네."

에리카가 뒤를 돌아보자 복도 모퉁이에서 한 소녀가 얼굴을 내밀었다.

"시렌, 이쪽으로 와. 아그니스 님께 인사드려."

시렌이라고 불린 소녀가 에리카의 손짓에 머뭇머뭇 다가왔다.

"이 아이는 시렌이라고 합니다. 제 신변을 돌봐주는 시중인입니다."

"……시렌입니다."

시렌은 중얼중얼 자기소개를 하더니 아그니스에게 고개를 숙였다. 진회색 머리카락을 눈썹 부근에서 가지런히 자른 외모로, 머뭇거리는 태도를 보아하니 소심해 보이는 소녀였다.

"죄송합니다. 조금 소심한 아이에요."

"아, 난 아그니스야. 잘 부탁해. 그러니까, 시종은 한 사람뿐이야?"

"네. 줄줄이 함께 오는 것도 실례니까요. 오히려 몸이 가벼워서 좋죠?"

아그니스는 생긋 미소지으며 응하는 에리카를 다소 놀라워하며 바라보았다.

"일국의 왕녀가 시종 한 명과 타국을 방문하다니, 나라에서 잘도 허락했군."

"후후, 이래 보여도 전 한 번 말을 꺼낸 일에 완고해요. 아바마마께서는 그 점을 잘 아시니까 허락할 수밖에 없었답니다."

에리카는 살짝 쑥스러워하며 자랑스레 대답했다.

풍광의 무녀는 청초한 겉모습과는 다르게 상당히 대담한 인물인 모양이다.

"알았어. 그럼 다음은 1층을 돌까."

아그니스는 두 사람을 이끌고 탑 안의 주요 방을 안내하며 돌아다녔다. 그리고——.

"여기가 주방과 식당이지."

"……어머."

방 안을 본 에리카는 고개를 갸웃거리며 쓴웃음을 지었다.

설거지 칸에는 더러운 식기가 산처럼 쌓여 있었고 주변에는 썩은 내가 감돌았다. 추레한 벽이나 바닥 또한 무수한 얼룩과 기름으로 범벅이었다.

아그니스는 얼이 빠진 두 사람을 보고서 쓰게 웃었다.

"더러운 건 봐줘. 전속 요리사가 없다 보니 단원이 교대로 설거지를 하거든. 항상 집안일을 해주는 여동생도 자리를 비웠고, 흉의 시기까지 맞물려 빨래나 설거지까지 신경 쓸 틈이 없어."

"그, 그렇군요. 뭐, 저도 청소는 잘 못 하는걸요."

에리카는 겸손을 보인 뒤, 불현듯 떠올랐다는 양 양손을 짝 쳤다.

"그렇지. 아그니스 님. 한 가지 제안이 있어요."

"뭔데?"

"괜찮으시다면 내일은 제게 요리를 맡겨주시겠어요?"

그런 경위로——.

오늘 밤은 에리카가 손수 만든 요리를 일동에게 대접했다.

과연 스스로 요리 담당을 제안할 만큼, 아침부터 준비한 갖가지 요리는 보기만 해도 먹음직스러운 일품뿐이었다. 갓 채취한 채소 샐러드나 색채가 진한 수프, 향초를 넣고 찐 생선에 소시지 등이 빼곡히 늘어져 있어서 식당에 들어온 단원 모두 저도 모르게 손뼉을 쳤다.

"맛있군."

아그니스는 입을 우물거리며 솔직한 감상을 중얼거렸다.

"…………그렇, 군요."

앞에 앉은 루시아나가 어째서인지 나지막한 목소리로 동의를 표시했다.

바람의 정령을 믿는 레바민트 왕국에는 언덕 여기저기에 풍찻간이 있는데, 풍차의 힘을 이용한 제분업이 발달했다고 한다. 또한 완만하게 펼쳐진 구릉부에서 하는 낙농업도 번성해서, 특히 치즈가 훌륭하다고 들었다.

아그니스는 노릇하게 구워진 빵을 녹인 치즈에 찍어서 입에 던져 넣었다.

"이것도 맛있어. 왕녀인데 대단하구나. 아까 봤더니 주방이 놀랄 만큼 반짝반짝해졌어."

"큭."

아그니스가 그렇게 말하자 루시아나가 갑자기 포크를 테

이블에 놓고서 바들바들 떨기 시작했다.

"왜 그래, 루시아나?"

"저, 저는 한심합니다. 같은 여자이면서 가사 능력이 이렇게나 차이 나다니! 유일한 특기 요리가 뱀 통구이라니 부끄럽습니다!"

"요리사도 아니니 딱히 신경 쓸 필요는 없잖아. 군에서 충분히 중요한 역할을 맡고 있으니까."

"쿠흐읍!"

루시아나가 의자에서 무너져 내렸다.

"이봐, 왜 그래?"

"단장님, 지금 건 안 됩니다. 그 말만으로 밥 세 그릇은 먹어버린 것 같잖습니까."

"……밥 세 그릇?"

"어, 아니요!"

당황해서 손을 내젓는 루시아나의 옆에서 생글거리는 얼굴을 한 에리카가 나타나 그릇에 음식을 더 푸기 시작했다.

"루시아나 씨, 세 그릇을 더 드실 건가요? 병사분의 식욕은 대단하네요. 자, 드세요."

"아니, 그런 게 아닌데……."

무언가 말하고 싶어 하는 루시아나였지만, 순진하게 웃는 에리카의 얼굴에 "……뭐, 상관없겠지"라고 중얼거리고, 그릇에 담긴 요리를 우걱우걱 먹기 시작했다.

미소 지으며 그 모습을 바라보던 에리카는 이번엔 아그니스 쪽으로 방향을 틀었다.

"아그니스 님, 맛은 어떤가요?"

"응, 맛있어."

"정말인가요, 다행이다. 실은 오랜만에 하는 요리라 불안했거든요."

에리카는 미소를 빛내며 가슴을 쓱 쓸어내렸다.

"더 주세요."

"아, 네. 샨파 씨로군요. 잠시 기다려주세요!"

아그니스는 문득 냄비를 안고서 안쪽 테이블로 향하려는 에리카를 불렀다.

"저기, 아까부터 신경 쓰였는데, 혹시 단원의 이름을 전부 외운 거야?"

"네, 신세 지고 있으니 당연하죠! 무, 물론 저, 기억력이 나빠서…… 잘못 부를 수도 있어요."

에리카는 머리를 툭 두드리며 혀를 살짝 내밀었다. 그리고 떠나갈 때 아그니스를 돌아보았다.

"아, 그렇지. 내일 저녁 메뉴는 아그니스 님이 좋아하는 요리를 해드릴게요! 뭔가 원하시는 요리가 있나요?"

"좋아하는 요리……?"

에리카는 갑자기 고민하기 시작한 아그니스에게 웃는 얼굴로 물었다.

"뭐든지 괜찮아요. 이런 고기가 좋다든가."

"어쨌거나 먹고 죽지 않는 거라면."

"……네?"

"어, 아니. 오랫동안 전장에 있었던 탓일까? 전장에서는 당장 살아남기 위해 먹을 수 있는 건 닥치는 대로 먹잖아. 그래서 그다지 가리는 게 없달까."

"그, 그렇군요. 그럼 반대로 싫어하는 건 있나요?"

아그니스는 다시 가만히 생각에 잠겼다.

"굳이 말하자면…… 바위일까?"

"……바위요?"

"그 왜, 바위는 딱딱하잖아. 소화도 잘 안 되고."

"단장님. 전장 기준으로 대답해서는 안 된다고요!"

"아아, 그런가. 미안. 딱히 싫어하는 건 없어."

에리카는 한순간 멍해진 뒤, 냄비의 국자를 꾹 쥐고서 미소 지었다.

"아, 알겠습니다. 그럼 메뉴에서 바위는 제외할게요. 기대하세요."

그렇게 소란스러운 식사 시간이 일단락된 후——.

"잘 먹었습니다."

"맛있었어요!"

"또 먹고 싶어어어!"

단원들의 칭찬에 에리카는 쑥스러워하며 감사 인사를

했다.

"여러분, 고맙습니다. 그럼, 전 설거지를 하고 올게요."

그런 에리카의 뒤를 시중인 시렌이 조심스럽게 따라갔다.

"저도 가겠습니다. 에리카 님은 곧잘 그릇을 깨셔서……."

"다, 다른 분들 앞에서 그런 얘길 하다니!"

"죄송합니다!"

시렌이 황급히 고개를 숙였다.

"곧잘 깬다고 해도, 하, 한 달에 한 번 정도예요."

귀까지 새빨개져서 이상한 변명을 입에 담는 에리카의 모습에, 병사들의 흐뭇한 소리가 와글와글 울려 퍼졌다.

두 사람이 설거지 칸으로 사라진 참에, 단원 중 한 사람이 번민하듯이 말했다.

"정말, 그건 그렇고 에리카는 최고임다! 진짜 귀엽고, 요리를 잘하고!"

"이봐, 친근하게 부르지 마. 일곱 대국의 제1왕녀라고."

"아, 단장님, 죄송합니다! 그, 그렇군요. 하지만 그런 높은 신분인데 귀여운 데다 늘 꾸밈없는 모습이라니. 정말 팬이 되어버렸습니다."

"정말, 청초한데 살짝 덜렁거리는 점이 또 좋지이. 살벌한 변경에 내려온 천사임다!"

"천사라니, 너희……."

아그니스는 어이없는 얼굴로 반응하더니 단원들에게 지

시를 내렸다.

"그보다, 오늘 당번은 제대로 설거지를 도와."

"어, 나다."

"나도 돕겠어."

"이봐, 비겁하다고. 나도 갈래!"

기세 좋게 일어선 병사들이 설거지 칸으로 밀려들었다.

병사들이 사라지고 횅해진 식당에서 루시아나가 감탄한 기색으로 입을 열었다.

"뭐랄까, 고작 하루 만에 완전히 녹아들었네요. 레바민트 왕국은 폐쇄적인 국가라고 들었습니다만, 이런 사람도 있군요."

"레바민트 왕국 제1왕녀, 에리카 리히트슈타인이라……."

아그니스는 떠들썩한 설거지 칸 쪽을 바라보며 컵에 든 물을 꿀꺽 들이켰다.

에스키아 변경에 밤의 장막이 드리워졌다.

에리카는 손님방으로 주어진 탑의 한 방에서 화장대를 앞에 두고 걸터앉았다. 빗으로 부드러운 물빛 머리카락을 빗는 그녀의 뒤에서, 시렌이 한쪽 무릎을 꿇고서 조심스럽게 말했다.

"다들 에리카 님의 요리를 무척 좋아했네요."

"……."

에리카가 천천히 뒤를 돌아봤을 때, 똑똑 방문을 두드리는 소리가 났다.

"네에."

마치 방울 같은 음색으로 에리카가 응하며 밖으로 나가자, 단원 다섯 명이 쑥스러워하며 서 있었다. 에리카는 작게 고개를 갸웃거렸다.

"어머, 여러분. 이런 시간에 어쩐 일인가요?"

"아, 저기……."

다섯 명은 서로 얼굴을 마주 보았다.

그중 하나가 바지로 쓱쓱 손을 닦은 후, 큰맘 먹은 기색으로 등 뒤에 들고 있던 것을 내밀었다.

"저기, 이거 다 함께 따 왔는데, 에리카 씨에게 어울리는 거 같아서."

그것은 형형색색의 꽃을 엮은 꽃다발이었다.

꽃잎이 크게 펼쳐져 초여름다운 선명한 색채를 띠었다.

"어머, 이걸 제게? 기뻐요! 저, 꽃을 무척 좋아한답니다. 고맙습니다!"

"어, 아니, 맛있는 요리를 해주신 보답입니다. 그, 그럼 저흰 이만."

단원들은 감격을 표시하는 에리카의 모습에 얼굴을 붉히더니 허둥지둥 복도 안쪽으로 사라졌다.

에리카는 타악 문을 닫고서 실내로 돌아왔다.

그녀의 손에 든 꽃다발을 빤히 바라보던 시렌은 올려다보듯이 주인에게 시선을 옮겼다.

"지금으로써는 에리카 님의 계획대로……일까요?"

에리카의 눈이 쓰윽 가늘어졌다.

그 얼굴에서 들꽃 같은 웃음이 사라지고 가면처럼 차가운 표정이 드러났다.

"……당연하잖아. 내 계획은 완벽해."

풍광의 무녀는 손에 든 꽃다발을 무관심하게 휙 내던졌다.

"에리카 님. 저기, 태도가 '본모습'대로 돌아갔는데……."

"흥."

에리카는 시렌을 흘낏 노려보더니 의자에 털썩 주저앉아 긴 다리를 꼬았다.

그리고 굴러다니는 꽃다발을 바라보며 입가를 씨익 올렸다.

"남자는 정말 쉽다니까. 살짝 청초하고 얼빠진 척만 해도 이런걸. 탑의 남자들은 이미 완전히 내 포로가 된 거 같네."

우아하게 웃는 레바민트 왕국 제1왕녀—— 에리카 리히트슈타인의 옆에서 시렌이 머뭇머뭇 입을 열었다.

"하, 하지만 보아하니 아직 한 사람 포로가 되지 않은 것 같은 남자가 있는데……."

"흥, 그 남자 말이지……. 나도 알아. 그보다, 이 몸이 손수 요리를 대접해줬는데 싫어하는 식재료가 바위라니 대체 뭐야? 애당초 바위가 식재료야? 대체 무슨 식성이지?"

Illustrations copyright © Umiko

태도가 완전히 바뀐 에리카가 몹시 불쾌하게 중얼거린 후, 매끄러운 입술로 이렇게 말을 이었다.

"뭐…… 그렇다고 해도 그 남자를 함락하는 것도 시간문제야. 힘껏 날 도와줘야겠어. ──'최강'의 검사님."

＊ ＊ ＊

에스키아 공화국의 수도 칸바할에서는 삼국 회의를 맞이해 매일같이 앞으로 취할 국가 방침을 논의했다. 휴식 시간을 이용해 자기 방으로 돌아온 국군 총사령관 랄프 레스터는 집무책상 앞에 깊게 기대앉았다.

"국내 의견을 한데 모으는 것조차 정말 고역이군."

랄프는 책상 위를 톡톡 두드리면서 저도 모르게 중얼거렸다.

침략 국가 기르강디아 제국의 대두에 대해, 에스키아는 어떻게 움직여야 할까. 가장 큰 문제는 오랜 숙적인 이그마르 왕국과의 관계다.

과거를 흘려보내고 함께 제국에 맞서야 한다는 의견은 거의 없다. 오히려 토론에 참석한 자 대부분은 이참에 제국과 왕국 모두를 멸하자고 주장 중이다. 그들은 기르강디아 제국의 위협을 가볍게 보는 경향이 있다. 과연 에스키아 공화국이 제국을 이길 수 있을까? 그것도 이그마르 왕국까지 동시에 상대하며. 필시 버거운 일이리라.

결국, 동맹 반대파를 설득해야 하는 건 자명한 일. 이를 위해선 제국의 위협을 적극적으로 피력할 필요가 있을 텐데, 제국이 신성교회에 잠입한 건이나 인간을 마수화하는 기술에 대해서는 이미 어떠한 증거도 남아 있지 않다. 제국의 위협을 드러낼 설득 재료로써는 빈약했고, 무엇보다 랄프 본인이 아직 믿기지 않았다.

"랄프 오빠, 슬슬 오후 회의가 시작될 거야."

그렇게 말하며 방으로 들어온 이는 흑발을 포니 테일로 묶고, 새끼 고양이 같은 용모를 가진 소녀였다.

"메이, 그쪽은 어떠냐?"

랄프가 묻자 메이는 조금 지친 기색으로 어깨를 으쓱였다.

"어렵겠어. 의견이 이그마르 왕국과의 협력으로 좁혀질 거 같아지면, 어느샌가 논점이 어긋나버려."

"동맹 반대파의 짓이로군. 놈들은 회의를 난장판으로 만드는 게 목적이야. 지리멸렬한 화제를 차례차례 내던지면 회의를 길게 끌 수 있어."

메이는 동의를 표시하듯이 고개를 끄덕인 후 우울한 목소리로 오빠에게 물었다.

"저기, 역시 아그니스 오빠와 레파 씨의 혼약으로 동맹을 맺긴 어려울까?"

"뻔히 아는 걸 묻지 마라. 신성교회가 중개역을 내려놓은 이상, 양국 최고 전력이 혼약한들 그 약정에 어떠한 의미도 강제력도 없어."

랄프는 흥 하고 콧소리를 내면서 일어섰다.

실제로 이번 내부 회의에서 두 사람의 혼약 건은 화제에도 오르지 않았다.

"하지만 삼국 회의는 다시 개최하게 되었잖아. 그렇다면 이그마르와 교섭할 여지는 있는 거 아니야?"

"정말로 개최된다 한들 아무 상관 없다. 알게 뭐냐. 신성교회라는 다리가 사라진 지금, 상대가 약속을 지키리라는 보장이 어디에도 없어졌다는 게 문제니까."

"그러고 보니 레바민트 왕국은? 무슨 바람이 불었는지 모르겠지만, 어쨌든 국제회의에 참가했잖아?"

"그 나라가 관여해봤자 소용없다."

이웃 나라이면서 대륙의 정세에 그다지 흥미를 드러내지 않는 폐쇄적인 종교 국가.

이번에 제1왕녀가 에스키아 공화국을 여행하고 싶다는 의사를 표명했지만, 우리와 협력 체제를 맺고 싶다는 생각은 거의 없을 거다. 외교 담당자가 자기 나라로 돌아간 것도 이러한 의사를 반영해주는 행동이었을 터.

"랄프 오빠, 레바민트 왕국의 손님을 변경에 보냈잖아. 국빈이라고. 그런 취급을 하면 화내는 거 아니야?"

"안 그래도 문제가 산처럼 쌓였어. 제대로 된 교류도 없었던 나라의 왕녀가 부리는 변덕에 일일이 성실하게 대응할 수 있겠나. 게다가 관광이 아니라 생활 모습을 알고 싶다고 말한 건 그쪽이다. 그렇다면 수도보다 지방의 생활을 살펴보는 게 적절하겠지."

"수도에서 다른 나라 요인을 멀리 떨어뜨리고 싶었을 뿐이겠지. 정말이지 아그니스 오빠에게 떠넘기기나 하고……."

"썩어도 명문 레스터가 직계다. 딱 달라붙어 상대해 줄 거라 했더니 그쪽도 받아들였어."

"받아들였다고…………."

그 상황에서 메이는 문득 손가락을 턱에 대고서 생각하는 기색을 보였다.

다소 치켜 올라간 붉은색 눈동자로 빤히 바닥의 융단을 쳐다보았다.

"왜 그러지?"

"……있잖아, 랄프 오빠. 그 레바민트 왕국의 손님은 변경에 아그니스 오빠가 있다는 사실을 처음부터 알고 있었던 게 아닐까?"

"……."

그 말에 입을 다문 랄프가 눈썹을 찌푸렸다.

그리고 메이가 말하고자 하는 바를 깨달은 듯이 턱에 손을 댔다.

레바민트의 손님을 변경에 보낸 것은 자신이다.

그러나, 만약 그것이 의도한 바였다면?

"설마…… 처음부터 아그니스를 노렸다는 건가?"

이그마르 왕국 수도 펜리르에서는 청수정으로 꾸며진 호화로운 왕궁과 왕위계승자들이 사는 일곱 개의 궁전이 나선형으로 배치되어 있다.

여기에서도 삼국 회의를 맞이해 왕궁 내에서는 은밀하게 의논이 오갔다.

회의 중 휴식 시간, 제1왕위계승자 이자벨라 엘드리트는 궁전의 한 방에서 소파에 몸을 파묻고 담배 연기를 내뿜었다.

이자벨라는 젖은 입술에서 후우 연기를 뿜어내면서 동방 삼국 회의에서의 일막을 떠올렸다.

──이그마르의 암여우.

그 자리에 맞닥뜨린 에스키아 총사령관이 내뱉은 말.

"……오랜만에 보는데 무례한 인사였지이……, 후후후."

이자벨라는 검은 깃털로 된 부채를 입가에 대고서 요염하게 미소지었다.

"과연 그 자리에 있던 암여우는 나뿐일까……?"

* * *

이그마르 왕국 수도에서 남쪽으로 조금 나아간 곳.

널따란 셰리스 호반에 세워진 건물의 한 방에서, 한 아름다운 소녀가 안락의자에 앉아 책장을 넘기고 있었다.

"하아……"

레파는 『천년을 뛰어넘은 사랑 ~다시 태어나도 널 좋아하게 될 거야~』라고 표지에 적힌 책을 탁 덮고서 창밖을 향해 눈길을 돌렸다. 창밖은 이미 완전한 밤. 희미한 빛을 내뿜는 마법등에 비친 레파의 모습이 창문에 흐릿하게 비쳤다.

"어째서일까……. 별로 즐겁지 않아."

레파는 한숨을 쉬고서 등받이에 몸을 기댔다.

이야기는 절대로 맺어질 수 없는 운명에 놓인 두 남녀가 시간을 넘어서 사랑을 성취하는 이야기이다. 마지막은 해피 엔딩이었지만, 그 과정은 전혀 순탄치 않았다. 사랑을 성취하기까지 정말 많은 고난이 있었고, 중간중간 그 고난에 굴복하여 좌절하기도 했다.

천년의 시간 동안, 그들은 어느 때는 왕과 노예. 어느 때는 죄인과 형무관. 어느 때는 바다의 인어와 하늘을 나는 유익인으로 만났다.

그리고 어느 때는 대적하는 두 나라의 마녀와 검사━━.

"……."

레파는 일어서서 침대 아래의 서랍을 열었다. 거기에는 연애 소설 컬렉션이 마련되어 있었다. 이전에는 책장 뒤에 숨겼지만, 얼마 전 로제린에게 발각되어 숨기는 장소를 바꾼 것이다.

빽빽하게 늘어선 책등 맨 끝자락엔『절대 성공! 너무 효과가 좋아서 위험한 연애 테크닉』이라고 적힌 책등이 있다. 맞선 때 실컷 참고했던 연애 교본이었다.

천천히 손에 집고서 팔락팔락 넘기자 이런 항목이 있었다.

【특별 편 열 번째】그이를 만날 수 없다고 꾸물거리는 것은 금물. 오히려 못 만나는 시기에 마음이 더 커진다. 그럴 때는 친구와 신나게 놀면서 기분전환 하자.

"친구라……."

레파는 책을 타악 덮었다.

친구 따위는 만들어본 적이 없다.

어릴 적엔 궁정 아이들과 논 적도 있지만 대부분 친족이었고, 어머니가 일으킨 사건 후 변경으로 쫓겨났다. 그 후 강한 힘을 추구하며 마술 탐구에 힘썼기 때문에 친구 따위를 만들 여유가 없었다. 물론 로제린이라는 허물없는 상대가 있지만, 정작 로제린은 늘 사용인으로서의 태도를 고수한다.

"어쩐지…… 잠이 안 와."

레파는 숨을 후우 내뱉고, 안락의자에 놓아둔 책을 다시 한번 집었다.

운명의 두 사람이 전생을 반복하면서 안타까운 사랑을 펼치는 이야기 속에는 매번 주인공 남자를 유혹하려 드는 여자가 등장한다. 그 여자 또한 매번 전생을 반복하는 존재로, 겉으로는 성녀지만 속은 항상 시꺼먼 생각을 하는 악녀다.

얼핏 보기에 청초하고 순진한 그녀에게, 주인공은 홀라당 속아 넘어가 버린다.

"다행이다. 오랜만에 만든 과자라 걱정했어요."

팔락팔락 페이지를 넘기던 레파는 그녀의 대사를 읽어보았다.

이것은 주인공에게 손수 만든 과자를 대접할 때 하는 말. 청초 모드다.

"와아, 기뻐요, 저는 인형을 정말 좋아해요!"

쾌활하고 귀여운 그녀는 주인공의 동료들에게도 금세 인기를 얻게 되어 인형을 선물 받는다. 그러나 상대가 모습을 감춘 순간, 그것을 휙 던져버리고 이렇게 웃는 것이다.

"핫, 정말로 남자 따윈 쉬워. 이대로 가면 그 녀석도 금세 함락할 수 있을 거 같네."

나왔다. 악녀 모드.

그런 그녀는 교묘하게 주인공을 몰아넣어 간다. 이를테면 후반의 장에서는, 주인공에게 승마를 가르쳐 달라고 다가가는 것이다. "이얍"하고 말 위에서 기합을 넣는 그녀의 기특한 모습에 주인공도 마음을 허락하고, "하하하, 상당히 소질 있어"라고 그녀의 머리 위에 손을 툭 얹는다.

그러자 그녀는 지체없이 그 손을 꽈악 잡고서 이렇게 말한다.

　"커다란 손, 이네요."

　레파는 의자 팔걸이를 상대의 손으로 가정하고 꽈악 움켜쥐고서, 마찬가지로 중얼거려 보았다.

　"커다란 손, 이네요."

　다음은?

　상대의 가슴이 두근거리는 것을 확인하자, 다음번엔 그의 넓은 가슴에 몸을 찰싹 붙인다.

　레파는 안락의자의 등받이에 몸을 찰싹 붙여 보았다. 그리고 나약한 목소리로 이렇게 말했다.

　"그 손으로…… 저를 지켜주시겠어요?"

　오오, 어쩐지 악녀 같다.

　심장이 고동치기 시작하고 뺨에 열이 올랐다.

　"하, 할 수 있어. 이건, 할 수 있겠어……."

　흥분해서 문득 고개를 들자 어느샌가 침실 문이 열려 있었고, 안경을 쓴 메이드가 절대 영도로 여겨지는 차가운 눈빛으로 서 있었다.

　"와아앗, 우와아악!"

　안락의자에서 튀어 오른 레파는 그대로 침대에 뛰어들어 머리부터 이불 속에 파고들었다.

　타박타박 다가오는 발소리가 사형 선고처럼 들렸다.

"……레파 님."

"……."

"흐음, 자는 척을 하시는 건가요? 좋습니다."

로제린의 칼날처럼 날카로운 목소리가 문득 기묘한 색기를 띠었다. 그리고――.

"커다란 손, 이네요."

"우와아아아아아아아아아아아아."

레파는 이불을 치우고 벌떡 일어났다.

"아니, 아니야, 그건 아니라고. 환영이야, 환영 마술이야!"

"그 손으로…… 저를 지켜주시겠어요?"

"하하하하하, 하지 마아아아."

로제린은 한숨을 쉬면서 울상을 짓는 레파를 바라보았다.

"홍차를 내왔습니다만, 설마 고귀한 왕위계승자의 일인극을 보게 될 줄은 몰랐네요. 더군다나 그렇게 꼴사나운 연기라니. 무 토막이 그것보다 더 제대로 된 연기를 하겠죠."

"너, 너무해……."

"레파 님은 역시 '플레임 로드'가 신경 쓰이시는 거군요."

"뭐, 뭐어? 왜 그렇게 되는 건데?"

로제린은 그에는 답하지 않은 채 내던져진 책을 주워들어서 책장을 팔락팔락 넘겼다.

"과연, 악녀인가요. 하지만 이렇게 접근해서는 '플레임 로드'를 함락하기 어려울지도 모릅니다."

"무슨 뜻이야?"

사용인은 레파가 오른손에 낀 주먹 씌우개에 시선을 옮기고 작게 웃었다.

"잊으셨나요? 그분은 연애에 대해서는 항상 상상을 아득히 웃도는 '최강'의 검사라고요."

제3장 최강 vs 무녀

에스키아 공화국 변경에 아침이 왔다.

커튼 틈새로 쏟아지는 빛에 눈을 뜬 에리카는 화장대 앞에 앉아 투명하게 비치는 머리카락을 정돈하면서 옅은 화장을 했다.

청순 가련.

어디를 보아도 바람의 정령을 섬기는 경건하고 청순한 무녀이다.

"훗……."

에리카는 거울 속에 비친 자신을 바라보며 혼자 미소 지었다.

언제부터일까? 왕녀라는 지위와 외모를 무기로 적절하게 틈을 보여주면 다른 사람을 손쉽게 손바닥 위에서 굴릴 수 있다는 사실을 알게 된 것은.

특히 남자는 간단하다.

마음속 약한 부분을 찔러 연심까지도 잘 이용하면 뜻대로 움직일 수 있다.

그것은 '최강'의 검사도 마찬가지이리라. '플레임 로드'라고 불리는 남자의 정보를 얻은 에리카는 동방 삼국 회의 개최 소식을 듣고 이 기회를 이용할 생각을 떠올렸다.

　서민의 생활을 알고 싶다고 주장해 '플레임 로드'가 있는 변경으로 오게 된 것도 계획대로이다.

　일이 생각대로 진행되어 간다.

　에리카는 거울을 향해서 생긋 웃었다.

　"제대로 움직여줘. '최강'의 검사님."

　──내 목적을 위해서.

　"에리카 님. 저기…… 못된 얼굴이 되었는데……."

　어느샌가 시중인인 시렌이 에리카의 뒤에서 쭈뼛거리며 무릎을 꿇고 있었다.

　에리카를 섬기는, 거의 유일하게 에리카의 본래 모습을 아는 종자이다.

　"너는 평소엔 제대로 말도 못 하는 주제에 이럴 땐 솔직하구나."

　에리카가 뒤를 돌아보며 악담을 하자, 소심한 시중인은 고개를 숙인 채 작은 목소리로 입을 열었다.

　"죄, 죄송합니다. 그게…… 외람되지만 신경 쓰이는 점이 있습니다. 에리카 님의 목적은 '플레임 로드'를 농락해서 계획에 이용하시는 거죠?"

　"맞아, 너도 알잖아."

　"하지만, 요 며칠, '플레임 로드'와 거의 접촉하지 않으시는 모양입니다만."

에리카는 시렌의 의문을 듣고 가늘게 숨을 내뱉었다.

"뭘 모르네. 처음부터 진지하게 나가서 어쩌려고."

"······?"

"갑자기 나타난 여자가 '플레임 로드'에게만 말을 걸면 의도가 훤히 드러나잖아. 장수를 치려면 말부터 노려야 해. 우선 부하들을 길들이는 거야. 그렇게 긍정적인 이미지를 쌓으면 부하들이 '플레임 로드'에게 내 평가를 전할 거야. 그게 최초의 단계지."

"······과, 과연. 그래서 밤을 새워서 전원의 이름을 외운건가요?"

"필요하다면 뭐든지 하겠어. 살짝 그런 기분을 들게 하면 남자 따윈 쉬운걸."

"에스키아 공국에 오기 전에 요리 특훈을 한 것도 어디까지나 그들에게 좋은 평가를 얻기 위해서라고요?"

"맞아. 목적을 위해 완벽함을 추구하는 게 내 방식이야."

상대가 전투의 '최강'이라면 자신은 이 미모와 재치를 구사해서 겨루겠다.

그것이 레바민트 왕국 제1왕녀, 이 에리카 리히트슈타인의 기량이자 긍지이다.

"역시 대단하세요. 그러고 보니 병사들도 꽤 기뻐했었죠. 꽃을 선물할 정도로."

"당연하지. 일국의 왕녀인 이 몸이 배식까지 해줬으니까.

그보다 그런 어중이떠중이는 아무래도 좋아. 목적은 '플레임 로드'뿐이니까. 아, 그리고 꽃병의 물도 좀 갈아줘."

꽃병에 담긴 꽃을 가리키며 말하는 에리카. 받을 당시엔 내팽개쳐두었던 꽃이었지만, 지금은 제대로 꽃병에 담겨 있다.

"네……, 이러니저러니 해도 다정하시다니까요."

시렌이 희미한 미소를 머금고 고개를 숙였다.

"으, 쓸데없는 얘기는 이제 됐어. 이 상황을 최대한 이용할 뿐이야. 평소라면 '플레임 로드'의 곁에 머리가 잘 돌아가는 여동생이 붙어있는 모양이지만, 지금은 수도 방문 건으로 자리를 비웠으니까."

"설마, 그렇게 될 것도 아셨나요?"

"당연하지. 그래서 삼국 회의가 끝나자마자 에스키아 공국으로 온 거야. 회의를 마무리 지으면 국내 방침을 결정하기 위해 국내 주요 인사들이 모여 의논할 터. 그 여동생이 우수한 참모라면 이 타이밍에 수도로 불러들일 가능성이 커."

"전, 전부 의도대로 되었군요. 다만, 그 여동생도 조만간 돌아오지 않을까요?"

"그렇겠지. 그래서 이쪽도 오래 끌 마음은 없어."

에리카는 벌떡 일어나서 티끌 한 점 없는 투명한 미소를 지었다.

"준비 작업은 여기까지. 예정대로 슬슬 '플레임 로드'를 함락하는데 착수하겠어."

* * *

그날 정오를 지나, 아그니스는 탑에서 조금 떨어진 숲에 혼자 서 있었다.

흄의 시기도 슬슬 끝날 무렵. 오랜만에 맑게 갠 푸른 하늘에 해가 쨍하니 자리 잡았건만 숲속은 우거진 가지와 잎 덕분에 서늘한 고요로 차 있었다.

그 속에서 눈을 감고, 아그니스는 미동도 하지 않은 채 똑바로 서 있을 뿐.

그러나 자세히 보면, 아그니스의 미간은 깊은 주름으로 가득했다. 게다가 이마에는 땀까지 송골송골 맺혀 있다.

그렇다. 그는 지금 상상의 적과 싸우고 있다.

기본적으로 울창한 숲속에서는 시야를 확보하기 힘들다. 그렇다면 나무 그늘이나 가지, 잎을 이용해 몸을 숨긴 자나, 발치의 부엽토에 숨은 자가 있다면? 그런 곳에서 나타난 적병이 갑자기 공격해 온다면, 수많은 화살이나 마술 공격을 퍼붓는다면. 흉악한 마수가 습격해 온다면.

수는? 크기는? 공격은 동시에? 아니면 시간차? 위력은? 각도와 방향은? 그때 기후는?

온갖 가능성을 떠올리며 상상 속에서 땅을 박차고, 최소한의 움직임으로 적을 피해서 불꽃 공격을 먹인다. 한순간의 방심이 열상을 만들고, 집중력을 빼앗고, 처참한 결과를 가져온다.

지금껏 극한까지 갈고닦은 아그니스의 감각은 머릿속에서 몇천이나 되는 전투 장면을 만들어 내기에 충분했다. 게다가 그 상상 속 전투에서 상처를 입으면 현실에서 통증을 느낄 정도.

조용히 눈을 감고 머릿속에서 몇천 번이나 되는 전투를 펼치다 보면 패기가 새어 나오는 것도 비일비재한 일. 마치 실전과 같은 패기에, 숲속 새들이 본능적으로 공포를 느끼고 날아올랐다.

이 훈련의 장점은 현실에서는 맞붙을 수 없을 만한 강적과도 싸울 수 있다는 점이다.

더 강한 상대를.

훨씬 더 강한 상대를.

더욱더 강한 상대를.

그때마다 상상 속 적의 모습이 끝없이 변화한다.

그렇게 무릇 이 세상에 존재할지도 모르는 미지의 거대 괴수나 기괴한 해수를 상대하다 보면, 마지막에 문득 나타나는 것은 호리호리한 소녀였다.

향기가 날 것 같은 분홍색 머리카락.

깊게 가라앉은 푸른 눈동자.

그 백자 같은 피부는 마치 얇게 쌓인 눈 같아서.

얼어붙은 미모가 깃든 소녀는 살짝 입매를 올리고——.

——아니, 수행 중에 무슨 생각을 하는 거야?

황급히 고개를 저은 순간——.

부스럭.

등 뒤에서 누군가 나뭇잎을 밟는 소리가 울렸다.

"——!"

한순간에 소리의 주인과 간격을 좁힌 아그니스는 애검 제무스를 불러내 치켜들었다.

"꺄악!"

새된 목소리가 울리고, 아그니스가 검 끝을 뚝 멈췄다.

그가 천천히 눈을 뜨자, 새하얀 소녀가 갈색 눈동자를 크게 뜨고서 엉덩방아를 찧은 상태였다.

"……뭐야. 너였나."

에리카 리히트슈타인.

레바민트 왕국의 왕녀는 가슴에 손을 대고서 하아하아 숨을 내쉬었다.

"까, 깜짝 놀랐네……."

"미안해. 이 수행 중엔 극한까지 집중하니까 사소한 외부 자극에도 반사적으로 몸이 움직여 버리거든. 위험하니까 널 다가오게 하지 말라고 단원에게 부탁했는데."

아그니스는 마지막에 머릿속에서 어른거린 얼음 공주의

71

얼굴을 떠올리곤 고개를 내저으면서 대답했다.

그가 팔을 잡고 에리카를 일으켜 세우자, 그녀는 부끄러운 듯이 머리를 콩 때렸다.

"미안해요. 단원분에게 주의는 받았지만, 저도 모르게 와버렸어요. 그, 놀라서 그런데 잠시 심호흡 좀 해도 될까요?"

에리카는 자신을 진정시키듯이 후하 소리를 내며 심호흡을 반복했다. 그러고는 뒤적뒤적 품을 뒤져 은색 수통을 꺼냈다.

"괜찮으면 이걸 드세요. 뙤약볕 아래에서 열심히 훈련 중이라고 들었거든요."

"일부러 이걸 전해주러? 왠지 미안하네."

아그니스는 에리카가 내민 수통을 받아들었다.

수통 안은 시트러스향이 살짝 나는 시원한 설탕물로 채워져 있었다. 아그니스가 목울대를 울리며 물을 마시자, 에리카는 들꽃처럼 활짝 웃었다.

"과즙을 조금 넣어봤어요. 피로 회복에 좋은 성분이 들어 있으니 단련 후에 마시면 좋을 거예요."

"오오, 센스 있네……. 그보다 손님에게 이런 걸 시키다니 미안하군."

"천만에요, 탑에 머물며 신세 지고 있잖아요. 그 보답이에요."

그렇게 말하며 아그니스와 똑바로 눈을 마주치는 에리카.

그러자 아그니스는 고개를 휙 돌려 에리카의 시선을 피했다.

　──흥, 쑥스러워하는 거 맞지?

　내심 득의에 찬 미소를 지은 에리카는 혹시라도 자신의 의도를 들키는 일 없도록 자연스럽게 웃으며 아그니스에게 한 걸음 다가갔다.

　"아, 그렇지. 저, 아그니스 님에게 한 가지 부탁이 있어요."

　"부탁? 일단 널 돌봐주라는 명을 받았으니 할 수 있는 일이라면 하겠지만."

　"정말인가요? 저기──."

　에리카는 양손을 꼼지락꼼지락 돌린 후, 결심한 듯이 말했다.

　"괜찮으시다면 제게 검술을 가르쳐 주시겠어요?"

　"검술?"

　"네. 모처럼 아그니스 님처럼 강한 분이 곁에 계시잖아요. 왕녀라는 지위에 있지만, 적어도 제 몸은 스스로 지키고 싶어요."

　"흐음, 좋은 마음가짐이군. 알았어, 받아들이지."

　"신난다! 고맙습니다!"

　에리카는 폴짝폴짝 뛰어오르며 기쁨을 온몸으로 표현했다.

　물론 마음속으로는 전혀 다른 생각을 했다.

　──하앙, 멋지게 그물에 걸렸구나.

남자란 자신이 열중하는 일에 여자가 관심을 가지면 무척 기뻐하는 생물이다.

　득의양양해져서 시시한 지식을 술술 이야기하는 걸 굉장하다고 맞장구쳐주기만 해도 상대의 호감도는 멋대로 뛰어오른다.

　"내 검은 조금 특수하니까, 일단 이걸로 가르쳐줄까?"

　아그니스는 바닥에 떨어져 있던 나뭇가지를 주워들어 잔가지와 잎을 떼어냈다. 딱 목검 정도의 크기가 되자 에리카에게 건넸다.

　"검이란 건 형태에 따라 다양한 종류로 나뉘어. 종류에 따라 다루는 방법도 변하는데, 우선 일반적인 양날 한 손 검으로 상정할까."

　"양날 한 손 검인가요, 흠흠."

　빨리도 지식의 단편을 꺼내기 시작했다.

　에리카는 희미하게 씨익 웃었다.

　"그래서 사용법 말인데, 대강 말하자면 찌르기 아니면 베기야. 물론 세세하게 나누면 다양한 기술이 있지만, 기본적으로는 이 움직임을 조합하는 거지."

　"찌르기와 베기로군요."

　에리카는 또다시 흠흠 소리를 내며 고개를 끄덕였다.

　"그럼 일단 찌르기부터 해볼까?"

　"네, 선생님!"

척 경례를 한 에리카는 아그니스에게 검을 쥐는 방법이나 기본적인 자세를 배웠다.

그리고 손에 든 가지를 꽉 끌어당겨서——.

"에잇!"

귀여운 기합과 함께 앞으로 내질렀다.

이렇게 가련한 소녀가 자신의 지도를 받으며 귀염성 있는 몸짓으로 검을 휘두르는 것이다.

하하하, 잘한다, 잘해. 그렇게 아그니스가 손뼉을 치면서 히죽거리는 모습이 눈에 보이는 것 같았다. 곧바로 상대가 손을 머리에 툭 얹으리라. 그러면 그 손을 잡고서 이렇게 말하는 것이다.

——커다란 손, 이네요.

상대는 분명 당황하게 되리라 그때 살짝 젖은 눈동자로 더욱더 박차를 가해도 좋다.

——그 손으로…… 저를 지켜주시겠어요?

그렇게 말한 후, 농담이었다고 웃는 것이다. 상대는 안심하면서도 이후 에리카의 존재를 강하게 의식하게 되리라.

여기까지 오면 이제 함락 직전이다.

선생님과 학생. 어딘가 배덕감마저 느껴지는 상황 속에서 '플레임 로드'와의 거리를 단숨에 좁히는 교묘한 계획. 그렇지만——.

"그게 아닌데."

"네……?"

에리카가 깜짝 놀라서 쳐다보자, 어째서인지 '플레임 로드'의 미간에 작은 주름이 잡혀있었다.

"우선 검을 쥐는 방법이 안이해. 검을 내지를 때 잡는 위치가 뒤로 어긋났잖아? 좀 더 강하게 찔렀다간 검이 그대로 날아갈 거야. 수많은 적에게 둘러싸인 전장에서, 검을 놓쳐 버리면 무슨 일이 벌어질지 생각해 봐. 죽음과 직결돼도 이상하지 않아."

"……죽음?"

달달한 상황이 펼쳐져야 하는데. 아그니스의 입에서 갑자기 불온한 단어가 튀어나왔다.

"그리고 내딤발이 너무 약해. 몸의 중심이 어디에 있는지 잘 생각하는 편이 좋아. 중심이 뒤에 있으면 강하게 찌를 수 없잖아? 몸을 통째로 쓰러뜨릴 만큼 강한 기세로 내딤는 거야."

"그게, 저기……."

"그리고 허리에 회전을 넣으라고 설명했지? 지금은 팔심만으로 찔렀잖아. 그러면 한계가 있어. 늘 유념해야 할 건 하반신의 힘을 효율적으로 상반신에 전달하는 것. 그러기 위한 허리 회전이야. 찌르기는 손으로 하는 게 아냐. 허리로 하는 거지."

"허, 허리로……."

"그럼 다시 한번 해볼까."

"아……, 네."

——어, 뭔가 이상한데?

분명 "상당히 소질 있네"라고 웃으며 머리를 쓰다듬어야 할 텐데?

'플레임 로드'가 예상 밖의 반응을 보이자, 에리카는 내심 당황하면서도 일단 목검을 겨눴다.

그리고 "에잇!"하고 목검을 앞으로 내질렀다.

"잡는 위치가 또 어긋났어. 그리고 손잡이는 좀 더 강하게 쥐어."

"아, 네."

에잇.

"내딛발이 아직 약하군. 납작한 돌을 밟아서 깰 만큼 강하게 땅을 차보자."

"납작한 돌을…… 깬다고요?"

너무나 터무니없는 수준을 가볍게 요구하자 어안이 벙벙했지만 일단 못 들은 척했다.

에잇.

"허리의 회전을 의식해. 몸의 주변에 작은 용권을 일으키는 거야."

"……용권을 일으킨다……고요?"

또 의미를 알 수 없는 말을 들은 것 같은데.

에리카는 도통 이해되지 않는다는 표정을 지었다. 그리곤 목검을 다시 겨눴다.

에잇.

"아까부터 신경 쓰였는데, 그 기합 소리, 꼭 내야 해? 물론 기합 소리를 내면 힘을 싣기 쉬워지지만, 할 거면 기필코 상대를 위압하겠다는 기세로 복부로 발성하는 편이 좋아. 뭐, 기합 소리라는 건 적에게 공격하겠다는 걸 알리는 거나 마찬가지라 공격을 읽히기 쉽다는 결점도 있어. 그러니까 억지로 기합을 내지 않아도 좋아."

"아, 네……."

……붕.

에리카는 이번에는 말없이 찌르기를 펼쳤다.

붕.

붕.

붕.

고요한 숲속에서, 그저 찌르기가 허공을 베는 소리만이 간헐적으로 울려 퍼졌다.

──어, 잠깐만, 이게 뭐야…….

에리카는 마침내 사태가 명백히 이상한 방향으로 흐르고 있다는 걸 확신했다.

어쨌든 이래저래 두 시간 가까이, 찌르기 연습만 계속하다니.

선생님과 학생의 비밀 훈련이라는, 두근거림을 부추길 만한 알콩달콩한 분위기는 전혀 없다.

팔이 움찔움찔 가늘게 떨린다. 온몸의 뼈는 삐거덕삐거덕 소리를 냈고, 찌르기를 내지를 때마다 땀투성이가 된 몸에서 물방울이 흩어진다.

뭐야? 이게 대체 뭐지?

"저기, 아그니스 님. 저는 좀……."

"알았어. 한 번 제대로 본보기를 보여줄까?"

——그, 그게 아닌데……!

아그니스는 말없이 신음하는 에리카에게서 목검을 받아들더니 허리를 꾹 당겼다.

"우선 잡기. 손이 떨어지지 않도록 단단히 쥐는 거야. 이 목검에 날과 자루가 있다는 걸 상상해. 처음에는 날에 가까운 쪽을 드는 게 다루기 쉬우려나."

"그리고, 내딛기. 중심을 빠르게 앞으로 이동시키는 거야. 발은 바닥이 깨질 만큼 강하게 내디뎌."

"마지막은 허리. 허리를 돌리며 내딛는 힘을 상반신에 전하는 거야. 발바닥에서 무릎으로, 무릎에서 허리로, 그리고 허리에서 어깨, 팔로 에너지를 전달하는 거지."

지식이다.

분명 지식이기는 하지만——.

"그리고 이렇게 찔러."

구웅!

아그니스가 오른손을 내지르자, 주위의 대기가 검 끝에 모조리 말려 들어가듯이 회전했다. 그 너무나 강렬한 기류는 폭발적인 마찰력을 만들어 냈고, 공기가 호를 그리며 발화했다. 작열은 소용돌이를 만들면서 앞을 막아선 초목을 도려내고 숲 밖으로 날아갔다.

작열의 소용돌이가 지나간 곳은 검게 탄 길과 타닥타닥 재가 터지는 소리만이 남았다.

"봐, 이런 느낌이야."

그런 걸 할 수 있겠냐아아아아아아아아아아―――――――!

에리카는 저도 모르게 소리칠 뻔한 것을 꾹 참았다.

"아그니스 님. 저기 저는……"

"그럼 지금 느낌으로 다시 한번 해볼까?"

"……………………네."

에리카는 만면에 웃음을 띤 아그니스에게 힘없이 고개를 끄덕였다.

그리고 태양이 서쪽 지평선에 저물어갈 무렵――,

"응, 지금 건 상당히 좋은 느낌이었어!"

"……하아, ……하아, ……하아, ……하아, ……하아."

아그니스가 만족스럽게 고개를 끄덕이자, 에리카는 그 옆에서 풀썩 무릎을 꿇었다.

숨이 턱밑까지 차올라서 말조차 꺼낼 수 없었다.

──마침내, 마침내 해냈어……!

온몸이 납덩어리가 된 것처럼 무겁다. 그리고 끊임없이 덮쳐드는 팔다리의 통증. 게다가 의미불명의 성취감에 사로잡혔다── 아니, 이게 아니야아아아!

에리카는 황급히 자신을 일갈하고서 갓 태어난 새끼사슴처럼 비틀비틀 일어섰다.

아니야. 이게 아니다. 목적은 찌르기 달인이 되는 것이 아니라, 어디까지나 이 남자와의 거리를 좁혀 사랑의 포로로 만드는 것이다.

"교, 교관님……. 저, 해냈……어요."

자, 나를 칭찬해라.

그리고 머리를 쓰다듬어서 실컷 두근거리도록 해라. 그것이야말로 내 야망의 첫걸음.

어느샌가 상대를 교관이라고 부른다는 사실도 깨닫지 못한 채, 에리카는 벌레처럼 작은 소리로 아그니스에게 말했다.

"그래, 많이 노력했구나. 잘했어."

"교관님──!"

아그니스는 어디까지나 상쾌하게, 악의 한 점 없는 미소를 머금고 에리카를 바라보며 이렇게 말을 이었다.

"그럼 지금 한 걸 앞으로 천 번 해서 몸에 익히도록 할까?"

"……히익……!"

레바민트 왕국의 제1왕녀는 반사적으로 숨을 들이마시며

눈을 까뒤집었다.

아아, 안 돼. 여기서 정신을 잃으면 안 된다고……. 그렇게 되뇌면서도, 저항할 수 없는 절망에 에리카의 의식은 천천히 어둠 속으로 떨어졌다.

……

───.

───.

"체스토오오오오오오오오오오오오오오오오오오!"

굵고 큰 목소리와 함께 벌떡 일어난 이는 레바민트 왕국이 자랑하는 풍광의 무녀, 에리카 리히트슈타인. 16세 여성이다.

"……어?"

에리카는 퍼뜩 제정신을 차리고 주위를 둘러보았다.

눈을 뜬 곳은 침대. 밖에서는 짹짹 새소리가 들렸다.

커튼 사이로 햇빛이 새어 들어오는 걸 보니, 에스키아 공화국에서 임시로 거주하고 있는 탑의 방인 듯했다.

"에, 에리카 님. 엄청난 목소리가 들렸는데, 무슨 일이신가요?"

침대 옆에서 걱정스러운 표정을 보이는 이는 종자 소녀.

"시렌……, 그러니까, 지금은?"

"벌써 아침입니다. 어제 오후 늦게 '플레임 로드'가 축 늘어진 에리카 님을 업고 데려왔어요."

그렇구나. 아무래도 훈련 도중에 정신을 잃어버린 모양이다.

'플레임 로드'가 방까지 데리고 돌아와서, 그대로 아침까지 잠들어 버린 것이리라.

"고함을 지르면서 벌떡 일어나셨는데, 나쁜 꿈이라도 꾸셨나요?"

"……그래. 찌르기를 하는 꿈을 좀 꿨어……."

"……찌르기요?"

"아무것도 아니야. 떠올리고 싶지도 않아!"

에리카는 기억 밑바닥에서 들러붙는 악몽을 떨쳐내듯이 고개를 좌우로 저었다.

"아야야!"

그 순간, 온몸이 찌릿했다. 너무 혹사한 탓인지 격렬한 근육통이 일었다.

"아, 정말. 제기랄, 그 남자. 적당히란 걸 모르나?"

"그게, 어제는, '플레임 로드'를 함락시킨 건가요?"

에리카는 눈치 없이 묻는 시중인을 밉살스럽게 노려보았다.

"오히려 이쪽이 완패했어! 검술 좀 가르쳐달라며 다가갔다가 터무니없는 꼴만 당하고……. 아아, 열 받아!"

"무, 무리하지 말고 도중에 그만두셨으면 더 좋지 않았을지……."

"뭐어? 우습게 보지 마. 완벽함을 추구한다고 했잖아."

——응?

저도 모르게 악담을 한 순간, 에리카는 왼손에 위화감을 느끼고 이불을 치웠다. 그리고 왼손을 펼치자, 거기엔 작은 쪽지가 있었다. 쪽지를 펼쳐보니 메모처럼 휘갈겨 쓴 글이 있었다.

——미안. 무심코 열중해서 단원을 대하듯이 지도하고 말았어. 하지만 소질은 나쁘지 않아. 내딤발만 좀 더 강하게 내디디면 더욱 좋은 찌르기가 될 거야. 수고했어, 근성이 있구나!

그것은 '플레임 로드'가 준 편지였다.

"……."

시렌이 물끄러미 편지를 읽는 에리카를 머뭇머뭇 엿보았다.

"에리카 님, 얼굴이 조금 붉어졌는데요……."

"뭐, 뭐어? 그, 그럴 리가 없잖아! 좀 더 강하게 내딛으라니 대체 뭐냐고. 이런 건 일국의 왕녀에게 남길 메시지가 아니잖아."

에리카는 황급히 메모를 구깃구깃 뭉쳐 바닥에 내던졌다.

"하지만 부럽네요……. '최강'의 남자와 숲에서 단둘이……."

"넌 왜 흥분하는 건데? 잠깐, 코피가 났어."

"어, 아, 죄송합니다!"

코피를 쓰윽 닦은 시렌을 어이없다는 듯이 본 에리카는 빠득빠득 어금니를 갈았다.

"굴욕이야…… 반드시 함락해주겠어. 내 노예로 만들어줄 거라고."

"그러고 보니…… 탑 안을 탐색했을 때 '플레임 로드'가 단원과 이야기하는 걸 들었어요. 마수 출현 빈도도 줄어들었으니까, 지금부터 혼자서 멱을 감으러 간다고요."

코를 닦으며 잠자코 듣고 있던 시렌이 한 가지 정보를 떠올렸다.

"혼자서, 멱을 감으러 갔다고?"

에리카는 중얼거리더니 저도 모르게 침대에서 뛰어 내렸다.

"아야! 아야야얏!"

풍광의 무녀는 근육통에 괴로워한 후, 시중인의 양어깨를 붙잡고 앞뒤로 흔들었다.

"그거야! 왜 좀 더 일찍 깨우지 않았어?"

"푸, 푹 주무시길래."

"그딴 건 아무래도 좋아. 여름이야! 멱을 감는다고! 이 기회를 이용하지 않으면 어쩔 건데!"

이미 검술 지도를 통해 거리를 좁히겠다는 작전이 실현 불가능해진 지금, 수영복 차림이 될 수 있는 상황은 필연적으로 최대의 호기다. 이런 일도 있을까 해서 수영복까지 착실히 준비해왔다.

지금까지 연기해왔던 청초한 성격에 맞춰서, 너무 과격하지 않으면서도 차분하게 색기를 뽐낼 수 있는 수영복을.

"멱을 감는 게 호기인가요?"

"기억해 두렴, 시렌. 수영복 차림의 미녀를 싫어하는 남자는 이 세상에 존재하지 않아."

"그, 그런가요? 그런데, 지금 스스로 미녀라고……."

"난 미녀인데 불만 있어?"

"아, 아니요. 없습니다."

"더군다나 평범한 미녀가 아니야. 청초한 미녀라고. 그런 미녀가 수영복을 입었을 때 드러난 몸매까지 끝내준다니! 그 반전매력이란! 그래서, 어딘데? 수영장은 어디에 있어?"

시렌은 아그니스와 단원의 대화를 떠올리면서 꾹꾹 다가오는 에리카에게 대답했다.

"분명, 요 근방이라 걸어갈 수 있는 거리랬어요. 탑을 나가서 남쪽으로 똑바로. 행선지는 이 근처에 몇 없는 관광지인 모양인데요."

"관광지? 그거 좋잖아!"

옳거니 하고 에리카는 싱글거렸다.

"좋았어. 잘 보라고, '플레임 로드'. 딱 뇌쇄시켜주겠어!"

그리고 기세 좋게 주먹을 찔러 올리며── 근육통에 "끄악" 하고 신음했다.

──낮.

"……대체 어디인……."

에리카가 탑의 남쪽으로 똑바로 걷기 시작한 지 벌써 한 시간이 지났다.

이게 대체 어떻게 된 일이지? 바로 근처가 아니었나?

"젠장. 깜빡했어……."

상대는 '플레임 로드'였다.

그 녀석이 걸어서 금방이라는 것은 일반인의 다리로는 한숨이 나올 만한 거리였다.

에리카는 생각했다. 쩍쩍 갈라진 적토가 펼쳐진 황량한 대지를, 왜 자신이(더군다나 옷 속에 수영복을 입고서) 홀로 걷는 것일까?

뱀 같은 생물이 발치를 꾸물꾸물 지나갔다.

"……큭. 이런 거에 질쏘냐……."

에리카는 욱신거리는 몸을 채찍질하며 남쪽으로 계속 걸었다.

그로부터 한 시간 뒤──.

마침내 녹음으로 덮인 험준한 산들이 보였다.

이윽고 도착한 산 중턱엔 물보라가 일고 있었다.

"신난다! 드디어 물이 있는 곳에 도착……."

콰아아아아아아아아아아아아아아아아아아아.

──폭포…….

그것은 장대한 폭포였다.

높디높은 산 정상에서 흘러 내려오는 압도적인 수량. 세차게 튀는 물보라가 하얀 안개를 만들었다. 자세히 보니 낙수는 산기슭 조금 윗부분의 크게 돌출된 지형에 용소를 만들고 다시 한번 떨어져 장관을 연출하고 있었다.

장엄한 이단(二段) 폭포.

과연 관광지라고 할 만큼 풍경이 압권이었다.

"아니, 이렇게 거친 폭포가 있을 거라곤 생각 못 했는데…….."

에리카는 짜증을 내뱉으며 폭포 옆에 난 짐승길에 들어섰다.

아마도 위쪽 용소로 향하는 길이리라.

물보라로 촉촉이 젖은 흙에는 생긴 지 얼마 안 된 발자국이 남아 있었다. 어제, '플레임 로드'가 찌르기 시범을 보여줄 때 생긴 자국과 같았다.

그 남자는 틀림없이 이 위에 있다.

"아직 멀었어……. 승부는 이제부터야."

에리카는 어금니를 꽈악 깨물고 짐승길을 밟으며 산에 올라갔다.

위에 있는 용소는 의외로 아담한 수영장 형태일지도 모른다. 서로 참방참방 물을 끼얹다 보면 남자의 얼굴은 자연스레 헤벌쭉해지리라.

물소리가 커졌다. 눈앞의 무성한 풀을 빠져나가면, 목적지가 바로 코앞이다.

"좋았어……."

에리카는 덤불 속에서 겉옷을 벗고 수영복 차림이 되기로
했다.

수영복은 원피스 타입의 순백의 수영복이다. 가슴께의 리
본은 귀여움을 돋보이게 하는 포인트다. 게다가 몸매를 돋
보이게 만들 수 있도록 가슴과 엉덩이 부분을 꽉 조여주는
수영복이다.

이 모습을 '플레임 로드'에게 짠하고 보여주마.

여자는 청순하고 기품있는 모습만 보여주면 안 된다. 그
런 모습만 보여준다면 남자는 벽을 느끼고 쉽사리 다가오지
못하니까. 그래서 적절한 틈이 필요하다. 즉, 덜렁이 속성.
이따금 나타나는 허술함이 친밀해지기 쉬운 분위기를 만들
어 내 상대의 긴장감을 푼다.

이 상황에서는 마음이 조급해진 나머지, 갑자기 수영복
차림으로 등장해버리는 덜렁이를 연기하는 것이다.

──간다.

에리카는 수영복 차림으로 덤불에서 뛰쳐나갔다.

"아그니스 님! 멱을 감는다고 들어서 저도 무심코 수영복
을 입고 와 버렸어……."

콰아아아아아아아아아아아아아아아아아아아아아.

"…………폭포 수행……!"

과연, 에리카가 노리던 남자는 분명 거기에 있었다. 그렇다, 호쾌하게 쏟아지는 폭포 한가운데에.

상반신을 벗은 채 눈을 감은 흑발 남자가, 마치 낮잠이라도 자는 것처럼 우뚝 서 있었다.

그렇다고나 할까, 진짜로 자고 있다.

뼈를 부술 법한 기세로 떨어지는 폭포수를 맞으며 남자는 꾸벅꾸벅 졸고 있었다.

키 작은 나무가 늘어서 있는 용소 주변에서, 에리카는 얼떨떨하게 서 있을 수밖에 없었다.

"오오, 너구나."

남자가 붉은 눈을 반짝 떴다.

믿을 수 없지만, 폭포수를 맞고 있는 아그니스의 목소리가 또렷이 들렸다.

무슨 이치인지 모르겠다. 하지만 에리카는 깊게 생각하기를 포기했다.

"수영복을 입고 오다니 준비가 좋군. 함께 멱을 감을까?"

"⋯⋯⋯⋯그게, 멱을 감는 건가요?"

에리카는 꿀꺽 침을 삼키고 발치의 물웅덩이를 바라보았다.

멱이라는 귀염성 있는 울림과 눈앞의 압도적인 폭포는 전혀 어울리지 않는다.

그보다, 저러면 보통 죽지 않나?

그럼 여기서 맥없이 물러서야 하나?

에리카는 붕붕 고개를 내저었다.

──아니야.

필요하다면 뭐든지 하겠다. 그만한 각오는 했다.

폭포수를 맞던 아그니스는 가벼운 기색으로 손님에게 말했다.

"농담이야. 목을 열심히 단련한 사람이 아니면 아마 이 수압에 즉사── 아니, 이봐!"

──에잇, 될 대로 돼라!

에리카는 폭포 밑으로 다가가기 위해 물가에 발을 들였다.

그러나 생각 이상으로 유속이 빨라 몸이 통째로 떠밀려 버렸다. 이대로 흘러가면 이제 한 층 아래의 용소에 거꾸로 떨어지리라.

"──아."

그것은 자신의 목소리였을까? 금세 온몸이 끌려들어 가듯이, 에리카의 의식은 흉포한 흐름에 삼켜졌다.

──흐릿한 빛 안에 있었다.

침대에 누운 어머니.

험악한 표정의 아버지.

힘없이 고개를 내젓는 어의들.

철가면을 쓰고 멀찍이 떨어진 곳에서 말없이 직립하고 있는 병사들.

그리고 그런 어머니에게 매달려 우는 자신.

야윈 팔을 힘겹게 들어 올려, 어머니는 자신의 머리를 쓰다듬었다. 그 손길에는 사랑이 담겨 있었다.

——슬퍼하지 말렴. 난 전혀 불안하지 않아. 너라면 멋진 풍광의 무녀가 될 수 있는걸. ……아니, 그뿐만이 아니야. 이 나라를 훨씬 더 좋은 나라로 만들 수 있어——.

이 땅에는 거짓이 있다.

이 몸에는 거짓말쟁이의 피가 흐른다.

하지만 그때 본 어머니의 얼굴은 정말로 온화했다. 그날 어머니는 진심에서 우러난 웃음을 지었다고 생각한다.

무척 슬픈 기억이었지만—— 그래도 어머니가 열어달라고 부탁한 창에서 부드러운 바람이 불어 들어온 것을 기억한다.

어머니를 보고 싶다.

하지만 만나지 않는다. 아직 가지 않는다.

아직—— 갈 수 없다.

"커흑!"

물을 힘껏 토해낸 에리카는 반동으로 크게 숨을 들이쉬었다. 몇 번이나 숨이 콱콱 막혔다.

"나 원 참, 무모한 짓 하지 마."

정신이 들자 자신을 들여다보는 남자의 얼굴이 있었다.

역광으로 잘 안 보이지만, 볕에 잘 탄 단정한 생김새였다.

"아그……니스 님……."

"네게 무슨 일이 생기면 국제 문제가 되니까. 되도록 조심하도록 해."

'플레임 로드'는 어린아이를 타이르는 말투로 말했다.

"……죄송, 해요."

에리카는 콜록콜록 기침하면서 대답했다.

그 상황에서 마침내 남자가 자신을 안고 있다는 사실을 깨달았다.

"아래 폭포까지 떨어졌어. 곧바로 건져냈으니까 물은 많이 마시지 않았겠지만."

아그니스는 세차게 쏟아지는 폭포를 올려다보면서 대답했다.

그러나 에리카의 마음속은 평온하지 않았다. 듬직한 팔. 잘 단련된 강철같은 상반신에, 에리카는 뺨이 자연스럽게 뜨거워졌다.

"잠시 누워있는 편이 좋겠군."

아그니스는 그렇게 말하며 물가에서 떨어진 바위에 에리카의 몸을 눕혔다.

얼굴이 가깝다. 젖은 살결의 감촉에 에리카의 얼굴이 달아올랐다.

"용소에 뛰어들다니. 좀 봐달라구. 그래도 역시 근성이 있는 아이네."

두근.

순진하게 웃는 아그니스의 얼굴에 심장이 벌렁 튀어 올랐다.

"그럼 난 그 폭포수를 좀 더 맞고 올게. 여기서 잠시 쉬도록 해."

"아, 네, 네!"

에리카는 그렇게 대답하고 푸른 하늘을 바라봤다.

느긋하게 흘러가는 구름.

폭포에서 튀어 오르는 물보라에 태양 빛이 작은 무지개를 그려낸다.

곁에는 폭포 수행에 힘쓰는 남자가 있고, 기분 좋은 바람이 불고, 등을 기대고 있는 바위는 햇빛을 받아 따뜻했다.

──가끔은 이런 평온한 하루도, 좋을지 몰라…….

"그러니까, 아니라고오오오오!"

그 후 다시 두 시간 가까이 걸려서 탑으로 돌아온 에리카는 자기 방 침대를 주먹으로 후려쳤다.

나는 어째서 기분 좋은 순간을 만끽한 것인가.

"또 실패였나요, 에리카 님?"

"또라고 하지 마!"

시렌의 악의 없는 물음에, 에리카는 짜증스럽게 답했다.

"제기랄……, 대체 뭐냐고! 멱을 감는 줄 알았더니 왠 폭포 수행이야. 모조리 예상을 초월한다니까! 완전 다른 차원에 사는 녀석같아! 나같은 미녀와 단둘인 상황인데, 왜 평범하게 폭포 수행을 계속하는 거냐고. 보통 같으면 로맨틱한 전개가 되어야 하잖아!"

풍광의 무녀는 빠득빠득 어금니를 갈았다.

"그보다, 그 녀석 내 수영복에 전혀 반응이 없어! 대체 어떻게 된 거지?"

오히려 이쪽이 한순간 당황했던 게 괜스레 열 받았다.

"혹시 여자에게 흥미가 없는 건 아니겠지? 그런 정보는 없었을 텐데."

"훨씬 더 미인의 수영복 차림을 본 적이 있는 건 아닌지……."

에리카는 살며시 중얼거린 시렌을 힐끗 노려보았다.

"뭐어? 나보다 더한 미인이 그리 흔할 리가 없잖아."

"부, 분명 그렇죠. 하지만 삼국 회의에 있던 이그마르 분도 예쁘셨어요."

"아아. 이자벨라라고 하는 제1왕위계승자 말이지. 분명 놀라운 미모긴 했지. 하지만 남자는 그렇게 대놓고 야해 보이는 여자보다, 얼핏 청순해 보이지만 실은 외설적인 몸을 가진 나한테 뿅 갈 거라고!"

"네, 네! 저도 그렇게 생각합니다."

"그러고 보니…… 아침에 엿들은 대화 중에 '플레임 로드'
는 저녁에 말을 타고 탑 주변을 한 바퀴 돌 예정이라고 했습
니다."

"그거야아아!"

에리카는 크게 손가락을 딱 울렸다.

"왜 좀 더 빨리 말 안 해줬어? 그 남자랑 가까워질 절호의
기회잖아!"

"그, 그런가요?"

"말에 태워달라고 하는 거야. 말 위에서 단둘. 흘러가는
풍경. 뺨을 쓰다듬는 부드러운 바람. 평원 안쪽으로 지는 새
빨간 저녁놀. 거기에 미녀가 꽈악 등을 끌어안는 상황! 함
락되지 않을 남자가 있을까? 아니, 없어!"

단숨에 떠들어댄 에리카는 승리를 확신하며 주먹을 꾹 움
켜쥐었다.

"좋아. 이번에야말로 각오하라고, '플레임 로드'!"

그런데 어째서일까.

동시에 묘하게 불길한 예감도 드는 것이었다.

그리고——.

"꺄아아아아아아아아아아아아아아악——!"

황혼의 평원에 에리카의 절규가 울려 퍼졌다.

그날 저녁, 이단 폭포에서 돌아온 아그니스는 시렌의 말
대로 탑 근처를 말로 돌 예정인 모양이었다.

"저, 꼭 한 번 말에 타보고 싶었어요! 항상 마차로 이동하니까요. 이것도 에스키아를 알기 위한 소중한 경험이겠죠!"

그런 식으로 천진난만하게 부탁하고 말에 올라탈 때까지는 좋았다.

아그니스는 분명 말을 타고 탑 주변을 한 바퀴 돈 것이었다.

흉악한 마수들이 우글대는, 땅거미 지는 마경 이솜니아를.

"꺄아아아아아아아아아악!"

끊임없이 덮쳐오는 이형의 짐승들을 보고 에리카는 절규를 반복했다.

"하하하, 괜찮다니까."

아그니스는 가볍게 웃으면서 덤벼드는 마수를 서걱서걱 베어 넘겼다.

——괜찮긴 뭐가아아아아!

마음속으로 절규하면서 에리카는 필사적으로 '플레임 로드'에게 매달렸다.

이미 달콤한 러브 코미디 전개와는 거리가 먼 상황이었다. 소녀 한 명이 목숨을 부지하기 위해 필사적으로 기수에게 매달리는, 지옥 같은 그림이었다.

어쨌든 지금 말에서 떨어지면 확실히 죽는다.

"흉의 시기는 거의 끝났지만 만약을 위해 하는 토벌이야.

나는 이제 곧 탑을 비울 거고."

"……아그…… 저…… 좀…… 아파…… 아야야야!"

안 된다. 격렬하게 흔들리는 말 위에서 입을 열면 힘껏 혀를 깨물어 버리리라.

어쨌거나 죽을 기세로 계속 붙들 수밖에 없다.

——지, 질 거 같냐아아아!

"하하하. 말을 타고 달리는 것도 꽤 기분이 좋지?"

아그니스는 상쾌하게 말하며 말의 속도를 줄였다. 마침내 지옥같은 시간이 끝나고——.

"좋아, 한 바퀴 더 돌자."

"……——오오아아아아아아."

그렇게, 에리카의 입에서 흘러나온 절규가 땅거미 진 하늘 너머로 사라졌다.

"…………."

"에리카 님, 괜찮으신가요?"

밤. 시렌이 침대에 엎드려 축 늘어진 에리카의 어깨를 쭈뼛쭈뼛 두드렸다.

에리카는 움직이지 않았다.

"크, 큰일이야! 에리카 님이 돌아가셨어."

"……안 죽었어. 불길한 소리 하지 마."

얼굴만 천천히 시렌에게 돌려, 에리카는 짜증스럽게 말을 뱉어냈다.

"절대로 죽을 수 없어. 목적을 달성할 때까지는."

"……네."

그런 에리카의 모습에 시렌은 입을 꾹 다물고서 고개를 끄덕였다.

"시렌. 여기에 온 지 이제 며칠째지?"

"오늘로 14일째입니다."

에리카는 천천히 자리에서 일어나 엄지손톱을 깨물었다.

"이제, 느긋하게 굴 수 없어. '신탁의 의식'까지 시간이 얼마 안 남았는데……."

침대 모서리에 앉은 에리카는 벽을 물끄러미 바라보며 무겁게 중얼거렸다.

"반성하고 있어. 나라 밖으로 나와 조금 들떴을지도 몰라."

"가끔은 좋지 않을까요? 요즘 에리카 님은 평범한 소녀 같았어요. 얼굴을 붉게 물들이거나, 허둥대거나…… 마치 사랑에 빠진 소녀처럼요."

"사랑? 그런 가치 없는 것에 힘을 쏟고 있을 틈 없어. 바보 같은 소리 하지 마."

"죄, 죄송합니다!"

에리카가 험악하게 말하자, 시렌이 황급히 고개를 조아렸다.

한숨을 푹 쉰 풍광의 무녀는 서류 상자에서 극비라고 적힌 종이를 꺼내 말없이 읽어 나갔다.

"……어쩔 수 없지. 제2단계 계획에 들어가겠어. 장소를 바꿀 거야."

"장소를, 바꾼다고요?"

"그래. 여기는 뭘 하든지 단원들의 시선이 따라오니 행동에 제약이 많아. '플레임 로드'는 이제 곧 상업 도시 리피르로 향하니까 그때 동행하겠어."

"리피르는 상인 연합이 관할하는 도시로군요. 어째서 '플레임 로드'가 거기에?"

"경비야. 흄의 시기가 지나면 날씨가 안정되어 본격적인 여름이 돼. 리피르를 찾는 관광객도 폭발적으로 늘어나지. 이 시기에는 필연적으로 무뢰한의 유입이나 언쟁도 늘어나. 그래서 가까운 나라의 군대가 봉사활동으로 거리의 경비를 돌아가면서 하는 거야. 도움을 줌으로써 상인 연합과의 우호 관계를 유지하는 게 목적이겠지."

폐쇄된 나라라는 말을 듣는 레바민트 왕국이지만, 중립 세력인 신성교회와 상인 연합과는 가느다란 교류가 계속되고 있다. 이것은 레바민트를 떠나기 전, 평소 교류가 있던 상인 연합 담당자에게서 캐낸 정보이다.

"다만, 결국 다른 병사도 함께 가는 거 아닌가요?"

"'플레임 로드'는 혼자서 갈 거야. 여기에 오기 전에 내가 상인 연합 담당자에게 그렇게 되도록 손을 써 뒀으니까."

"네? 연합 상대로 그런 게 가능한가요?"

"봉사활동이라고 해도 체재비는 연합 측에서 내는 거니까, 인원수가 적으면 경비도 줄어들잖아? 인원이 적은 편이 연합에게 더 좋겠지. '최강'의 검사라면 혼자서도 충분하지 않겠느냐고 넌지시 이점을 알렸어."

"과, 과연……. 역시 에리카 님이십니다."

"……흥."

이 미모와 지혜를 구사하면, 사람의 마음을 조종하는 것쯤은 손쉽다. 손쉬울 터이다.

──그런데, 그 남자는…….

제2단계 작전에서는 똑같은 추태를 보이지 않겠다.

아무리 '플레임 로드'라 할지라도 국외로 나가서 색다른 장소에서 지내다 보면 싫어도 개방적이 되리라.

게다가 바람의 알림이라고 해야 할지, 무언가 일어날 것 같은 예감이 드는 것이다.

에리카는 앞으로의 전개를 떠올리면서 지긋지긋하다는 양 말했다.

"그건 그렇고, 대체 그 남자는 뭐야? 너무 금욕적이라고. 그런 작자랑 평범하게 사귀는 여자가 있으면 보고 싶어."

* * *

이그마르의 왕도에서 조금 남쪽으로 나아간 숲속의 한 저택.

"레파 님, 오늘 식사는 어떻게 하시겠습니까?"

안경을 낀 메이드가 두꺼운 철문을 두드리며 물었지만 대답은 돌아오지 않았다.

"곤란하네요. 벌써 삼일 밤낮을 아무것도 입에 대지 않으셨어요."

로제린은 철문에 등을 기대어 작게 탄식했다.

그곳은 저택 뒤뜰에 마련된 지하실의 문이었다. 이그마르왕국 '최강'의 마술사인 '블리자드 로즈'가 지하실 안에 들어간 지 벌써 꼬박 사흘이 지났다.

"잘도 이렇게 몰두할 수 있군요. 뭐, 늘 있는 일이지만요."

레파는 마술 연구에 집중하고 싶을 때면 곧잘 이 지하실에 틀어박혔다. 흉의 시기도 끝나가서 마수의 습격이 진정되자 이번에도 지하에 처박힌 것이었다.

"레파 님, 슬슬 마무리 지으시겠습니까? 일할 시간이에요."

반응 없음.

로제린은 숨을 후우 내쉬고, 이번에는 다른 질문을 했다.

"괜찮으시겠어요? 사흘간 제대로 목욕도 하지 않으셨잖아요. 체취가 심하면 남자들이 싫어한다구요."

"……."

안에서 오랜만에 작은 반응이 있었다.

쿡 미소 지은 로제린은 문에서 떨어져 발소리를 울리면서 지상으로 이어지는 돌계단을 올라갔다.

"⋯⋯⋯⋯벌써 사흘?"

지하실 안, 마침내 레파가 고개를 들었다.

그곳은 햇빛이 닿지 않는 새까만 공간. 모든 것을 덧칠하는 칠흑 속에서 마법진 몇 개가 떠올라 있었다. 어느 것은 정돈된 아름다운 기하학 문양. 어느 것은 보는 자를 어지럽게 하는 혼돈 모양. 어느 것은 생물처럼 박동하는 문양이다.

흐릿한 빛을 뿜는 크고 작은 마법진이 벽에, 천장에, 공간에, 무수히 그려져 있었다.

그것은 시간과 함께 깜빡여 마치 어둠에 꿈틀대는 거대 고치처럼 보이기도 했다. 그런 공간 안에서 레파는 오랜만에 일어섰다. 지금까지 계속 앉은 채 일심불란 마법진을 그렸다.

의식이 현실로 끌려 돌아오자, 그 순간 물조차 만족스럽게 마시지 못했던 배가 꼬르륵 소리를 냈다.

"그러고 보니, 배가 고파⋯⋯."

그러나 오늘은 좋은 느낌으로 몰두하고 있다. 좀 더 연구를 계속하고 싶은 기분도 들었다.

배에 손을 댄 레파는 다시 고쳐 앉아, 눈동자를 천천히 감았다. 머릿속 이미지를 어둠에 기술해가듯이 마법진을 그려간다.

그것은 어떤 형태를 하고 있을까?

사람 형태?

머리는? 있다.

색은? 분명 흑발.

눈동자는? 붉은색이 좋겠지.

손발은? 단련되어 낭창하게 뻗었다.

검을 들었다. 검은 날의 큼직한 검이다. 이제 곧 완성.

서서히 형태를 맺는 그 인영이 문득 미소 지었다.

──너, 체취가 심하네.

"저, 저저정말, 연구 중에 무슨 생각을 하는 거야?!"

레파는 황급히 일어서서 머리에 떠오른 '그 남자'의 이미지를 떨쳐냈다.

그리고 다시 한번 자신의 팔에 코를 대고 킁킁 냄새를 맡았다.

"……응, 괜찮아. 괜찮다고. 아아, 정말, 로제린이 이상한 소리를 해서 집중할 수 없잖아."

레파는 변명하듯이 허리에 손을 대고서 뺨을 부풀렸다.

아니── 본래대로라면 감사해야 하리라.

아마 밖에서 제지하지 않았더라면 자신은 쓰러질 때까지 마술 연구에 몰두해 버릴 것이다.

마술이란 진리의 탐구이다.

만물의 기초인 마나에 간섭해 그 성분을 어떻게 조종할 것인가. 그러기 위해서는 물질의 성립에 정통해야만 한다. 세계의 성분을 알아야만 한다.

한 번 그 시원(始原)에 다가가면, 다음은 어떻게 간섭해갈까.

간섭의 방법은 다양하다. 마법진을 쓸 경우도 있거니와, 힘 있는 말—— 주문이라 불리는 언령을 이용할 때도 있다. 레파 수준이 되면 이미지만으로 어느 정도의 간섭도 가능해진다. 물론 잘하고 잘 못 하는 것은 있고, 단순한 상성 문제도 있지만.

어쨌거나 마술을 안다는 것은 세계를 아는 것이고, 자신을 아는 것이고, 끝으로는 자신과 세계가 일체가 되는 것이다.

깊게, 깊게, 세계의 중심으로 감겨드는 이미지이다.

그래서 상급이라 불리는 마술사는 때때로 이렇게 말한다. 마술 연구를 파고들면, 극히 드물게 세계의 진리에 도달할 것 같은 감각을 얻을 수 있다.

진리라는 이름의 거대한 문이, 시야 안쪽에 우뚝 솟아 있는 것처럼.

그것은 마술사에게 있어서 큰 감동이자 환희의 극치라 할 수 있는 상황이다.

그러나 동시에 이렇게 생각한다.

만약 이 문을 열면, 자신은 두 번 다시 원래 세계로 돌아올 수 없게 되는 것은 아닐까——.

"후우……."

레파는 한숨과 함께, 사흘 만에 중후한 문을 밀어젖혔다.

녹슨 금속이 기기긱 삐걱거리고, 하늘에서 쏟아지는 햇살이 깊고 푸른 눈동자를 찔렀다.

"벌써 여름이네."

저택을 둘러싼 숲의 녹음이 눈부셨다. 새들이 이그마르의 짧은 여름은 한껏 구가하려고 높다란 울음소리를 내면서 머리 위를 날아다닌다.

레파가 지상으로 이어지는 계단을 오르자, 사용인이 새침한 얼굴로 기다리고 있었다.

"마침내 나오셨군요, 레파 님. 급히 죄송하지만, 슬슬 준비하십시오. 일할 시간입니다."

"……일?"

레파가 고개를 갸웃거리자, 로제린은 어이없는 표정으로 어깨를 으쓱였다.

"잊으셨나요? 상업 도시 리피르의 경비 일이 들어왔잖아요."

"아아, 그랬었지!"

상인 연합과 우호 관계를 구축할 목적으로, 흄이 끝나는 이 시기에는 이웃 여러 나라의 군대가 봉사활동으로 시내 경비를 맡는다.

이그마르에서는 궁정의 지시를 받아 이번에는 레파가 가게 되었다.

"리피르라……."

"왜 그러십니까, 레파 님?"

"어, 아니, 별로……."

편한 일이기는 하지만……… 어째서일까? 기묘하게 가슴이 술렁였다.

"어쨌거나 목욕 좀 하고 나서 갈게."

레파는 살짝 땀이 밴 피부를 쓰다듬고서 허둥지둥 저택으로 향했다.

제4장 상업 도시 리피르

여름을 맞이한 상업 도시 리피르는 흘러넘칠 것처럼 활기를 띠었다.

오가는 사람으로 북적이고, 상인들이 지르는 소리가 끊임없이 푸른 하늘에 울려 퍼졌다. 그런 인파를 헤치며 한적한 골목길로 들어간 분홍색 머리카락을 가진 소녀의 목적지는 한 여관.

"후우⋯⋯."

이마에 흐른 땀을 닦은 레파 엘드리트는 영차 소리와 함께 짐을 들어 올렸다.

상업 도시 리피르에 도착한 레파는 상인 연합 지부에 들러 경비 담당 구역에 대해 설명을 들은 후 숙박 시설을 소개받았다. 중심지에서 조금 떨어진 곳에 있는 여관이었는데, 지금 막 그 장소에 다다른 참이었다.

여관은 붉은 벽돌로 지은 세련된 건물로, 문을 열고서 안에 들어가자 널찍한 로비가 시야에 들어왔다. 조용한 실내는 밖의 더위가 거짓말처럼 느껴질 정도로 서늘했다.

나쁘지 않은 여관이다. 하지만——.

"뭔가⋯⋯ 이상한 느낌이⋯⋯."

레파는 혼자서 중얼거리며 주변을 두리번두리번 둘러보았다. 도시 경비라고 해도 기껏해야 술주정뱅이나 여행자의 난동 정도를 처리하는 업무로 기본적으로는 편한 일이다.

그런데도 어째서인지 조금 전부터 묘한 불안감이 가시질 않았다.

"어서 오세요. 오늘은 경비 관계자분만 머물 수 있습니다만."

"관계자야. 소개장이 있어. 함께 묵는 사람이 한 명 더 있는데, 그 사람은 조금 늦을 예정이야."

레파는 그렇게 말하면서 상인 연합 지부에서 받은 소개장을 접수원에게 건네고 숙박명부에 이름을 적었다. 로제린은 저택의 잡무가 있어서 조금 늦게 합류할 예정이었다.

"확인했습니다. 감사합니다."

"천만에, 경비는 가끔있는 일인걸. 그나저나 조용하고 아늑한 여관이네. 중심지의 떠들썩함도 싫지는 않지만, 밤엔 푹 자고 싶으니까."

"이 시기는 경비 관계자가 대절하니 편히 지내실 수 있을 겁니다. 게다가 당 여관은 대욕탕도 설치되어 있으니, 느긋하게 피로를 푸실 수 있을 겁니다."

"정말로? 신난다!"

좋은 여관이란 건 알았지만 욕탕까지 있다니, 상당히 고급 여관이었다. 목욕을 좋아하는 사람에겐 정말 기쁜 정보이리라. 과연 상인 연합은 씀씀이가 좋다. 뭐, 봉사활동으로 오는 것이니까, 이 정도 대접은 받아도 상관없겠지.

"방까지 짐을 들어드릴까요?"

"괜찮아, 혼자서 갈 수 있어."

웃는 얼굴의 접수원에게 배웅을 받으며, 레파는 짐을 들고 여관 2층으로 올라가 좌우로 객실이 늘어선 복도를 나아갔다. 색다른 장소에 와서 그런지 어쩐지 해방감이 든다. 무언가 멋진 일이라도 생기면 좋겠는데.

"——막 이러고."

방 앞에 도착한 레파는 문에 열쇠를 꽂아 넣었다.

열쇠를 돌리자 다른 숙박객이 뒤를 지나갔다. 그는 레파의 방에서 세 칸 떨어진 방의 문 앞에 멈춰 서서 열쇠를 돌렸다.

레파가 문득 옆을 보았다.

그 사람은 흑발의 젊은 남자였다.

"……."

"……."

"……."

"……."

두 사람은 잠시 입을 다물고 서로 마주 보았다.

어딘가에서 본 적 있는 남자였다.

아무렇게나 매만진 흑발.

인상적인 붉은 눈동자.

그리고 복잡한 문양이 들어간 펜던트.

그렇다. 어쩐지 익숙한 차림새인데──.

"……아니, 어어어어어어어어어어어어어어?!"

"하아아?"

두 사람은 동시에 이상한 소리를 냈다.

어딘가에서 보고 말고 할 것도 없다.

맞선 상대이다.

에스키아 '최강'의 검사, '플레임 로드'이다. 심장이 급속히 벌렁벌렁 소리를 내기 시작했다.

"어, 어째서 네가……."

"내, 내가 할 소리야. 어째서 네가."

"나, 난 경비 일을 하러 왔어."

"나, 나도 경비 일을 하러 왔어."

"……."

"……."

침묵.

──어, 어쩌지?

고동이 점점 더 커졌다.

뭐가 뭔지 모르겠지만, 상업 도시에서 맞선 상대를 딱 맞닥뜨리고 말았다.

여기는 경비 봉사활동자에게 배정된 여관이다. 흄이 끝나면 경비 의뢰가 늘어난다. 에스키아에서도 봉사활동자를 파견하기로 했고, 우연찮게 '플레임 로드'가 그 역할을 짊어지진 것이리라.

숙적인 두 나라 사람을 같은 여관에 배정했다는 점에서 상인 연합의 배려가 부족하다는 느낌이 들지만, 리피르에서는 부전 조약이 체결되어 있으므로 상인 연합 측도 적당히 처리했을지도 모른다.

예기치 않은 우연에 가슴의 고동은 더욱더 높아졌다.

하지만 레파는 이내 퍼뜩 정신을 차렸다.

"호, 혹시 나를 만나러⋯⋯?"

"아니, 경비 일 때문에 왔다고 했잖아."

저도 모르게 태클을 건 아그니스의 눈썹이 움찔 튀었다.

"서, 설마 날 만나러⋯⋯?"

"그러니까, 나도 경비 일 때문에 왔다고."

"⋯⋯."

"⋯⋯."

두 사람은 말없이 서로 마주 보았다. 서로가 무언가 말을 하려 했을 때——.

"죄송해요. 지나가겠습니다."

상쾌한 목소리가 귀를 쓰다듬고, 또 다른 숙박객이 레파의 뒤를 지나갔다.

——예쁜 아이네.

곁눈질로 본 자는, 맑게 흐르는 물과 같은 물빛 머리카락이 인상적이고, 동그랗고 커다란 갈색 눈을 가진 소녀였다. 자신과 비슷한 나이의 아이일까. 들에 핀 꽃 같은 청초한 분위기를 풍기는 그녀의 뒤에는 진회색 머리카락을 이마에서 가지런히 자른 소녀가 다소곳이 서 있었다.

앞을 가던 소녀가 아그니스의 옆에서 멈춰 섰다.

"저기, 아그니스 님. 목욕 먼저 할까요? 모처럼 상업 도시에 왔으니, 목욕 후에는 거리 산책이라도 나가는 거예요."

——어?

레파는 불온한 말을 꺼내는 소녀를 향해 고개를 끼기긱 돌렸다.

"목욕하고 나서 외출하겠다는 건가? 일은 밤에 하니, 딱히 상관없지만."

——뭐?

이번에는 고개를 끼기기기긱 아그니스에게 돌렸다.

소녀가 신기하다는 듯이 살짝 고개를 갸웃거렸다.

"그런데…… 아시는 분인가요, 아그니스 님?"

"그래, 조금."

"그렇군요. 저는 에리카라고 합니다. 뒤에 있는 애는 시렌이에요. 잘 부탁드립니다."

에리카라고 이름을 댄 소녀는 우아하게 인사했다.

"……여자를…… 데리고……."

"……어?"

"어, 아니……, 레, 레파……입니다……."

레파가 멀거니 선 채로 있노라니, '플레임 로드'가 뒤통수를 벅벅 긁으면서 말했다.

"레바민트에서 온 손님이야. 내가 맡고 있어."

레파는 눈동자를 끔뻑였다.

그러고 보니 로제린에게서 일곱 대국 중 하나인 레바민트 왕국의 제1왕녀가 에스키아 공화국에 머무르고 있다고 들었다.

즉, '플레임 로드'는 손님을 안내하는 것인가.

순식간에 레파의 얼굴에 생기가 깃들었다.

"그, 그렇구나! 그럼 제대로 안내해야지. 그, 그럼 이만."

그렇게 말하면서 방으로 들어가 문을 탁 닫았다.

아, 깜짝 놀랐다.

레파는 심호흡을 하며 가슴에 손을 대 아직 빠르게 뛰는 맥박을 진정시켰다.

──하지만…… 무척 예쁜 애였어.

방에 난 창에서 내다보이는 하늘은 푸르고 맑게 개었지만 어딘가 흐릿한 기분이었다.

눈부시게 들이 비치는 여름 햇빛을 바라보며, 레파는 어쨌거나 자신도 땀을 씻고 싶다고 생각했다.

한편, 시렌이 방으로 돌아간 에리카에게 살짝 흥분한 기색으로 말을 걸었다.

"에리카 님. 아까 그 사람, 굉장한 미소녀였네요."

"그러게. 그런 미인을 안다는 소린 못 들었어⋯⋯."

에리카가 엄지손톱을 까드득 물고서 고개를 들었다.

"뭐, 생각은 나중에 하자. 그보다, 서둘러 할 일이 있어."

"네, 네. 어떤 건데요⋯⋯?"

"이 여관에는 1층에 대욕탕이 있어. 입구에 남녀 다른 안내판이 있으니까 그걸 바꿔치기하고 와."

"안내판을 바꿔치기하라는 건가요⋯⋯? 왜 그런 짓을?"

"지금 막 '플레임 로드'에게 욕탕으로 가라고 말했잖아. 안내판을 바꿔치기하면, 여성용 욕탕에 '플레임 로드'가 들어가게 되잖아. 그럼 곧바로 안내판을 원래대로 되돌리고서 이번엔 내가 그쪽으로 뛰어드는 거지."

"그, 그런 짓을 하면, 에리카 님이 '플레임 로드'와 목욕탕에서 마주치게 되는데요?"

"뭐어? 왜 얼굴을 붉히는 거야, 당연히 그게 목적이지. 리피르에는 며칠밖에 못 머물러. 럭키 스케베 이벤트고 뭐고 모든 수단을 이용해 거리를 좁히는 거야."

"럭키⋯⋯ 스케베⋯⋯?"

"자, '플레임 로드'가 목욕탕에 도착하기 전에 빨리 가!"

"네, 네!"

＊＊＊

"그러고 보니⋯⋯."

여행길에서 흘린 땀을 씻으려고 1층 욕탕으로 향한 레파는 계단을 내려가다 문득 멈춰 섰다.

아까 전 복도에서 '플레임 로드'와 레바민트 왕국의 제1왕녀는 이제부터 대욕탕에 가겠다고 이야기하지 않았던가?

지금 향하면 에리카라는 소녀와 마주칠 가능성이 있다.

"⋯⋯."

레파는 잠시 고민하다가 결국 그대로 욕탕으로 향하기로 했다. 같은 숙박객 입장이니, 딱히 이쪽이 괜히 사양할 필요도 없으리라.

여성용 탈의실에서 옷을 스륵스륵 벗었다. 레파는 드러난 살결에 수건을 대고서 욕실 문을 열었다. 욕탕은 생각보다 넓었고, 중앙에 있는 커다란 석조 욕조 속에는 계절에 맞는 꽃을 둥둥 띄워놓았다. 사자 얼굴 조각상에서 뿜어져 나오는 뜨거운 물 덕분에 욕탕은 수증기로 자욱했다.

상당히 호화로운 욕탕이다.

——이런 시설을 무료로 이용할 수 있다면, 경비 일도 나쁘진 않네.

자욱한 수증기로 시야는 나빴지만 욕조에는 인영이 있었다. 에리카라는 소녀이리라.

탕 안에 천천히 발을 넣자, 촉촉한 열기가 피로에 스며들었다.

——아아, 최고야.

피로가 가시는 느낌에 몸을 풍덩 담근 순간, 물방울이 첨벙 튀고 말았다.

"아, 미안해요!"

"아니."

뜨거운 김 안쪽에서, 생각보다 굵은 목소리가 돌아왔다. 이 짧은 시간에 감기라도 걸린 걸까?

점차 증기가 걷히고 그 인물의 모습이 점점 명백해졌다.

흑발.

붉은 눈동자.

그리고 강철처럼 단련된 상반신.

"……."

"……."

욕조에 몸을 담그고 있던 두 사람은 입을 떠억 벌린 채 서로를 바라보았다.

여기는 여탕이었을 터.

그런데 왜 남자가 있나.

아니, 그보다 뭣보다.

이 남자는 잘 아는 맞선 상대인데——…….

그 남자—— '플레임 로드'가 이루 말할 수 없는 표정으로 말을 꺼냈다.

"뭐야, 너도 목욕인가……."

레파가 발끝에서 머리끝까지 한순간에 새빨갛게 물들었다.

"그, ㄱㄱㄱㄱㄱㄱㄱㄱㄱ, 그게 문제가 아니잖아아아아!"

구구구구구우우웅!

"어?"

대욕탕 밖 복도.

갈아입을 옷을 든 에리카가 욕탕에서 울린 굉음을 듣고 움찔 고개를 들었다.

안내판을 바꿔치기한 시렌에게 '플레임 로드'가 여탕으로 들어간 것을 확인했다고 들었는데, 지금 소리는 여탕에서 들려왔다.

에리카가 달음박질해 현장으로 향하자,

"꺅!"

탈의실에서 분홍색 머리카락의 소녀가 튀어나왔다. 귀까지 새빨갛게 물들인 미소녀는 맹렬히 대시해 2층으로 뛰어올라갔다.

"……아뿔싸!"

에리카는 상황을 이해했다. 저 소녀가 자기보다 먼저 '플레임 로드'가 있는 여탕에 들어가 버린 것이다. 서둘러 탈의실을 지나가 욕탕 문을 열자──.

"아그니스 님!"

욕탕은 극한의 세계로 바뀌어 있었다. 거칠게 부는 차가운 바람. 바닥에 내린 새하얀 서리, 천장에서는 수많은 고드름이 드리워졌다.

그리고 얼어붙은 욕조 중앙에는 얼음 속에 갇힌 남자가 있었다.

"우와, 자, 잠깐, 이게 뭐야? 아그니스 님!"

'플레임 로드'를 부르자 두꺼운 얼음이 좌우로 쩍쩍 갈라지더니 물보라를 흩뿌리며 깨졌다.

"아, 아그니스 님, 괜찮으세요? 무, 무슨 일이 일어난 건가요?!"

"……나 원 참, 여전히 능란한 마술이군, '블리자드 로즈'."

그 후, 피폐해진 몰골로 2층 방에 돌아온 에리카에게 시중인이 물었다.

"에리카 님. 일은 잘되셨나요? 1층이 떠들썩했는데……."

"응? 실패야. 다른 여자가 먼저 목욕하러 들어가 버렸어."

알몸으로 욕탕에 돌입해 강렬한 인상을 심어줄 계획이었는데, 하필이면 그런 미소녀와 조우하게 만들다니.

"아아, 정말. '플레임 로드'가 그 애를 의식하면 어쩔 거냐고?"

"그, 그렇게 말씀하셔도. 에리카 님이 속옷을 고르는데 시간이 너무 걸리셔서…….”

“탈의실에서 ‘플레임 로드’를 우연히 만날 가능성도 있잖아. 당연히 속옷도 중요하다고.”

“네, 네!”

……응?

에리카는 시중인 추궁을 멈추고 허공을 바라보았다.

그리고 무언가를 떠올린 듯이 서류 상자에서 꺼내든 종이를 팔락팔락 넘겼다.

“……레파라고 했었지. 역시. 어딘가에서 들은 적이 있는 거 같았어.”

에리카는 서류를 빤히 바라보았다.

종이에 구멍이 뚫릴 듯이 문장을 응시했다.

“그런가……. 그렇게 된 건가…….”

“왜 그러시나요, 에리카 님?”

“계속 신경 쓰였어. 저기, 시렌. 어째서 ‘플레임 로드’는 내게 굴복하지 않는 거라 생각해?”

에리카가 시험하듯이 말하자, 시렌은 미간에 주름을 잡고서 생각하기 시작했다.

“……노력이 부족한 걸까요?”

“노력하고 있어! 무지막지 하고 있다고!”

“그, 그렇네요! 실례했습니다. 그럼?”

“여기에 그 애의 이름이 있어.”

에리카는 손에 든 종이를 언짢게 시렌에게 건넸다.

그것은 이그마르 왕국 주요인물 명부였는데, 아래쪽에 레파의 이름이 있었다.

레파 엘드리트. 이그마르 왕국 제5왕위계승자이자 얼음 마술을 구사하는 '최강'의 마술사. 그 때문에 '블리자드 로즈'라는 별명으로 불린다.

그리고 기록은 이렇게 이어진다.

——'플레임 로드'의 정략적 맞선 상대라고.

"맞선, 상대요?"

"그래, 그런 거야."

에리카는 고개를 끄덕이며 살짝 입매를 올렸다.

순풍이 분다. 이건 위협이 아니라 호기라 인식해야 한다.

최종적인 목표 달성을 향해, **이 기회에 확인해야 할 점은 두 가지.**

골을 향한 코스가, 지금 뚜렷이 보이는 것 같은 느낌이 든다.

"시렌, 좀 바빠지겠어."

* * *

"어, 벌써⋯⋯ 밤인가?"

상업 도시 리피르의 거리 한가운데에서, 레파는 겨우 깨달은 양 중얼거렸다.

해는 이미 저물고, 통행인들이 넋을 잃고 우뚝 서 있는 레파를 신기하게 바라보면서 걸어갔다.

"나, 어떻게 된 거더라……?"

목욕탕에서 '플레임 로드' 같은 인물과 맞닥뜨린 후의 기억이 애매했다. 방으로 돌아가 기세에 몸을 맡겨 거리로 나갔고, 골목길을 빙글빙글 걸어 다니는 사이에 밤을 맞이한 것이리라.

"아아으……."

레파는 길가에 다가가 머리를 감싸 안으며 주저앉았다.

목욕탕에 있었던 자는 분명 '플레임 로드'였다. 하지만 대체 왜? 목욕탕에서 알몸으로 대면했다는 사태가 아직 이해되지 않았다.

그보다 그 녀석은 어째서 여탕에 있었던 거지?

혹시 '최강'의 검사는 단순한 변태였던 걸까?

즉, '최강'의 변태이다.

아니……, 혹시 자신이 착각해서 남탕에 들어가 버린 것일까? 분명 그때는 같은 숙소에 '플레임 로드'가 묵는다는 사실을 알아서 동요했고, 애당초 쇼크가 너무 커서 기억이 애매하다. 그러나 그런 것보다──.

──……봤을까?

모르겠다.

김이 잔뜩 껴 시야는 나빴고, 곧장 얼려버렸으니 보이지는 않았을 테지만……

"아아…… 아아으으으으……."

레파는 얼굴을 붉히며 앓는 소리를 냈다.

한동안 머리를 끌어안고 주저앉아있었더니 꼬르륵 뱃소리가 울렸다. 이런 상황인데도 배가 고프다니.

레파는 가까스로 비틀비틀 일어섰다.

쪼그려 앉아 있어봤자 아무것도 해결되지 않는다. 아침부터 아무것도 먹지 않았으니, 일단 뭐라도 먹고자 가까운 레스토랑에 들어가기로 했다.

흐릿한 등불이 비치는 가게 안에서 주문한 물을 한 모금 마시자 겨우 기분이 진정됐다.

──어쩌면…… 전부 환상이었을지도 몰라.

그런 곳에서 '플레임 로드'를 맞닥뜨리다니. 무더위 속에서 나타난 신기루 아닐까. 점점 그런 기분이 들기 시작했다.

──응, 그럴지도 몰라……. 환상이야. 분명 환상.

그때, 딸랑 문이 열리고 한 쌍의 남녀가 가게 안에 들어왔다.

물빛 머리카락을 나부끼는 귀여운 소녀.

그리고 흑발 적안, 목에 오래된 펜던트를 건 남자.

푸핫.

"손님, 괜찮으신가요?"

"미, 미, 미안해요!"

저도 모르게 입에 머금은 물을 뱉어낸 레파는 황급히 테이블을 닦으면서 가게에 나타난 손님에게 중얼거렸다.

"어, 어째서 네가!"

"왜, 왜 네가!"

오늘만 벌써 세 번째 대면── '플레임 로드'도 놀란 기색으로 레파에게 시선을 보냈다.

팽팽한 분위기.

숨 막히는 긴장감 속에서, 레파가 처음으로 건넨 한 마디는 이랬다.

"봐, 봤어……?"

'플레임 로드'의 눈썹이 위로 움찔 올라갔다.

"뭐……, 뭐를?"

"뭐냐니…… 그, 그거야. 요, 욕탕에서. 시치미 떼지 마."

"아, 안 봤어! 진짜로 안 봤어."

"정말? 정말로 정말?"

"그래, 시야가 나빴으니까. 내가 본 건 네 상완이두근뿐이야."

"상완……이두근?"

아그니스의 눈동자 안쪽에 사냥꾼의 눈빛이 깃들었다.

"그래. 팔을 굽힐 때 쓰는 근육인데 맨손 공격 시 훅이나 어퍼에도 사용해. 내가 준 주먹 씌우개는 적당히 무거우니까

125

아령 대신 쓰면 상완이두근을 단련하는데도 효과적이야. 제대로 사용하고 있는 모양이구나."

레파의 눈동자가 어째서인지 쓰윽 가늘어졌다.

"딱히…… 네가 줘서 쓰는 건 아니야. 어디까지나 날 위해서 단련하는 거라고. 마술과 무술, 양쪽에 통달해야 진정한 '최강'이지. 도움의 손길을 내밀어준 걸 후회하지 말라고. 이 몸이 무력까지 손에 넣으면, 이제 너 따위가 손댈 수 없을 거야."

"훗, 바라는 바야. 난 그런 널 뛰어넘겠어."

"……시험해 볼래?"

"……재미있군."

가게 안에 기류가 구웅 소용돌이치자, 식사하던 손님들이 일제히 비명을 질렀다.

"저기, 죄송합니다! 전혀 이야기를 따라갈 수 없는 데다, 어느샌가 본론에서 벗어난 기분이 드는데요?!"

아그니스의 옆에 선 에리카가 그렇게 말하면서 '플레임로드'의 어깨를 만졌다.

――우.

어째서인지 모르겠지만 레파는 가슴속에서 희미한 술렁임을 느꼈다.

에리카는 그런 것에는 조금도 신경 쓰지 않는 기색으로 레파를 물끄러미 바라보았다.

"……어? 이제 보니 여관에서 인사했던 분 아니신가요?"

"어, 응. 그, 그럴지도……."

"역시! 와아, 우연이네요. 혹시 두 분, 어떤 관계인가요? 분위기가 범상치 않던데요!"

"따, 딱히 관계랄까, 뭐랄까……."

레파는 황급히 컵에 든 물을 꿀꺽꿀꺽 마시며 말했다.

"사랑하는 사이인가요?"

푸핫 소리를 내며 레파가 다시 물을 뿜어냈고, 아그니스가 콜록콜록 기침했다.

"아, 아아아아아아아아니, 아니야……!"

"갑자기 무슨 소리를 하는 거야? 이 사람은 이그마르의 마술사라고. 국가 행사에서 몇 번 얼굴을 마주친 적 있을 뿐이야. '블리자드 로즈'라고 들어본 적 없어?"

'플레임 로드'가 곤란한 표정으로 보충 설명을 하자 에리카의 만면에 꽃이 피었다.

"어어, 이분이 '블리자드 로즈'? 그 천재 마술사로 유명하신?"

"어?"

"대단해요, 이그마르는 마술 연구가 특히 진보되어 있다고 들은 적 있어요. 그중에서도 '최강'이라 불리는 고고한 마술사죠? 악수해주세요!"

에리카는 기쁘게 말하면서 동경의 시선을 보내며 레파의

손을 잡았다.

"어, 아."

"우와, 정말 매끈매끈한 손이시네요. 이 손으로 그런 굉장한 마술을 펼치는 거군요."

"저기, 잠깐."

"게다가 이렇게 미인이시라니!"

"그, 그렇지는……."

안절부절 쑥스러워하기 시작하는 레파.

"여자로서 동경해요! 이런 사람과 알게 되다니! 저, 감격했어요!"

"……그, 그런가?"

"그래요! 마술의 천재라니 엄청 멋져요!"

"그 정도야…… 당연하지."

"대단해요!"

"흐흥."

에리카는 갑자기 새침한 표정을 짓는 레파에게 지체없이 웃는 얼굴로 말했다.

"꼭 가까워지고 싶어요! 합석해도 될까요?"

"응, 상관없어."

"어, 진짜로?"

이리하여──.

에스키아 공화국 '최강'의 검사 아그니스 레스터.

숙적인 이그마르 왕국 '최강'의 마술사 레파 엘드리트.

그리고 폐쇄된 국가—— 레바민트 왕국의 제1왕녀 에리카 리히트슈타인.

수상쩍은 요소가 만재한 동방 삼국. 그 중요 인물들이 펼치는 식사 모임이라는 무척 기묘한 상황이, 여기 리피르 한구석에 있는 레스토랑에서 급거 개최되었다.

그리고——.

"아하하, 에리카 씨는 재미있는 사람이구나."

식사 모임이 개시된 지 약 두 시간.

자욱이 끼었던 불온한 분위기에 반해, 세 사람의 회합은 지극히 온화하게 진행됐다.

전부 에리카 리히트슈타인의 존재 덕분이었다. 넌지시 화제를 제공하고, 두 사람에게 질문을 던지고, 때로는 자신의 실패담으로 웃음을 자아냈다.

지금도 어린 시절 어머니의 생일 케이크를 만들었을 때, 설탕과 소금을 착각해서 무척 맛없게 만든 이야기를 선보인 참이었다.

에리카에게 완전히 마음을 허락한 레파는 쿡쿡 웃으며 말했다.

"아, 웃겨라. 소금이 잔뜩 들어간 케이크라니, 어머니도 놀라셨겠지?"

"네. 엄청 놀라셨죠. 어머니는 몸이 약하셨는데, 그래도 케이크를 전부 먹고 맛있다고 해주셨어요. 정말로 다정한 분이셨죠."

에리카가 눈을 가늘게 뜨며 그리워하듯이 말했다. 과거형이라 조금 신경 쓰였지만, 레파는 그 이상 언급하지 않고 크게 어깨를 으쓱여보였다.

"레파 씨는 이런 실수를 안 하시겠죠. 요리도 잘할 거 같고."

"그, 그건, 뭐……."

뜨끔한 레파는 '플레임 로드'를 흘낏 보았지만, 남자는 요리를 우물우물 입으로 옮길 뿐이었다. 이전 '플레임 로드'에게 손수 만든 요리를 대접한 적이 있지만, 그 음식은 사용인인 로제린이 만든 것이었다.

레파는 서둘러 화제를 바꾸기로 했다.

"그나저나 레바민트 왕국은 대체 어떤 나라야? 소문은 믿을 게 못 되니까 꼭 한 번 레바민트 사람에게 직접 들어보고 싶었어."

"으음……, 종교 국가라서 신전이 잔뜩 있고, 그리고 언덕에 풍차가 많이 늘어서 있고…… 지금은 쇄국 정책을 취하고 있지만, 예전엔 평범하게 국교를 펼쳐서 극동 섬나라 같은 곳과도 교류가 있었는데…… 막상 답하려고 하니 무슨 말을 해야 좋을지 망설여지네요."

"강한 적은 있나?"

"이봐, 그런 질문은 좀 아니지."

아그니스의 물음에 레파가 딴죽을 걸었다.

"있어요. 국왕 직속인 '블리츠(뇌인)'이라는 친위대가 있는데, 귀신처럼 강한 사람들로 구성되어 있어요. 칼을 너무나도 빠르게 휘둘러서 검이 지나간 궤적만 남는다던가요. 그 친위대의 힘도 있어서 국가 체제가 몇백 년 유지되었다고 들었어요."

"흐음……."

"헤에……."

"어? 왠지 두 분 다 눈빛이 무서운데요……."

레파는 퍼뜩 제정신을 차리고 말을 계속했다.

"그러고 보니 에리카 씨는 풍광의 무녀라고 했던가. 어떤 일을 해?"

"음, 글쎄요……. 간단히 말하자면 정령님의 사도라는 지위예요. 레바민트 왕국은 신성교회가 숭상하는 정령 중에서도 바람의 정령님을 믿는데, 다양한 제사로 정령님께 기도 드리는 존재라고나 할까요. 특히 큰 게 1년에 한 번 행하는 '신탁의 의식'이죠."

"'신탁의 의식'?"

"네, 우선 '사은제(謝恩祭)'에서 정령님에 대한 감사를 표시하고, 그 후 '신탁의 의식'에서 신성한 말씀을 받아요."

"그게……."

"아아, 죄송합니다. 즉, 바람의 정령님께 기도 드리고 말씀을 받는 거예요. 그걸로 국가의 방침을 정하는 게 '신탁의 의식'이죠."

"정령님에게 말씀을? 그런 게 있어?"

정령은 존재하지만 현세에 간섭하지 않는 것이 이 세계의 상식이다.

대기 중에 떠도는 마나는 정령이 만들어 내는 것이라고 여겨지지만, 어디까지나 그들은 상위 세계의 주민이다. 마나는 상위 세계에서 생성되고, 그들의 활동 여파가 이 세계에 미치는 것이라고 말들 하는데, 직접 정령과 교신한다는 이야기는 들어본 적이 없다.

"후후후, 굉장하죠? 그렇게 말해도 표면상이기는 하지만요."

"표면상……?"

고개를 기울이는 레파를 향해, 에리카는 장난꾸러기처럼 미소를 되돌렸다.

풍광의 무녀는 딱히 그 이상 설명하지 않고 한숨을 후우 내쉬었다.

"뭐, 영예로운 직책이기는 하지만 고민도 있어요. 풍광의 무녀는 국왕 직계의 일족만이 될 수 있는데, 어머니가 병약하셨기에 제게는 형제가 없어요. 그러니까 자연스레 제가 그 역할을 짊어지게 되었고……. 게다가 올해 '신탁의 의식'을 둘러싸고, 어머니와 조금 의견이 맞지 않아요."

"흐음……."

레파는 작게 맞장구를 쳤다.

어머니와 의견이 맞지 않는다. 방금 전 다정한 어머니라고 했었는데.

"뭐, 가족이라고 해서 항상 의견이 맞는다고 단정 지을 수는 없으니까."

아그니스가 우물우물 입을 움직이며 옆에서 말했다.

"그건…… 그렇지."

레파가 기묘한 표정으로 그 말을 지지했다.

두 사람의 '최강'이 표하는 공감에, 에리카는 한순간 입을 다물다가 표정을 누그러뜨렸다.

"앗, 어쩐지 제 얘기만 했네요. 죄송해요. 무거운 이야기는 여기까지 하고 재밌는 이야기라도 하죠!"

"재밌는 이야기?"

"네. 모처럼 젊은 남녀가 모였으니까, 사랑 이야기는 어떨까요?"

갑자기 테이블에 긴장이 퍼졌다.

'블리자드 로즈'와 '플레임 로드'의 시선이 한순간 빠르게 교차한── 기분이 들었다.

에리카는 순진한 태도로 말을 이었다.

"레파 씨는 무척 예쁘시니 굉장히 인기 많으셨겠죠? 부디 지금까지 겪으셨던 연애 편력을 듣고 싶어요."

"연애…… 편력……?"

──없다.

없음.

전혀 없음.

하지만…… 절대 없다곤 말할 수 없다.

이 분위기. 에리카가 보내는 반짝반짝한 기대의 눈빛.

말할 수 있을 리가 없다.

미안, 없어──라고 입을 잘못 놀리면, 분위기가 얼어붙어 레파의 얼음 마법을 웃도는 절대 영도의 침묵이 공간을 지배하리라.

아니, 그거라면 그나마 낫다.

아, 없나요, 헤에……──라고, 연민을 머금은 눈빛을 보내기라도 하면…….

말할 수 없다. 그래, 말할 수 없다. 절대 말할 수 없다.

'최강'의 마녀가 사랑 이야기 하나도 제대로 할 수 없다니, 있어서는 안 되는 일이다.

"그, 그러네……."

레파는 가만히 생각에 잠긴 후, 먼 곳을 바라보면서 입을 열었다.

"물론, 나도 다양한 경험을 했어……. 그야말로 셀 수 없을 만큼 많은 남자를 봐 왔고. 눈을 감으면 나를 지나간 별처럼 수많은 사랑이 지금도 선명히 떠올라(※주: 연애 소설 이야기).”

“우와아, 정말인가요? 역시 레파 씨는 대단하네요. 아그니스 님은요?!”

에리카가 감탄 어린 목소리와 함께 ‘플레임 로드’를 보았다.

“지, 진짜냐…….”

남자는 한순간 얼굴을 굳힌 후, 금세 진지한 표정을 지으며 말했다.

“……나, 나 역시, 지금까지 무수히 많은 상대를 공략해 왔지만. 만나면 금세 상대가 접근해 와. 뭐, 대개는 내게 걸리면 순삭이었지. 너무나도 많아서 눈을 감아도 떠오르지 않을 정도야(※주: 마수 이야기).”

“어, 그, 그래……?”

이번에는 레파의 얼굴이 경악의 색을 띠었다.

에리카는 그런 두 사람에게 감도는 긴장감을 무시한 채, 두근거리는 기색으로 ‘블리자드 로즈’에게 말했다.

“좋겠다, 분명 다양한 경험을 했겠죠. 저는 경험이 적으니 괜찮다면 레파 씨의 사랑 체험담을 들려주실 수 있나요?”

“사랑…… 체험담?”

──제로.

전무.

허무.

그러나 말할 수 없다.

입이 찢어져도 그런 말은 할 수 없다.

아니—— 곰곰이 생각해 보면, 경험이 전혀 없는 것은 아니다.

그러나 과연 이 자리에서 말해도 좋을지 한순간 망설였다.

하지만 이미 물러서려고 해도 물러설 수 없는 상황이다.

"……조, 좋아. 에리카 씨. 내 경험담에 놀라지 마."

"아, 네!"

에리카가 살짝 몸을 앞으로 기울였다.

레파는 크게 숨을 들이마시고 각오를 다진 듯이 이렇게 말했다.

"나…… 실은 같은 또래 남자와 둘이서 밖을 돌아다닌 적이 있어."

…….

…….

침묵.

시간이 얼어붙은 것 같은 긴 침묵 뒤에, 에리카가 의아한 표정으로 물었다.

"……그러니까……, 데이트 말인가요?"

"그, 그래. 데, 데, 데이트한 적이 있어. 괴, 굉장하지?"

"……."

한층 더 무거운 침묵.

에리카는 눈동자를 크게 뜬 채 정지했다.

봐, 놀랐잖아.

이 나이에 데이트한 적이 있다니, 조금 지나쳤나.

역시 그녀에게는 자극이 강했을까?

레파가 흥 하고 득의만만하게 콧소리를 내고 있노라니, 옆에 있던 '플레임 로드'가 노골적으로 대항해왔다.

"……미안하지만 나도 있어. 같은 또래 여자와 둘이서 걸어 다닌 적이."

레파는 울컥해서 입술을 굳게 다물었다.

"놀라지 마. 나, 나는 벽치기를 당한 적도 있으니까."

"나도 벽을 친 적이 있어."

"그뿐만이 아니야! 나는, 남자에게 손수 요리를 대접한 적도 있다고!"

"그렇다면 난 그걸 먹은 적이 있어!"

"저, 저기, 진정하세요! 두 분 다 겨, 경험이 풍부하네요. 부러워요."

당황해서 중재에 들어간 에리카가 다음 질문을 내던졌다.

"그런데 레파 씨는 대체 어떤 타입의 남성이 취향인가요?"

"흐, 흐엑? 타, 타입?"

안 되겠다. 한순간 동요할 뻔했다.

레파는 마음속의 초조함을 들키지 않도록 마음을 다잡 았다.

……어려운 문제다.

어릴 적부터 죽느냐 사느냐 하는 생활을 보냈기 때문에, 애당초 좋아하는 타입이라는 개념을 진지하게 생각해 본 적 없었다. 연애 소설은 산처럼 많이 읽었지만, 내용에 따라 동 경하기는 했어도 특정 남자 캐릭터만 과하게 좋아했던 적은 없었다.

그럼, 난…… 대체 어떤 남자가———…….

자연스럽게 가슴에 떠오르는 것은 어린 시절 잊을 수 없 는 약속을 나누었던 소년이었다.

그는 강했다.

불행에 굴하지 않고 싸웠다.

서투른 요리를 맛있게 먹어주었다.

그리고 등을 맞대고서 함께 싸워주었다.

나를 믿어주었다.

"그, 글쎄……. 역시———."

그렇게 말하면서 문득 고개를 들자, 이쪽을 보는 '플레임 로드'와 눈이 마주쳤다.

레파의 입술이 뚝 멈추었다.

……아니, 잠깐.

여기는 다른 사람들 앞.

좋아하는 타입이란 질문에 그런 식으로 답하다니, 마치 공개 고백 같지 않은가.

무리.

그건 무리.

무리, 무리, 무리, 무리, 무리.

에리카가 고개를 갸웃거리며 갑자기 얼굴을 붉히기 시작한 레파를 바라보았다.

"왜 그러세요, 레파 씨?"

"어, 아니! 그게, 잘 표현할 수 없어서……."

"어, 그런가요? 듣고 싶었는데."

"그, 그럼 에리카는 어떤 타입이 좋은데?"

"저 말인가요? 글쎄요."

에리카는 검지를 입술에 대더니 살짝 수줍은 듯이 말했다.

"전 역시 강한 남성이 좋아요. 믿음직스럽고 저를 지켜줄 수 있을 만한. 단련된 탄탄한 몸과 볕에 그을린 피부, 흑발이면 더더욱 제 타입이에요."

——어?

지금 말한 이상형…… 마치 '플레임 로드' 같지 않나?

아니, 분명 우연이리라. 시끌벅적한 식당 안에서 넌지시 본인에게 호의를 표하는 고도의 고백은, 왜소한 존재인 인간에겐 불가능한 일이다.

그것은 이미 신의 영역.

그러니까 이건 우연이다.

레파가 자신을 그렇게 타이르고 있노라니, 에리카가 가련한 입술을 열고서 즐겁게 말했다.

"그럼 다음이 마지막이에요. 지금 좋아하는 사람이 있는 사람은 손을 들어주세요!"

"어엇! 그게 뭐야?"

"뭐 어때요. 사소한 여흥이에요. 자, 두근거리지 않나요?"

"하, 하지만."

"그럼 모두 눈을 감은 채 해요. 그러면 되겠죠? 네? 아그니스 님."

"어?"

"신난다! 그럼 할게요."

"아직 아무 말도 안 했는데?!"

"어서 눈 감으세요! 자, 레파 씨도요."

"아, 으, 응!"

에리카의 지휘에 따라 레파는 저도 모르게 푸른 눈을 감았다.

"그럼 좋아하는 사람이 있으면 손을 들어주세요."

암흑 속에서 에리카의 활기찬 목소리가 울렸다.

어, 어쩌지?

들어야 하나? 그게 아니면——?

이런 이벤트는 너무 낯설어서 어떻게 대처하면 좋을지 모르겠다.

하지만 난──.

…….

…….

잠시 침묵이 흐른 뒤, 에리카의 낭랑한 목소리가 이어졌다.

"네, 그럼 끝이에요. 손을 내리고 눈을 떠요."

레바민트 왕국 제1왕녀의 호령에 모두가 눈을 떴다.

눈꺼풀을 뜬 레파는 재빠르게 '플레임 로드'에게 시선을 옮겼지만, 그 표정에서 남자가 손을 들었는지 아닌지 읽어낼 수 없었다.

에리카는, "아, 재미있었다"라고 말하면서, 테이블에 손을 대고서 일어섰다.

"그럼 늦었으니, 슬슬 돌아갈까요. 아그니스 님은 지금부터 경비 일이 있죠?"

"그러고 보니 그랬지."

"아, 나도 갈게."

아그니스와 레파도 자리에서 일어나자, 세 사람은 가게를 나가기로 했다.

상야등이 몇 개나 걸린 리피르의 밤거리는 낮과는 또 다른 떠들썩함을 보인다.

레파는 길을 걸으며 옆에 있는 아그니스에게 힐끗 시선을 보냈다.

"……너, 너. 손들었어?"

"……너, 너야말로, 어땠는데?"

"네가 가르쳐주면 가르쳐줄게."

"그건 내가 할 소리야."

"……."

에리카는 그런 두 사람의 바로 뒤를 말없이 걸었다.

──역시 그렇게 된 거였구나…….

레스토랑에서 레파와 맞닥뜨린 것은 우연이 아니었다. 낮에 시렌에게 여관을 뛰쳐나간 레파의 뒤를 쫓으라 한 것이었다.

에리카는 레스토랑에서 있었던 두 사람의 대화를 떠올렸다.

눈을 감으라고 두 사람을 유도한 뒤, 에리카는 실눈을 뜨고서 똑똑히 확인했다.

그 결과, '플레임 로드'와 '블리자드 로즈'는 **두 사람 다 손을 들었다.**

"……."

──착각했어.

에리카는 말없이 걸으면서 레파의 낭창하게 뻗은 등에 눈길을 주었다.

──우선 공략해야 할 대상은 '플레임 로드'가 아니었어.

에리카는 은밀하게 입술을 깨물면서, 뒤이어 아그니스의 탄탄한 등으로 시선을 옮겼다.

다만, 그 전에 또 하나 확인해두어야 할 것이 있다.

"이 주변이 거스트구인가."

아그니스는 야간 순찰을 돌던 중 발을 멈추고 중얼거렸다.

상업 도시 리피르는 여러 여행자가 모이는 화려한 도시지만, 중심가에서 떨어지면 아무래도 치안이 나쁜 구역이 나온다.

특히 구시가지에 해당하는 거스트구는 리피르에서 범죄율이 높기로 손꼽히는 지역인데, 폐허가 된 건물들과 악취를 내뿜는 쓰레기 때문에 어스레한 분위기의 지역이었다.

"어쩐지, 좀 무섭네요……."

불안한 듯 주변을 둘러보며 어깨를 어루만지는 에리카. 아그니스는 그런 에리카를 걱정이 담긴 눈빛으로 돌아보았다.

"무리하지 말고 먼저 여관에 돌아가는 편이 좋지 않겠어?"

"그럴 수는 없어요. 여기서 돌아가면 단순히 관광하러 온 거 같잖아요."

"……."

으으…….

그 뒤에서 두 사람이 대화하는 모습을 바라보던 레파는 멈춰 서서 양어깨를 쓸었다.

"어쩐지…… 좀 무서워……."

"그건 그렇고 밤은 무덥군."

"건물이 밀집된 곳이라 그럴까요. 바람이 잘 안 통하네요."

아그니스와 에리카 두 사람은 자기들끼리 계속 이야기를 나누며 나아갔다.

──어? 무시?

"꺄악!"

"이봐, 괜찮아?"

아그니스가 쓰레기에 발이 걸려 넘어지려던 에리카의 팔을 순간적으로 붙잡았다.

"아, 죄송해요."

"조심해. 여긴 발을 내딛기가 힘들어."

"늘 도와주셔서 고마워요."

"그랬던가?"

"그 왜, 그 폭포 때도……."

"아아, 그랬었지. 그땐 꽤 무모했어."

"에헤헤, 죄송합니다."

"…………."

으으으으…….

레파는 즐겁게 대화하는 두 사람을 뒤에서 조용히 바라보았다. 그리고──.

"꺅!"

발이 주르륵 미끄러진 레파는 그 자리에 털퍼덕 쓰러졌다.

"……."

"저기, 레파 씨?"

머뭇머뭇 에리카가 다가왔다.

"레파 씨? 괜찮으세요? ……꺅!"

레파가 벌떡 일어서더니 멍하니 서 있던 아그니스에게 따졌다.

"아니, 잠까아아안, 나도 좀 도와달라고!"

"……어?"

"그 반응은 뭐야. 어, 어째서 에리카 씨만……."

마지막은 우물우물 목소리가 작아졌다.

아그니스는 허리에 양손을 대고서 고개를 돌리며 우두둑우두둑 소리를 냈다.

"아니, 난 도움의 필요성을 냉정하게 판단했을 뿐인데…… 그보다, 애당초 넌 내일부터 경비 아니야?"

"그치만 모처럼 왔으니까, 위험한 지역을 위험한 시간대에 돌아보고 싶었다고."

"뭐, 그 마음을 모르는 것도 아니지만."

"그건 아는군요……."

두 '최강'의 대화에 에리카가 끼어들었을 때, 오래된 건물에서 더러운 복장의 남자들이 나타났다. 그들은 세 사람을 둘러싸고 지독한 숨결을 토해냈다.

"이봐, 형씨들. 꽤 즐거워 보이잖아? 근데 이거 어쩌나. 여길 지나가고 싶으면 통행료를……. 어라? 이건 또 뭐야. 엄청 멋진 여자잖아!"

"이런 쓰레기장에서는 좀처럼 볼 수 없는 어마어마한 미인이군!"

"으헤헤. 아가씨들. 초면에 미안하지만 가진 거 전부 두고 가야겠어. 물론 속옷도 말이지. 우햐햐."

아그니스와 레파는 얼굴을 마주 보았다.

"……그렇다는데."

"어쩐지…… 조금 무서워……."

"그 소리를 아직도 해?"

"이봐, 뭘 재잘재잘 떠드는 거냐. 무시하냐!"

발끈한 남자들이 그대로 아그니스를 향해 달려들었다.

그리고 고작 몇 초 후. 남자들은 모두 흰자를 드러낸 채 길바닥을 나뒹굴게 되었다.

"일단, 공갈 현행범이라고 하면 되나?"

"그렇군. 나중에 연합 지부에 연락해서——."

——응?

아그니스는 불현듯 느껴진 기척에 얼굴을 돌렸다.

시야 한 켠. 좁은 골목 안쪽에 사람의 그림자 같은 것이 서 있었다. 그것은 주위의 어둠과 완전히 하나가 된 것처럼, 지독히 애매하고 기묘한 윤곽이었다.

분명 그 자리에 있음에도 마치 없는 것처럼 느껴지는 기묘한 존재감.

그 순간.

그림자는 어둠에 녹아들듯이 모습을 감추더니 별안간 아그니스의 눈앞에 나타났다.

——빠르다!

아그니스는 재빨리 애검 제무스를 불러냈다.

그러자 그림자는 스르륵 움직이더니 번개처럼 팔을 내질렀다. 아그니스가 인간의 반응속도를 아득히 뛰어넘은 속도로 반응하여 그림자의 무기를 쳐내는 순간, 키잉 소리와 함께 불꽃이 흩뿌려졌다. 아그니스는 그 여파에 뒤로 날아가 우당탕 처박혔다.

"크윽, '블리자드 로즈', 손님을 부탁해!"

자욱이 피어난 연기 속에서 말을 끝마치기 무섭게, 검은 그림자가 쏜살같이 아그니스에게 달려들어 연속 공격을 퍼부었다.

제무스로 어떻게 막아냈지만 강렬한 충격은 그대로 전해졌다. 그 때문에 등을 기대고 있던 벽에 균열이 가서, 아그니스는 돌벽과 함께 통째로 폐허 안으로 굴러갔다.

차가운 바닥에서 곧바로 튀어 올라 애검을 겨눴다.

어둑한 시야 속에 들어온 건 넓고 살풍경한 방.

그 한 켠에서 새까만 그림자가 다시 나타났다. 곧바로 둘

사이에서 두 번, 세 번 불꽃이 튀었다.

"단순한 부랑배가 아니군."

상대는 외날 소검 두 자루를 들고 보기 드문 독특한 검 놀림을 펼치는 자.

번쩍이는 섬광 속에서 언뜻 보인 상대는 검은 천을 온몸에 두르고 있어 그 표정조차 읽을 수 없었다.

유일하게 명확한 것은 그 몸에서 발하는 얼얼한 전의뿐.

——강하다.

날카로운 돌풍처럼 휘몰아치는 소검의 연속 공격을 처리하면서, 아그니스는 상대가 충분히 위협적인 존재라는 사실을 깨달았다. 더불어 명백하게 자신을 노리고 있다는 점도.

"——레파 씨, 아그니스 님은 괜찮으실까요?"

폐허 밖에서 전황을 지켜보던 에리카가 안절부절 두 손을 모았다.

"뭐, 보통 상대라면 금세 끝나겠지만."

레파는 그렇게 말하며 전투가 펼쳐지고 있는 어둠 속으로 예리한 눈동자를 향했다.

"보통 상대가…… 아닐지도 몰라. 이 시간대는 그 녀석의 담당이니까 양보해주겠지만."

어째서인지 얼음 공주는 조금 분하다는 듯이 말했다.

"아그니스 님……."

에리카는 자못 걱정스럽다는 눈빛으로 레파의 시선을 좇았지만, 마음속으로는 전혀 다른 생각을 품고 있었다.

자신의 목적은 '플레임 로드'를 농락해 계획에 이용하는 것. 그렇기에 한번 확인해두고 싶었던 점이 있었다.

두 번째 확인 사항── **'플레임 로드'는 얼마나 강한가?**

마경 이솜니아에서 마수를 상대하는 아그니스의 강함은 봤다. 확실히 강한 남자였지만, 대인전은? 역시 부랑배쯤은 상대도 되지 않았던 모양이지만, 대인전에 특화된 달인을 상대하면 어떨까?

탑에는 아그니스의 부하가 여럿 있었으니 대인전 능력을 평가할만한 자리를 마련하기 어려웠지만, 이곳이라면 충분한 테스트를 할 수 있다.

──자, 보여줘, '플레임 로드'.

거짓 불안을 얼굴에 드리운 채, 에리카는 검은 그림자를 향해 마음의 목소리를 던졌다.

──'최강'의 검사는 과연 '블리츠'의 차기 대장을 이길 수 있을까? **어때, 시렌.**

* * *

'블리츠'.

일곱 대국 중에서 가장 오래된 역사를 자랑하는 나라, 레바민트 왕국에는 그렇게 불리는 집단이 있다. 역대 국왕 직속의 친위대인데, 강자만으로 구성된 집단이다. 혹자는 이 나라가 오랫동안 독립 국가의 지위를 유지할 수 있었던 원동력이 바로 블리츠의 존재 덕분이라고 수군거린다.

'블리츠'는 국왕과 그 전권대리인만을 섬긴다.

그리고 국왕 직계 혈통은 국내 여기저기에 흩어져 있는 '블리츠' 육성 시설에서 차기 '블리츠' 대장 후보 중 한 사람을 골라 종자로 삼을 수 있다.

"네가 좋아. 너로 하겠어."

에리카가 고른 종자는 온 나라의 실력자가 모이는 훈련 시설 내에서 '이단'이라고 불리는 소녀였다.

그것은 그녀가 레바민트 왕국의 순혈이 아닌, 극동의 섬나라 야마토에서 온 자의 후예라는 점 때문이었다. 하지만 그와는 별개로 다른 이유가 하나 더 있었다.

온 나라의 실력자가 모인 '블리츠' 양성 시설에는 입소 시 서열을 정하기 위한 특이한 시험이 치러진다. 그건 바로 상급생까지 함께 뒤섞여 치르는 전투 시험. 시렌이 '블리츠' 양설 시설에 처음 들어가 치른 시험에서, 상급생들은 이민자의 피가 섞인, 얌전한 소녀를 한시라도 빨리 쫓아내려 했다. 그리고 시렌은—— 그들을 빠짐없이 격퇴했다.

아니, 상급생뿐만이 아니었다. 그녀는 상처 하나 없이 그 자리에 있던 전원을 때려눕혔다.

그리고 다음 날, 시설에 있던 입소자 전원이 자진해서 시설을 나가버린 초유의 사태가 벌어졌다.

기가 약한 성질과 상반되는 부조리한 강함. 그래서 시렌은 '이단'이라 불렸다.

──에스키아 '최강'의 검사, 아그니스 레스터.

검은 그림자── 검은 옷으로 몸을 감싼 시렌은 눈앞에 있는 남자의 검 놀림을 냉정하게 지켜보면서 자신의 임무를 확인했다. 그 예리한 눈동자에 평소의 소심함은 전혀 없었다.

──'플레임 로드'의 진정한 힘을 끌어내줘.

주인이 그렇게 말했을 때, 자신은 어떤 표정에 떠오른 감정은 무엇이었을까?

겁? 불안? 공포?

구웅!

몇 차례 격렬하게 검을 나누고 거리를 벌렸다.

시렌은 어스름한 폐허의 어둠에 녹아들었다.

──에리카 님은 사람을 거칠게 부리셔. 이렇게 강한 남자랑 진심으로 싸우라니…….

검은 두건 안쪽에서 시렌의 눈동자가 형형한 빛을 머금었다.

──정말로…… 즐거워.

환희.

강자를 앞에 두면 흥분돼서 참을 수 없다. 주인인 에리카가 '최강'의 남자와 숲에서 단둘이 훈련했다는 말을 들었을 때는 저도 모르게 코피를 쏟았었다.

쇄국 이후, 배타적인 국풍 속에서, 이민자의 피를 물려받은 시렌은 좋든 싫든 자신이 있을 장소를 만들기 위해 고군분투하며 자랐다. 그 결과, 자신의 주인을 만났다. 주인은 자신의 혈관 속에 흐르는 피 따위 개의치 않았고, 있을 장소를 마련해주었다.

그 은혜에 보답해야 한다.

샥.

바람을 가르는 소리가 나고, 아그니스는 애검 제무스를 올려쳤다.

불꽃이 호를 그리며 무언가를 튕겨냈다. 바닥에 떨어진 그것은 십자 모양의 검은색 금속 투척 도구였다.

——별난 형태로군.

아그니스는 바닥에 떨어진 기묘한 투척 도구를 보고서 눈썹을 찌푸렸다.

시렌의 선조는—— 일찍이 극동의 섬나라에 '닌자'라 불리던 은밀한 집단이었다. 이것은 그들이 사용하던 수리검이라 불리는 무기. 물론 아그니스가 알 리 없었다.

샥. 샥. 샥. 샥. 샥.

어둠 속에서 수리검이 연속으로 날아온다. 날아오는 방향이 조금씩 바뀌는 것은 적이 이동하면서 투척 도구를 날리기 때문이리라.

상대는 재빠르다. 희미한 존재감 때문에 기척을 잡기 어려운 데다, 어둠 속에 자유자재로 모습을 감춰버리니 아그니스로서도 눈으로 좇기 힘들었다.

──하지만 직선 궤도라면 대단한 위협은 아니다.

수리검 자체는 어디까지나 똑바로 날아올 뿐이다. 아그니스는 빠른 속도로 덮쳐오는 수리검을 피하거나 튕겨내며 대처했다. 그러나──.

"……윽!"

갑자기 어깨에 통증이 퍼졌다. 수리검 끝이 어깨를 스친 것이다. 다만, 지금 것은 등 뒤에서 온 공격이었다.

어느새 뒤로 돌아 들어갔나? ──아니다.

적은 정면의 어둠 속을 이동하고 있다. 적이 뒤에 돌아간 걸 깨닫지 못할 만큼 감이 둔해지지는 않았을 것이다. 그렇다면 방금 것은 벽에 튕긴 투척 무기가 어깨를 스쳤다고 생각해야 하리라.

──우연인가? 아니, 그렇지 않아.

적은 벽이나 바닥에 투척 도구를 반사시키며 표적을 노리는 것이다.

그 직후, 전방과 좌우에서 동시에 바람을 가르는 소리가 들렸다.

"핫!"

재빠르게 숨을 내뱉은 아그니스는 정면의 수리검을 튕겨낸 뒤, 뒤로 뛰어서 좌우의 수리검을 피했다.

간신히 피했다고 안도한 찰나, 좌우에서 날아온 수리검이 눈앞에서 충돌했다. 마치 처음부터 노리고 있었다는 듯이 아그니스가 피한 방향으로 쏜살같이 달려드는 수리검.

"——!"

엉겁결에 머리를 기울여 피했지만 수리검 끝부분이 뺨을 스쳐 붉은 선 한 줄기를 남겼다.

숨 돌릴 틈도 없이, 이번에는 등 뒤에서 투척 도구의 기척이 났다. 옆으로 뛰었다. 다음은 대각선 위에서 바람을 가르는 소리가 났다. 아그니스는 제무스로 투척 도구를 튕겨내곤 후방으로 물러섰다.

끝없는 투척.

더군다나 수가 더욱 늘어났다.

폐허 속을 거칠게 날아다니는 수리검의 수가 이젠 스무 개를 넘겼다.

종횡무진. 그것은 마치 비처럼 어지러이 날아 벽이나 바닥, 천장에 반향을 일으키면서 아그니스의 피부를 갉아냈다.

어둠 속을 자유자재로 이동하는 그림자에게서, 문득 숨결 같은 것이 흘렀다.

──이 녀석, 웃는 건가?

　실제로 검은 두건에 덮인 시렌의 입가는 위를 향해 부자연스럽게 올라가 있었다.

　평소에는 소심한 그녀지만, 전투에 열중하면 자연스럽게 웃고 마는 것이다. 상대를 마치 실험 대상처럼 가지고 놀며 반응을 즐기고 만다.

　"……."

　상대방이 어둠에서 자신을 빤히 관찰하는 감각에, 아그니스는 호흡을 한 번 가다듬고 손에 든 검은 칼을 앞으로 내민 채 빙글 회전했다.

　구구우우웅!

　"꺅!"

　건물 밖에 있는 에리카가 저도 모르게 외쳐버릴 만큼 강대한 기류가 아그니스를 중심으로 일었다. 열풍이 거칠게 소용돌이 치더니 건물 천장을 뚫고 밤하늘로 날아갔다. 하늘을 어지러이 날던 수리검들은 강렬한 기류에 삼켜져 남김없이 밖으로 날아갔다.

　피하지도 막지도 튕겨내지도 않고, 단 일격에 모든 것을 섬멸했다.

　이 무슨 괴물 같은 힘인가.

　──재미있어……. 좀 더, 놀자.

　시렌은 팔에 오돌토돌 닭살이 돋는 감각을 느꼈다. 그녀는 칠흑에 스며들며 아그니스를 향해 달리기 시작했다.

"오는 건가."

아그니스는 검은 기척의 접근에 자세를 잡고 적안을 크게 떴다.

갑자기 적의 기척이 사라졌다.

그렇게 생각했는데——.

"윽!"

왼팔에 뜨거운 느낌이 들고 선혈이 뿌려졌다.

베인건가.

가까스로 몸을 비틀어 급소는 피했지만 통증이 팔을 타고 징징 퍼졌다.

무언가 묘한 기술을 썼나? ——아니다.

단순히 너무 빠른 것이다. 너무 빨라서 기척조차 잡을 수 없었다.

다음 공격.

순간적으로 몸을 비틀었지만 이번에는 오른 어깨에 통증이 퍼졌다.

오른쪽 다리.

왼쪽 다리.

목덜미.

어둠 속에 녹아들어 모습조차 육안으로 제대로 확인할 수 없는 상대와 계속 공방을 펼치다 보니, 아그니스의 출혈이 점차 늘어갔다.

한편, 어둠 속에서 춤추던 시렌은 표적을 빤히 관찰하면서 저도 모르게 탄식했다.

——이걸로 끝……?

큰 기술을 써 수리검을 제거한 것까지는 좋았지만, 그 후로 시렌의 움직임을 전혀 따라오지 못하고 있다. 고작 이 정도 실력으로는 에리카의 목적에 전혀 도움이 되지 않으리라.

실망이 점차 커졌다.

유감이다. 무척 유감이지만, 다음 일격으로 끝내자.

"레파 씨, 아그니스 님은 괜찮으실까요?"

부서진 구멍 앞에서 싸움의 양상을 바라보던 에리카가 걱정스럽게 말했다.

어두워서 제대로 파악하긴 힘들었지만, '플레임 로드'가 밀리고 있다는 건 충분히 전해졌다.

"뭐, 괜찮지 않겠어?"

레파는 팔짱을 끼고서 멍하니 밤하늘을 올려다보았다.

"어, 그렇게 가볍게……."

"괜찮아. 왜냐하면 저 녀석, 지금쯤 아마—— 웃고 있을 거야."

한편 폐허 속에서는 호흡을 살짝 내뱉은 시렌이 '플레임 로드'를 베려고 뒤에서 덤벼들고 있었다.

키잉!

시렌이 휘두른 소검이 '플레임 로드'의 검 끝에 튕겼다.

운이 좋다. 마구잡이로 휘두른 검에 우연히 맞았던 것이리라. 그럼, 조금 더──.

캉! 캉!

하지만 이어진 공격도 아그니스의 흑검에 막혔다.

──……?

시렌이 살짝 미간에 주름을 잡자, '플레임 로드'는 작게 중얼거렸다.

"……좋았어."

다음 순간.

카앙!

바닥을 박찬 아그니스가 시렌을 향해 일직선으로 발을 내디뎠고 양자의 검이 교차했다.

"……으?"

갑작스러운 일에 한순간 당황한 시렌은 곧바로 '플레임 로드'에게서 떨어졌다. 그러나──.

킹! 카앙!

다시 쫓아온 '플레임 로드'와 계속해서 칼날을 맞부딪치게 되었다.

──어떻게 된 거지?

갑자기 움직임을 따라온 아그니스를 경악에 찬 시선으로 바라보자, '플레임 로드'는 그녀의 생각을 헤아렸는지 이렇게 한마디 했다.

"익숙해졌어."

──익숙해졌다고……?

무슨 뜻인지 잘 모르겠다. 방금 전까지 이쪽의 기척조차 못 잡았는데.

혼란스러워하는 시렌을 향해, 아그니스는 기쁜 듯이 말했다.

"이렇게 빠른 상대와 싸우는 건 처음이야. 좋은 경험이 됐어. 덕분에 더 강해진 기분이야. 고마워."

──이 남자는 대체 뭐지?

시렌의 목덜미에 오싹 닭살이 돋았다. 흥분해서 그런 건가? 그렇지 않으면──.

목을 우두둑우두둑 돌린 아그니스는 검은 검을 대상단으로 겨누며 말했다.

"자, 조금만 더 하면 끝이다. 이쪽도 일 때문에 바빠서."

──조금만 더?

영문 모를 발언에 시렌이 몸을 사린 순간, '플레임 로드'의 모습이 사라졌다.

가앙!

시렌은 재빨리 간격을 좁히며 날린 아그니스의 찌르기를

소도 두 자루로 막아냈다.

——아까보다 더욱 빨라졌어. 하지만…….

이 정도라면 아직 처리할 수 있는 범위다. 힘은 강력하지만 상대가 내지른 검격의 각도를 조금만 어긋나게 하면 그 기세를 간단히 죽일 수 있다. 그 힘을 그대로 역이용해 반격——을 하고 싶었는데,

가앙! 가앙! 가앙!

아그니스의 검은 칼이 쉴 틈 없이 쏟아졌다. 시렌은 수세로 전환할 수밖에 없었다.

반복되는 베기 공격과 한 치의 어긋남도 없는 방어. 옆에서 보면 한순간이지만, 대치하는 두 사람에게는 영원처럼 여겨질 만한 농밀한 시간이 흘렀다.

——큰일이야.

그 와중에 시렌은 둘렀던 검은 옷이 일부 베였다는 것을 깨달았다.

어느새 상대의 공격이 스치기 시작했다.

——또…… 빨라졌어.

'플레임 로드'의 베기 공격이 더욱 빨라졌다. 게다가 공격 패턴도 점점 다양해지고 있다.

가가가!

가가가가가!

——또 빨라졌어?

가가가가가가가가가!

——아직……, 아직도 더 빨라지는 거야?

두 사람을 감싼 대기가 소용돌이를 일으키기 시작했다. 두 사람의 도검이 교차할 때마다 마치 불꽃처럼 성대한 불똥을 주위에 흩날렸다.

——그래도, 이기는 건 나야.

이 남자는 분명 강자다. 여태껏 이런 상대는 본 적 없다.

하지만 시렌은 이 단시간 동안 몇백 몇천이나 되는 합을 겨루며 아그니스에게 한 가지 버릇이 있다는 걸 눈치챘다. 일절 틈이 없는 것처럼 보이는 연속 공격 속에서, 아마도 초일류 검사조차 거의 인식할 수 없을 정도로 정말 작은 약점이, 시렌에게는 보였다.

찌르기 직후에 내지르는 비스듬한 베기 공격. 그 공격 동작 사이에 아주 미세한 틈이 있다는 사실을.

시렌은 공격을 유도하듯이 아그니스에게서 살짝 거리를 벌렸다.

상대는 불꽃을 두른 검은 검신(劍身)을 똑바로 내질렀다.

날카로운 일격. 그 일격을 가까스로 받아낸 시렌은 아주 살짝 균형을 잃은 척 했다. ——그렇게 상대를 착각하게 한 이유는 비스듬한 베기 공격을 유도하기 위한 틈을 만든 것이다.

예상대로 비스듬한 베기 공격이 왔다.

각도도, 속도도 모두 노림수대로.

──잡았다.

시렌의 눈동자가 쓰윽 가늘어졌다. 동시에 오른손에 든 단도를 미끄러지듯이 내밀었다. 상대가 검을 내리치기 전에 목을 똑바로 찌르는 것이다. 그러나──.

"──어?"

시렌은 저도 모르게 목소리를 흘렸다.

내지른 소검 앞에 아그니스의 모습은 없었다.

"역시나. 걸려들 줄 알았어."

"──!"

시렌은 등 뒤에서 들린 목소리에 전율했다.

어느샌가 적에게 등을 빼앗겼다. 전투 중에 등을 빼앗긴 적은 처음── 아니, 그 이상의 놀라움이 시렌의 가슴속을 물들였다.

즉, 자신은 유도당한 것이다.

'플레임 로드'는 베기 공격을 몇천 번이나 내지르며 특정 상황에서만 의도적으로 미세한 틈을 보여준 거다. 명백한 틈이라면 금세 함정이라고 깨달았으리라. 그러나 이쪽의 역량을 정확히 파악하고, 시렌이라면 아슬아슬하게 인식할 수 있는 빈틈을 만든 것이리라.

감쪽같이 속았다. 승리를 확신하고 방심했었는데, 오히려 의표를 찔렸다.

구웅!

등 뒤에서 '플레임 로드'의 강렬한 검압이 밀려들었다.

피할 수 있을까?

아니── 이미 늦었다.

"……으, 아."

"아그니스 님! 구경꾼이 모여들어요!"

갑작스레 들린 에리카의 외침.

순간 옆을 바라보니, "무슨 일이 생겼나? 화재인가?"라며 구경꾼이 하나둘 거스트구에 모여들었다. 분명 전투 중 밤하늘로 내뿜은 불꽃을 목격한 것이리라.

그렇게 아주 잠깐 아그니스의 시선이 구경꾼들에게 쏠린 사이── 검은 복장의 사람은 순식간에 모습을 감춰버렸다.

남은 거라곤 어스름한 어둠과 천장에서 불어 들어오는 미적지근한 바람뿐.

"……여기까지로군."

아그니스는 어깨를 으쓱이며 오른손에 든 애검 제무스를 공중에 던졌다. 그러자 제무스는 검은 입자로 변해 밤바람을 타고 사르륵 흩어졌다.

* * *

상업 도시 리피르의 한 여관.

아그니스와의 경비 일을 마치고 2층 방에 돌아온 에리카는 침대에 걸터앉아 물끄러미 허공을 바라보고 있었다.

잠시 뒤 누군가가 창을 똑똑 조심스럽게 두드리자, 에리카는 튕겨나가듯이 창가로 향했다.

"감상은?"

"강했⋯⋯습니다."

온몸에 검은 천을 두른 시렌이 열린 창틈으로 미끄러지듯 들어왔다.

"그건 나도 알아. 그래서, 얼마나 강해?"

"⋯⋯그렇, 군요."

전투를 마치고 여관으로 돌아온 시렌은 가만히 생각했다.

'플레임 로드'와 펼쳤던 전투 중에 이해할 수 없는 부분이 한 가지 있었다. 대체 왜 천장을 부술 정도의 불꽃을 내뿜었던 걸까. 게다가 조금만 더 하면 끝이라고 말했었다.

즉, 일부러 그런 것이다. 그 불꽃으로 구경꾼을 모아서 전투를 억지로 끝내려고 했다.

싸움에서 도망치기 위해? 아니다.

아마 나를 위해서. 애초에 살기가 없었던 점을 깨달았으리라. 진심으로 '플레임 로드'를 죽이러 들었다면, 필연적으로 상대방도 강하게 반격했을 터.

그 격렬한 전투 중에도, '플레임 로드'는 정체불명의 적을 배려할 여유까지 있었다──.

"무척⋯⋯ 강합니다. 저로서는 헤아릴 수 없을 정도입

니다."

시렌은 흥분과 두려움이 섞인 황홀한 표정을 지었다.

"너, 표정이 왜 그래."

"아, 죄, 죄송합니다. ……답이 되었을까요?"

에리카가 눈을 가늘게 뜨더니 시렌의 가슴께를 꽉 꼬집었다.

그리고 잠시 망설이더니 고개를 내젓고 크게 숨을 내쉬었다.

"충분해. 다음 수로 넘어가겠어."

* * *

"후우……."

에리카의 방에서 다섯 칸 떨어진 방. 레파는 침대에 누워한숨을 쉬었다.

역시 고급 여관인 만큼 시트도 고급이다. 살결에 닿는 질감이 기분 좋다.

그건 그렇고 예상 밖의 하루였다.

경비 일을 하러 왔더니 설마 같은 여관에서 '플레임 로드'와 맞닥뜨리게 될 줄이야. 게다가 그 후에는 수상한 자와 벌이는 전투까지 구경하게 되었다.

──실력은 여전하구나. 아, 당연한 건가.

레파는 천천히 일어나 짐 속에서 흐릿하게 빛나는 주먹 씌우개를 꺼냈다.

그러고 보니 이걸 받고 '플레임 로드'와 만난 건 처음이지?

"……."

──함께 가자.

그렇게 새겨진 문자를 물끄러미 바라보고서 머뭇머뭇 손에 끼웠다.

대체 그 남자는 나를 어떻게 생각하는 걸까?

한 번 호의를 드러낸 적은 있지만, 그때 있었던 일은 잘 기억나질 않는다. 그야 너무 놀랐었으니까. 다시 확인하기엔 조금 무섭다. 왠지 지는 것 같기도 하고.

레파의 시선이 자연스럽게 바로 옆 벽을 향했다.

그 남자가 저 벽 건너편에 있다.

영원히 평행선을 달릴 것 같은 두 나라의 국경선이 아니라.

그 남자는 겨우 몇 겹의 벽 너머에 있다.

그렇다, 손을 뻗으면 닿을 거리에──.

똑똑.

"히에엑!"

갑자기 문을 두드리는 소리가 들리자 레파는 저도 모르게 손을 뒤로 감췄다.

"저기, 에리카예요. 레파 씨, 잠시 시간 되시나요?"

"아, 으, 응!"

레파는 주먹 씌우개를 황급히 짐 속에 쑤셔 넣으며 대답했다.

레바민트 왕국의 제1왕녀 에리카 리히트슈타인. 일곱 대국의 요인과 이런 곳에서 얼굴을 마주하는 것도 예상 밖이었지만 무척 느낌이 좋은 아이다.

레바민트 왕국은 폐쇄적인 나라라고 들었는데, 에리카는 쾌활해서 친해지기 쉽다.

"왜 그래, 에리카 씨?"

레파가 문의 열자 만면에 웃음을 지은 에리카가 서 있었다.

"레파 씨. 잠시 드릴 말씀이 있어서요."

＊ ＊ ＊

모락모락 김이 피어오르는 욕조에 물방울이 퐁당 떨어졌다.

다리를 뻗을 수 있을 만큼 넉넉하게 큰 욕조 속에, 두 소녀가 알몸으로 마주 앉아 몸을 담그고 있었다.

레파는 긴 머리카락을 묶으면서 눈앞에 있는 소녀에게 말했다.

"무슨 말인가 했는데 둘이서 목욕하자는 거였다니."

"후후, 모처럼 친해졌으니 좀 더 친목을 다지고 싶었어요."

생글거리며 말하던 에리카의 시선이 이쪽으로 쏟아졌다.

"그건 그렇고 레파 씨는 몸매가 대단하네요. 이건 여자인 저조차 흥분해버리겠어요……."

"아, 잠깐. 갑자기 만지지 마……. 잠깐, 주무르는 건 그만, 꺄악!"

"후후후, 입으로는 싫다고 해도 속으로는 좋으면서."

"자, 잠깐, 기, 기다려. 당신 그런 성격이었어? 아, 정말!"

잠시 동안 두 사람의 교성이 이어진 후, 에리카는 양손을 맞잡고 꾸벅꾸벅 고개를 숙였다.

"……죄송합니다. 무심코 들떠 버렸어요. 본국에서는 신분상 좀처럼 또래 여자애와 이렇게 허물없이 지낼 수 없으니까……."

"아, 응, 괘, 괜찮, 지만……."

숨을 헐떡이던 레파는 작게 웃음을 풋 터뜨렸다.

"에리카 씨는 재미있네. 고상하고 예의 바른 줄 알았더니, 이렇게 자유분방한 면도 다 있고."

"아하하. 항상 긴장해서 이런 곳에 있으면 무심코 개방적인 기분이 들거든요. 그 왜, 왕족의 지위에 있으면 예의니 작법이니 이래저래 시끄럽잖아요. 레파 씨라면 이해해주시겠죠?"

"아아. 그건 이해해."

"이해해주시는 거예요? 기뻐요! 정말 하나하나 성가시죠. 말투부터 먹는 순서, 단추를 채우는 법 하나까지 깐깐하게 따지고, 게다가──.”

“인사하는 각도까지 주의받았어.”

“훗.”

“풋.”

두 여자는 아하하하 소리를 내며 마주 웃었다.

레파는 생각했다. 그러고 보니 또래 여자애와 이렇게 마주 웃는 건 처음 아닐까?

화기애애한 분위기 속에서, 에리카가 문득 손뼉을 쳤다.

“그렇지. 저 레파 씨에게 드리고 싶은 게 있어요.”

“나한테 주고 싶은 거?”

“네, 잠시 기다리세요.”

에리카는 탈의실에 들어갔다가 되돌아오더니, 한 손에 움켜쥔 물건을 레파에게 건넸다.

“어디 보자…… 이건, 브로치인가?”

그것은 연한 핑크색 꽃을 본뜬 유리 브로치였다.

“네. 아까 노점에서 사 왔어요. 레파 씨에게 어울릴 거 같아서요. 제 것과 짝을 맞춰서 우정 선물로 샀어요.”

에리카는 다른 한 손을 펼쳐서 푸른 꽃 브로치를 보여주었다.

“정말이네!”

레파의 표정이 활짝 밝아졌다.

여자끼리 이렇게 이따금 선물을 교환한다는 소문을 들은

적이 있다. 뭐랄까, 굉장히 여성스럽다.

"우정 선물이라니 기뻐. 소중히 여길게."

레파가 소중하게 브로치를 움켜쥐자, 에리카는 의기양양한 말투로 말했다.

"후후후, 더군다나 이 브로치를 가지고 있으면 사랑이 이루어진대요."

"사……, 사랑이?"

레파는 목울대를 꿀꺽 올리고서 손안에 있는 브로치에 눈길을 주었다.

여성스럽다. 어쩐지 맹렬히 여성스럽다고.

"저, 정말로……?"

"정말이에요. 덕분에 굉장히 오랫동안 줄을 섰어요. 아, 표정이 변했네요, 레파 씨."

"그, 그렇지 않은데! 하지만 어째서?"

"그야, 레파 씨의 사랑을 응원하고 싶어서 그렇죠."

"내, 내 사랑?"

"네. 레스토랑에서 좋아하는 사람이 있는지 질문했을 때 손을 들었죠?"

"하으아앗!"

갑작스러운 물음에 레파는 저도 모르게 이상한 소리로 답하고 말했다.

레파가 놀라서 에리카를 쳐다보자, 에리카는 미안한 듯이 눈썹 끝을 내렸다.

"그게에, 죄송해요. 그때 아무래도 신경 쓰여서 눈을 떠 버렸어요."

"봐, 봐봐, 봤어?"

"네. 그랬더니 초조해져서 이걸 샀어요. 레파 씨의 사랑이 이루어지면 좋겠네요. 전, 레파 씨를 응원할게요!"

"고……, 고마워."

에리카가 다정하게 웃자, 레파는 저도 모르게 고개를 끄덕여 버렸다.

같은 왕족이라는 지위. 같은 또래. 이런 식으로 이야기할 수 있는 여자아이는 지금까지 있었을까?

레파의 가슴에 따스한 감각이 서서히 퍼졌다.

"어? 하지만 짝을 맞춰 샀다면, 에리카 씨도 설마……."

"에헤헤, 맞아요. 실은 저도 그때 손을 들었어요."

"어, 그래?"

"네."

수줍은 기색으로 뺨에 손을 댄 에리카는 무척 귀여워 보였다.

레파는 손안에 있는 브로치를 다시 한번 바라보았다.

"나도 에리카 씨의 사랑을 응원할게."

"정말인가요? 고맙습니다!"

"아, 잠깐, 갑자기 끌어안지…… 아, 꺅!"

에리카의 포옹을 가까스로 피한 레파는 문득 떠오른 듯이 고개를 들었다.

그러고 보니 그 자리에는 참가자가 또 하나 더 있었다.

"저기, 그…… '플레임 로드'는 손을 들었어?"

"어? 알고 싶으세요?"

"벼, 벼, 별로! 조, 조금 신경 쓰일 뿐이야. 에리카 씨는 봤지?"

"네. 하지만…… 제가 멋대로 밝히기도 좀…….'

"뭐, 뭐, 그렇겠지…….'

"하지만, 레파 씨라면 괜찮으려나."

"그, 그렇지! 괘, 괜찮을지도 몰라."

레파는 몸을 앞으로 내밀며 꿀꺽 침을 삼켰다.

그리고 에리카는 이렇게 말했다.

"들었어요."

두근.

들었다.

'플레임 로드'에게는 좋아하는 이성이 있다.

두근두근, 레파의 고통이 빨라졌다. 뜨거운 물의 열기보다도 뺨이 더 홧홧하게 달아올랐다. 레파는 손안에 든 브로치를 꽉 움켜쥐었다.

에리카가 크게 기지개를 켜고서 욕조 벽에 첨벙 소리를 내며 기댔다.

"에헤헤. 전, 아그니스 님이 손을 든 걸 보고 기뻤어요."

"? 어째서 에리카 씨가 기쁜데?"

"그야, 아그니스 님도 절 진지하게 대해 주신다는 걸 알았으니까요."

"……어?"

레파의 표정이 변했다.

에리카는 부끄러운 듯이 꼼지락꼼지락 손가락을 감았다.

"실은 그게…… 레파 씨니까 말하는 건데요……."

"뭐, 뭔데……?"

두근두근 울리는 심장 소리가 묘하게 시끄러웠다. 가슴의 고동과는 전혀 다른 부류의 소리였다.

에리카는 심각한 기색으로 툭 말했다.

"실은, 저희 사귀는 사이에요."

"…………?"

잠시 침묵이 흐르고, 레파는 입술을 떨며 말했다.

"……어, 어떻게 된 거야?"

"에헤헤, 제가 에스키아에 머무는 동안, 아그니스 님이 절 돌봐주셨어요. 그래서 친하게 지내다 보니 어느샌가 그렇게 되어버렸거든요."

"…………저, 정말로?"

"네. 아그니스 님은 레파 씨에게 비밀로 해달라고 하셔서 아닌 척했었는데……. 하지만, 전 레파 씨에게 숨기고 싶지 않아요."

"……………."

"단둘이서 말에 올라 타 산책하고, 물놀이하고, 숲에서 함께 격렬히 운동하고……, 꺄악, 전 무슨 소리를 하는 거죠! 어쩐지 부끄러워졌어요."

말이 나오지 않았다.

머릿속이 새하얗게 변했다.

레파가 할 말을 잃자, 에리카가 순진한 기색으로 말을 이었다.

"레파 씨가 여관에 온 후, 여탕에서 아그니스 님을 만나지 않았나요? 아그니스 님이 어째서 여탕에 있었는지, 이상했죠?"

"……."

"실은 저희, 여탕에서 만나기로 했었거든요. 손님도 별로 없다길래 함께 목욕하기로 했는데…… 깜짝 놀랐죠? 정말 죄송해요."

"그, 그랬…………구나."

말끝이 떨렸다.

그리고 지금 깨달았는데 에리카의 가슴께에는 작은 멍이 있다.

"아, 이거 말인가요? 아그니스 님은 의외로 격렬해서……."

에리카는 수줍게 양손을 자기 뺨에 가져다 댔다.

"각각 입장은 있지만 어떻게든 극복하자고, 아그니스 님이 말씀하셨어요. 같은 또래 여자와 연애 이야기를 하는 건 역시 즐겁네요."

"……."

"이 이야기는 비밀로 해주세요……. 어, 왜 그러세요? 안색이 나빠요."

"어, 아니……, 아무것도, 아니야……."

레파는 당장에라도 쓰러질 것 같은 표정으로 비틀비틀 일어섰다. 손안의 브로치가 뜨거운 물에 첨벙 떨어졌다.

"아, 떨어졌네요. 사랑의 부적이니까 소중하게 여기세요."

"…………그렇, 구나……."

레파는 얼이 빠진 채 브로치를 주운 뒤 욕조에서 일어섰다.

"미, 미안하지만…… 나, 먼저 나갈……게……."

"어, 그러신가요? 유감이에요."

레파가 욕실 문을 드륵드륵 열자, 에리카는 밝은 목소리를 레파에게 내던졌다.

"레파 씨. 서로 멋진 사랑을 해요."

"…………그래."

레파는 망령 같은 발걸음으로 그 자리를 떠나며 욕실 문을 타악 닫았다.

그 후, 어떻게 방으로 돌아왔는지 기억나지 않는다.

방문을 열자 거기에는 안경을 쓴 메이드가 서 있었다.

"레파 님. 늦어서 죄송합니다. 지금 막 도착했습니다."

"로제……린."

"음? 안색이 살짝 나쁜 거 같은데 왜 그러시나요?"

레파는 아무 대답 없이 짐을 정리하기 시작했다.

"미안…… 나 몸이 안 좋아서…… 먼저 돌아갈게."

"그거 큰일이네요. 괜찮으십니까? 내일 경비 일은 어쩌죠?"

"네가 나 대신해줘……. 그럼 갈게."

"레파 님."

로제린이 고개를 숙인 채 떠나가는 주인을 불러세웠다.

"체크인할 때 숙박부를 봤더니 재미있는 사실을 알게 됐습니다. 놀랍게도 같은 여관에 '플레임 로드'가 숙박하고 있는 모양입니다. 그리고 이름을 보아하니, 아마도 레바민트 왕국의 제1왕녀요. 이미 만나셨습니까?"

"…………응. 안부…… 전해줘……."

그 대답만을 하고서 레파는 복도로 사라졌다.

"레파 님……?"

닫힌 문 앞에서 로제린은 고개를 살짝 갸웃거리며 서 있었다.

* * *

"——잘 됐어. 이로써 최대의 장벽은 제거했어."

목욕을 마친 에리카는 방으로 돌아가 시중인을 향해서 냉담한 목소리를 토해냈다.

시렌이 황공한 얼굴로 고개를 끄덕였다.

"그렇다면, 역시 '플레임 로드'와 '블리자드 로즈'는 서로 좋아했나요?"

"어쩐지 내 접근에 굴복하지 않더라니…….."

에리카는 짐 안에서 극비라고 적힌 서류를 꺼냈다.

"맞선은 단순한 정략적 회합인 줄 알았는데…….."

오랫동안 적대해온 두 나라의 화합 시도는 잘 풀릴 리 없다고 생각했다.

하지만 레스토랑에서 두 사람의 대화를 보고 에리카는 직감했다.

믿을 수 없게도, 적대하는 두 나라의 '최강'은 서로에게 호감을 품고 있었다.

"……흥. 서로 의식하는 게 훤히 보여. 뭐, 그래 봤자 오늘로 끝이지만."

시렌을 짧게 숨을 내쉬는 에리카를 조용히 바라보았다.

"나를 지독한 여자라고 생각해?"

"아니요. 우리에겐 힘이 필요합니다. 다만…… 문득 떠올랐는데, '블리자드 로즈'도 강자죠? 그녀를 끌어들이는 방법도 있는 거 아닙니까……?"

"시간이 없으니까. 그러니까 선택해야 해. 그렇다면 당연히 남자를 조종하는 게 쉽겠지. 얼마나 강한지 확인한 것도 '플레임 로드'뿐이고."

──나도 에리카 씨의 사랑을 응원할게.

"……"

에리카는 말없이 푸른 꽃 브로치를 꽈악 움켜쥐었다.

'플레임 로드'가 완고하게 자신의 접근에 넘어가지 않은 원인은 다른 여자가 존재했기 때문이다.

'플레임 로드'는 똑바로 '블리자드 로즈'를 본다.

그리고, '블리자드 로즈' 또한──.

어째서일까? '플레임 로드'를 농락하는 것은 어디까지나 목적달성을 위해서인데, 묘하게 가슴이 술렁인다. 그러나 두 사람의 마음이 순수할수록 작은 의심이나 틈새에 의해 한순간에 무너지게 되리라.

"시렌. 네 쪽은 어때?"

"네. 아마도 이것 같습니다만……"

시렌이 품속에서 은색으로 빛나는 주먹 씌우개를 꺼냈다.

레파가 목욕하러 간 사이에, 시렌은 에리카의 명령으로 레파의 방에 숨어들어 짐 속에서 주먹 씌우개를 빼냈다.

"에리카 님, 이건 대체?"

"'플레임 로드'가 '블리자드 로즈'에게 준 거야."

레스토랑에서 두 사람은 그런 대화를 했다. 그때의 대화를 통해 아마 여기에 가지고 왔으리라고 짐작했는데, 예상대로였다.

"이게 무슨 도움이 되나요?"

"물론 되지. 어쨌거나 일단 귀국하자. 그리고 '플레임 로드'를 우리나라 수도 시모어에 초대하겠어. 신세 진 답례라고 하면 저쪽도 거절할 수 없겠지."

──함께 가자.

주먹 씌우개의 표면에 새겨진 문자를 빤히 바라보며, 에리카는 조용히 중얼거렸다.

"자, 마무리야. 마지막은 최고의 무대에서 해야지."

제5장 바람을 기다리는 도시

"우와아, 대단하다!"

아그니스는 옆에서 감탄하는 기색으로 폴짝폴짝 뛰는 여동생에게 동의를 표했다.

"여기가 레바민트 왕국의 수도인가."

에스키아 공화국 변경에서 덜컹거리는 마차를 타고 오길 며칠. '플레임 로드'와 그 여동생은 레바민트 왕국의 수도——시모어의 중심가에 있었다.

상업 도시 리피르에서 맡았던 일이 끝난 후 에리카는 레바민트 왕국으로 귀국했다. 그때 에리카가 아그니스를 레바민트 왕국으로 초대하겠다는 뜻을 전했다.

에스키아에서 머물게 해준 답례를 하고 싶다. 그렇지 않으면 국가의 체면이 서지 않는다. 상대방이 그렇게 말하면 갈 수밖에 없다. 수도에서 돌아온 메이에게 그 이야기를 하자, 메이는 곧바로 "나도 갈래!"라며 따라왔다.

일곱 대국 중에서 가장 오랜 역사를 자랑하는 나라, 레바민트 왕국.

석판이 깔린 널따란 길의 양옆에 석조 집들이 늘어섰고, 그 앞에는 올려다볼 만큼 커다란 백아(白亞)의 성이 우뚝 솟아 있다. 종교 국가의 이름을 드러내는 것처럼, 생활에 녹아 들어가듯이 하얀 신전이 거리 여기저기에 빽빽이 들어서 있었다.

"바람을 기다리는 언덕⋯⋯."

메이가 중얼거리며 옆을 바라봤다.

거리는 높은 지대에 있었는데 시야 안쪽으로 둘러보기에 한없이 완만한 구릉이 펼쳐져 있었다. 바람의 정령을 믿는 국가인 만큼, 언덕에는 수많은 풍차가 바람이 찾아오기를 애타게 기다리듯이 늘어져 있었다.

쇄국 정책을 취하는 레바민트 왕국에는 지금까지 한 번도 와 본 적이 없었다. 국경에서 만난 레바민트 사람들도 외국인이 낯선지 차갑게 대응했었다. 하지만 에리카가 돌아가기 전에 건네준 입국증을 보여주자 마지못해 통과시켜 주었다.

"요즈음엔 외국인의 방문이 늘었다고 욕지거리를 했어."

아그니스는 어깨를 으쓱이는 메이에게 말했다.

"그나저나 함께 온 건 좋지만, 메이는 풍광의 무녀와 초면인데 괜찮겠어?"

"별거 아니야. 삼국 회의를 앞두고 레바민트 왕국과 어떻게 교류할지도 논의 중이니까. 상대국 요인과 알게 된다고 나쁠 건 없겠지. 더군다나 공적인 자리가 아니라, 이런 가벼운 자리에서 미리 만나두면 나중에 대하기 편해."

"그 부분은 빈틈이 없구나."

Illustrations copyright © Umiko

"게다가, 신경 쓰이는 점도 있어……."

레바민트 왕국 제1왕녀 에리카 리히트슈타인. 여행을 위해 방문했다면서 대부분의 시간을 변경의 탑에서만 머물렀을 뿐. 그런 상황 속에서도 아무런 불평도 하지 않고 귀국한 모양인데, 그녀는 정말로 탑 사람들이 말한 것처럼 친해지기 쉬운 청아한 소녀일까?

"저기, 오빠. 혹시나 말인데, 레바민트의 제1왕녀—— 에리카라는 사람이 호감을 표하지 않았어?"

"내게? 하하하, 그럴 리가 없잖아."

"……이건 고생 좀 하겠는데."

그래서 상대는 역전을 노려 이 자리를 준비했을까?

그렇지 않으면 말 그대로, 머물게 해준 답례일까? 어느 쪽이든 방심할 수는 없다.

"에리카 씨는 어떤 사람이야? 탑에 있는 사람들은 귀엽고 청초하고 요리까지 잘하는 데다가 때때로 덤벙대는 모습이 최고라며 쌍수 들고 크게 칭찬하던데."

"으음……, 그 부분은 잘 모르겠지만 상당히 재미있는 녀석이야. 근성도 있고."

"……흐음."

메이는 입을 다물고 살짝 놀란 듯이 오빠를 올려다보았다.

"그나저나 덥군."

아그니스는 이마를 닦으면서 하늘을 우러러보았다.

바람의 정령을 믿는 나라라고 들었는데 산들바람조차 불지 않아서 여름 햇살이 쨍쨍 내리쬤다. 여기저기 세워진 풍차도 거대한 날개를 멈추어서 어쩐지 공허하게 보였다.

아그니스와 메이가 그대로 거리를 빠져나가 성문 앞에 다다르자,

"기다리고 있었습니다. 아그니스 님."

물빛 머리카락을 나부끼며, 귀여운 소녀가 시중인을 거느린 채 기다리고 있었다. 더위 속에서도 그녀의 주변만은 시원해 보였다.

──이 사람이 에리카 리히트슈타인이구나.

메이가 에리카를 물끄러미 관찰하고 있노라니 그녀와 시선이 마주쳤다.

"어머, 혹시 아그니스 님의 여동생분이신가요? 반갑습니다, 레바민트 왕국 제1왕녀 에리카 리히트슈타인이라고 합니다. 에스키아에 머무는 동안 오라버님께 무척 신세를 졌어요."

에리카는 총총 걸음으로 다가와 메이와 악수를 나누었다.

무척 자연스러운 미소를 짓고 있다.

"자, 바로 성에 짐을 놔두고 거리나 둘러볼까요?"

일동은 선두에 선 에리카를 따라서 성문을 지났다. 그리고 그때 아그니스가 문득 뒤를 돌아보았다.

"응?"

"왜 그러시나요, 아그니스 님?"

"아니, 지금 시선을 느낀 거 같은 기분이 들어서."

"아아, 두 분은 이국적인 차림새니까, 거리 사람들이 희한해 할지도 몰라요. 원체 다른 나라 분들의 방문이 적은 곳이니까요."

확실히 레바민트 왕국에서는 소매가 낙낙하고 가벼워 보이는 복장의 사람이 많다는 인상이었다.

"그런 시선과는 좀 다른 기분이 드는데⋯⋯."

잠시 길을 바라보던 아그니스는 머리를 벅벅 긁고서 에리카의 뒤를 따랐다.

천천히 닫히는 성문. 거기에서 상당히 거리가 떨어진 좁은 길에 사람의 그림자가 있었다.

안경을 쓴 젊은 여자가 수로에 몸을 숨기듯이 한쪽 눈을 내놓았다.

"예상대로, 수도 시모어 중심가에서 만나는군요."

여자는 중얼거리듯이 말하고서 뒤를 돌아보았다.

그리고 등 뒤에 선 소녀에게 눈길을 주며 안경 끝을 쓱 밀어 올렸다.

"자, 승부는 이제부터입니다. ──레파 님."

메이드의 말을 들은 소녀는 고개를 숙인 자세로 머뭇머뭇 고개를 끄덕였다.

"으, 응⋯⋯. 그러네, 로제린."

* * *

며칠 전.

이그마르 왕국 남부에 있는 '블리자드 로즈'의 저택 뒤뜰에서는 안경을 쓴 메이드가 곤란하다는 양 한숨을 쉬었다.

"레파 님. 이제 슬슬 나오시겠습니까?"

뒤뜰에서 지하로 이어지는 계단 끝. 무거운 철문 앞에서 로제린은 주인을 불렀다.

상업 도시 리피르에서 귀국한 이후, 저택의 주인은 지하실에 틀어박혀 있었다. 마술 탐구에 몰두하는 것이라면 상관없겠지만 이번에는 명백히 분위기가 달랐다. 연구 중에는 문밖까지 얼얼한 분위기가 전해져 오는데 지금은 쥐죽은 듯이 고요하다.

"레파 님. 제 말씀이 들리십니까?"

쾅쾅 문을 두드려도 대답이 없었다.

"잘 들으세요. 안 나오시면 침대 밑에 숨겨두신 연애 소설 컬렉션을 제가 무심코 버릴지도 모른답니다."

여전히 대답은 없었다.

"이건 중증이네요⋯⋯. 어쩔 수 없죠."

로제린은 숨을 후우 내뱉고 어깨를 크게 으쓱였다.

그리고 갑자기 가슴을 손으로 억누르며 몸부림치기 시작했다.

"으, 윽…… 으아아앗, 괴, 괴로워……."

그리고 도움을 청하듯이 뻗은 손가락으로 문을 벅벅 긁었다.

"로, 로제린!"

그러자 삐걱대는 소리를 내며 오랜만에 문이 열렸다. 틈새에서 야위어 보이는 레파의 얼굴이 엿보였다.

"왜 그래, 괜찮아?!"

"네, 괜찮습니다. 보시다시피 전 팔팔합니다."

로제린이 똑바로 선 채 대답하자, 레파는 눈썹 끝을 움찔 위로 올렸다.

"……속였구나."

로제린은 다시 닫히려는 문 틈새에 곧바로 오른발을 끼워 넣었다.

"발 치워, 로제린."

"치우지 않겠습니다. 레파 님. 이제 적당히 나오세요. 이 이상 끼니를 거르시면 몸에 해롭습니다."

"방해하지 마. 난 마술 연구를 하느라 바빠."

"마술 연구 따위는 안 하시잖아요. 아니, 손에 안 잡히는 상태겠죠."

"무슨 소릴……."

"레파 님. '플레임 로드'와 무슨 일이 있었나요?"

로제린이 다그치며 말하자, 문득 레파의 움직임이 멈추

었다.

얼음 공주는 쥐어짜 내듯이 대답했다.

"딱히, 별일 아니야."

"그런가요……. 그럼, 그 눈물 자국은 뭔가요?"

"……으!"

쓱쓱 얼굴을 닦는 레파. 로제린은 담담하게 말했다.

"레파 님. 리피르에서 무슨 일이 있었던 거죠? 제 추측입니다만, 혹시 레바민트 왕국의 왕녀가 이미 '플레임 로드'와 사랑하는 사이가 된 건가요?"

"으. …………그건."

"역시 정곡이었군요. 그녀는 에스키아에서 머물렀으니 그런 사태도 염두에 두었습니다만."

"…….."

로제린은 입을 다무는 레파에게 냉담히 말을 꺼냈다.

"한심해요."

주인은 놀란 기색으로 반론했다.

"한심해? 왜, 그런 소릴."

"사랑하는 사이라는 말을 들었다고 맥없이 물러서는 겁니까? '최강'의 이름이 울겠어요."

"그렇게 말해도…… 내겐, 뭔가 따질 권리 따윈 없는데…….."

"충분히 차고 넘쳐요. 당신은 국가가 정한 '플레임 로드'의 맞선 상대니까요."

"하지만 신성교회가 중개 역할을 포기한 지금, 그것도 이제……."

로제린은 한숨을 하아 내쉬었다.

"그래도 자격은 충분히 있습니다. 왜냐하면 레파 님은 '플레임 로드'에게 고백받으셨잖아요?"

"──! 어, 어떻게 그걸?!"

기르강디아 제국의 쌍둥이와 벌인 사투 후에 있었던 일.

──난 이미 네게 농락당했나 봐.

지금 와서는 정말로 현실이었는지조차 의심스럽지만, 그때 '플레임 로드'는 분명 고백처럼 들리는 말을 했다. 다만 주위에는 거의 들리지 않을 정도로 작은 목소리였다.

"만약을 위해 다른 자의 그림자를 통해 말을 읽어내는 '그림자 말'의 마술을 발동해 두어서 빠짐없이 들었습니다."

"무, 무서운 사람이구나. 넌……."

레파가 아연실색하며 말하자, 로제린은 자세를 바로잡고서 입을 열었다.

"레파 님. 레파 님이 귀국하신 뒤, 저도 여관에서 레바민트 왕국의 왕녀와 시중인과 인사했습니다만, 왕녀에게서 조금 불온한 기운을 느꼈습니다."

"……무슨 뜻이야? 아무리 봐도 착한 아이 같던데."

"그게 문제예요. 그저 착한 척하는 것도 아니고, 적당히 얼빠지고, 친밀해지기 쉬운 사람으로 보이더군요. 하지만 그

균형이 너무 절묘하달까요. 어쩐지 그녀는 이쪽 사람……. 아니, 꿍꿍이가 있는 건 아닐까 합니다."

"왜 그렇게 생각해?"

"냄새입니다. 저는 뒤쪽 세계에 오래 있다 보니, 그런 인간을 구분해내는 능력이 생겼죠."

로제린은 레파에게 꾹 몸을 붙였다.

"실은 레파 님께서 리피르를 떠난 직후에, 우연히 에리카 리히트슈타인 님의 방 근처를 지나갔었습니다. 거기서 또 우연히 엿들은 이야기인데, 그녀는 얼마 후에 '플레임 로드' 와 레바민트 왕국의 수도에서 만난다지 뭡니까."

"절대로 우연이 아니겠지……."

"당연히 우연이지요. 뭐, 그녀의 시중인 소녀도 여간내기가 아니더군요. 오랫동안 엿들을 수 없어서 그 뒷이야기는 못 들었지만."

"……."

레파는 입을 다물고 돌바닥을 바라보았다.

그 에리카라는 소녀에게 무언가 꿍꿍이가 있다는 것인가?

모르겠다.

"하지만 만약 그렇다고 쳐도 새삼스럽게…… 어쩔 방도가 없어."

쇄국 정책을 취하는 레바민트 왕국에 입국하려면 특별한 증서가 필요할 것이다. 억지로 침입할 수는 있겠지만, 자칫 잘못하면 국제 문제로 번질 우려가 있다.

그러자 메이드는 아무렇지도 않게 말했다.

"입국증이라면 여기에 있습니다."

로제린이 척 건네준 입국증을 보고, 레파는 어안이 벙벙해졌다.

"어, 어떻게 된 거야, 이건?"

"에리카 리히트슈타인 님은 '플레임 로드'에게 입국증을 건넸겠지만, 다행히 여분을 가지고 있더군요. 잃어버렸을 때를 대비한 거겠죠. 저는 그들이 식사하러 나간 사이에 우연히 길을 헤매다 그녀의 방에 다다랐는데, 우연히 예전에 익힌 기술로 자물쇠를 열고 방 안으로 들어가, 우연히 그녀의 짐 속에서 그것을 발견하고, 무심코 착각해서 가지고 와 버렸거든요."

"어?"

"그녀의 방에는 다른 사람이 침입하면 눈치챌 수 있게끔 작은 덫이 펼쳐져 있었습니다. 아마도 시중인이 한 짓이겠죠. 그 소녀에게도 저와 비슷한 냄새를 느꼈습니다만, 아마도 전투 특화형이라 그런지 밀정으로서는 아직 미숙하더군요. 그런고로 전 프로로서 막힘없이 빌려왔습니다."

"그, 그건 도둑이잖아."

"당치도 않습니다! 착각해서 가지고 왔다고 말씀드렸잖아요. 그렇다면 더더욱 돌려주러 가야죠!"

"로제린……."

사용인은 진지한 표정을 지으며 말했다.

"게다가 제가 그녀를 수상하게 여긴 이유가 또 하나 있습니다. 짐 속에 쓸데없이 엄중한 자물쇠를 건 서류 상자가 있었거든요. 열어 보니, 에스키아와 이그마르의 주요인물 명부와 양국 정세가 적힌 종이가 나왔습니다. 그리고 '플레임 로드'에 대한 서류에 줄이 그어져 있었습니다."

"……어, 어떻게 된 거야?"

"모르겠습니다. 쇄국 정책을 펼치고 있는 나라가 그 정도의 정보를 모을 수 있다니 놀랐습니다만……. 짐작하건대 그녀는 '플레임 로드'를 이미 알고 있었을 가능성이 큽니다. 즉, 처음부터 무언가 다른 의도가 있었다는 거죠. 여행을 핑계로 '플레임 로드'에게 다가갔을 가능성이 있어요. 순수한 연애 감정은 없는 거죠."

로제린이 안경 너머의 눈동자를 번뜩 빛냈다.

"그리고 맞선 상대인 레파 님을 방해라고 판단하고 떼어 놓으려고 했을지도 모릅니다. 뒤집어 말하자면, 그 두 사람이 정말로 사귀는지는 아직 확실치 않다고요."

"……."

레파는 잠시 할 말을 잃었다.

상업 도시 리피르에서 돌아온 후, '플레임 로드'에게서 받았던 '주먹 씌우개'가 사라졌다는 사실을 깨달았다. 열심히 짐을 뒤져보았지만 찾지 못해서, 마치 서로를 잇는 인연이 뚝 끊어져 버린 것 같은 상실감을 느꼈는데…… 아직 인연의 실은 이어져 있는 걸까?

로제린은 주인을 시험하는 듯한 눈빛으로 물었다.

"자, 출발 준비는 이미 끝냈습니다. 나머지는 레파 님의 결정에 달렸어요."

"나, 나는……."

레파는 주먹을 꼬옥 쥐더니 입을 열었다.

"나는──."

* * *

"가겠어! 진실을 확인할 거야."

로제린은 주먹을 높게 치켜든 후, 그렇게 말했던 당사자를 흘낏 보았다.

"──그렇게 힘차게 말씀하셨던 건 어디의 누구인가요? 갑자기 미적지근해지셨잖아요."

"그, 그치만……."

멀리서이기는 해도 '플레임 로드'와 에리카의 모습을 보자, 레파는 어쩐지 가슴이 꽉 막히듯이 답답해져서 움직일 수 없었다.

"철부지 소녀도 아니고."

로제린은 저도 모르게 딴죽을 걸었다.

"성가시니 서둘러 난입해서 내 남자에게 손을 대다니 배짱 좋은데, 각오는 돼 있는 거냐아아, 어엉? ——이라고 말해주면 됩니다."

"그런 짓을 어떻게 해?"

"그런가요?"

"그래. 애당초 에리카 씨가 책모를 꾸며서 일련의 행동을 벌였다는 건 어디까지나 추측이잖아. 착각이라면 어쩔 건데."

에리카가 하는 말이 진실이고, 두 사람이 순수한 연애 감정 때문에 친밀한 관계가 되었다고 하면 어쩐담. 그렇게 생각하니 가슴이 따끔 쑤셨다. 전장에서 어떤 강적을 상대로 싸웠을 때도 느껴본 적 없는 통증이었다.

사용인은 입술을 깨무는 레파를 조용히 바라보며 입을 열었다.

"뭐…… 만약 그렇다면, 레파 님은 터무니없이 꼴사나워지겠네요. ……푸후."

"우, 웃었어! 혹시 너 이 상황을 즐기는 거 아니야, 로제린?"

"설마요. 그럴 리 없습니다."

로제린은 갑자기 진지한 표정을 지으며 대답한 후 안경 끝을 번뜩였다.

"그럼, 결국 어떻게 하실 건가요?"

"어, 그게……."

"정신 똑바로 차리세요. 레파 님께서 여기에 온 목적은 뭔가요?"

"그 두 사람이 정말로 사귀는지, 그리고 에리카 씨에게 숨겨진 목적이 있는지 확인하는 거지?"

"그것도 있습니다만, 중요한 일이 또 하나 있습니다. 그것은 두 사람 사이를 방해하는 겁니다."

"방해라고……?"

"네, 사실이 어떻든지 간에 에리카 양이 '플레임 로드'에게 접근하는 이상, 우리는 그걸 저지해야 합니다. '플레임 로드'는 이그마르에 있어서도 국가 전략상 중요한 요소입니다. 두 눈을 빤히 뜨고 다른 나라 여자에게 건네줄 필요는 없죠. 앞길을 가로막고 철저하게 방해해주겠어요. 후흐흐흐흐."

"무, 무서워, 로제린."

레파는 마른 침을 꿀꺽 삼켰다.

"그, 그렇지……. '플레임 로드'는 국가 전략상 중요한걸. 어디까지나 국가 전략상."

"솔직하지 못하시네요오."

"시, 시끄럽네. 조, 좋았어……. 난, 나쁜 여자가 될지도 몰라."

"그 마음가짐입니다."

로제린이 허공에서 손가락을 움직이자, 발치의 그림자가 꾸물꾸물 기어 올라와 두 사람을 감쌌다. 그림자를 조종하는 로제린의 마술 '행방불명'에 의해, 두 사람의 존재감이 마치 공기에 녹아든 것처럼 흐릿해졌다.

"이 마술을 쓰면 쉽사리 존재를 들키지는 않을 겁니다. 자, 가시죠."

"으, 응!"

레파는 입술을 꾹 다물고 사용인의 뒤를 따랐다.

"어쩐지 굉장히 활기차네요."

메이가 고양이 같은 눈동자를 데굴데굴 굴리면서 말했다.

아그니스와 메이, 에리카와 시렌 네 사람은 성문을 나와 중앙거리를 천천히 걸었다. 길 좌우에는 랜턴이 몇 개나 걸려 있었고 사람들의 복장도 어쩐지 화려해 보였다.

"네, 사은제 날이니까요."

옆에서 걷는 에리카가 대답했다.

"사은제?"

"'신탁의 의식' 전날에 바람의 정령님께 감사를 바치는 행사예요."

뒤에서 시렌이 설명했고, 에리카가 말을 이었다.

"간단히 말하자면 화려한 야외 파티겠네요. 다양한 가게

가 참가해 풍성한 축제가 열리는데 무척 즐거워요. 더군다나 특정한 시간이 되면…… 후후."

"어, 뭔가요?"

"그건 나중을 기대하세요."

에리카가 검지를 입술에 댄 후, 메이를 보며 부드럽게 미소 지었다.

"그건 그렇고 메이 씨, 옷이 무척 잘 어울려서 다행이에요."

"그런가요? 고맙습니다. 오빠도 잘 어울려."

"상당히 움직이기 편한 옷이군."

아그니스는 옷자락을 움켜쥐고서 팔락팔락 부채질했다.

두 사람은 에리카가 준비해놓은 옷자락이 낙낙한 레바민트풍 의상으로 갈아입었다. 지금은 바람이 불지 않아 느낄 순 없었지만, 가볍고 공기가 잘 통할 것 같은 옷이다.

잠행용인지, 에리카는 눈에 띄지 않는 색상의 옷을 입고 챙이 달린 모자를 썼다.

가슴에는 푸른 꽃 브로치를 달았다.

"어쩐지 신경 쓰이는데……."

"왜 그러시나요?"

아그니스가 주위를 둘러보며 중얼거리자 에리카가 물었다.

"아니. 다들 즐거워 보이기는 하지만 어쩐지 답답한 분위기가 감돈다고 할까. 기분 탓인가?"

"……."

에리카는 한순간 침묵했지만 금세 웃으며 대답했다.

"글쎄요, 어떨까요? 그보다 사은제 시작까진 아직 시간이 남았어요. 두 분 다 배고프지 않으세요?"

"아, 배고파요!"

메이가 오른손을 똑바로 뻗었고, 일동은 간식을 먹기로 했다.

에리카가 안내한 곳은 석조 건물에 들어선 가게였다.

문을 열자 가게 안은 이미 많은 손님으로 붐볐다. 에리카가 가슴을 펴고서 의기양양하게 말했다.

"후후후, 여기는 케이크가 잔뜩 있는 곳이에요."

"케이크? 신난다!"

메이카 들뜬 목소리로 반응했고, 일행은 자리에 앉았다.

가게 끄트머리 자리에서 그런 그들을 슬며시 관찰하는 두 사람이 있었다.

"레파 님, 예상대로 여기로 왔네요. 여기 치즈 케이크가 정말 끝내주는 모양입니다. 미리 조사한 보람이 있었군요."

"잠깐, 로제린. 이렇게 가까이에 있어도 괜찮아?"

"안심하십시오. 제 은밀 마술은 완벽합니다. 역시 상대가 상대인 만큼 너무 빤히 쳐다보면 위험하지만, 이렇게 떠들썩하니 숨 죽이고 있으면 문제없습니다."

"그, 그래. 알았어."

"유일한 최대의 문제점은 점원도 저희를 전혀 알아채지 못하니 주문할 수 없다는 점일까요. 모처럼 치즈 케이크를 눈앞에 두고도 먹을 수 없다니……. 아아, 역시 치즈 케이크를 시켰네요. 큭!"

"너 진짜……."

분하다는 양 혀를 차는 로제린에게서 시선을 돌리고, 레파는 목표 인물을 시야 끝에 담으려고 했다.

어쨌거나 에리카의 목적을 파헤치려고 했지만 지금까지 크게 신경 쓰이는 점은 없다. 주문한 치즈 케이크에 입맛을 다시면서 점원에게 붙임성 있게 대할 뿐이었다.

"딱히…… 이상한 점은 없는 거 같은데……."

그렇게 말하자 로제린은 검지를 안경 중앙에 가져다댔다.

"뭘 모르시네요, 레파 님. 자리 배치를 잘 보세요."

"자리 배치?"

"네, 에리카 양은 약삭빠르게 '플레임 로드'의 옆에 앉았잖아요."

"……아!"

로제린이 경악스러운 사실을 지적하자 레파는 "로제린, 너란 사람은……"이라고 말하며 문득 고개를 갸웃거렸다.

"……하지만 단순한 우연 아니야?"

"물러요! 여기가 디저트 가게라서 하는 변명은 아닙니다만 너무 물러 터졌어요, 레파 님. 사람은 정면에서 마주하기보다 옆에 있어야 더 안심하는 생물입니다. 심리적인 저항을 낮추고 상대의 품으로 파고드는 고등 기술이에요. 두 사람이 정말 연인 사이인지는 아직 모르겠지만, 적어도 에리카 양이 '플레임 로드'에게 적극적으로 다가가는 건 확실한 모양이군요."

"과, 과연······."

듣고 보니 두 사람의 거리가 쓸데없이 가까워 보였다.

레파의 가슴속에 떨떠름함이 퍼졌다.

"그럼, 어쩌지?"

"물론 방해할 겁니다. 제 지시에 따라주시면 데이트를 엉망으로 만들 수 있을 겁니다. 푸흐흐흐."

"너, 너란 사람은······ 정말 믿음직해."

"레파 님. 지극히 미량의 마력으로 저쪽 통로 일부를 얼려 보십시오."

"알았어."

레파는 로제린의 말에 따라 검지를 세웠다. 아주 미약한 마력을 담아 로제린이 손가락으로 가리킨 장소에 얇은 얼음막을 펼쳤다.

그 직후, 쟁반을 나르던 여점원의 발이 미끄러졌다.

"꺅!"

쟁반 위에는 주스가 찰랑찰랑 담긴 컵 몇 개가 놓여 있었다.

공중에 흩뿌려진 대량의 액체가 아그니스를 성대하게 덮쳤다.

"이런."

"아그니스 님!"

"오빠, 괜찮아?"

에리카와 메이가 동시에 소리를 질렀다.

"죄송합니다, 손님!"

"어, 아니. 난 괜찮아. 때마침 더웠는데 오히려 시원해졌네. 잘됐어."

아그니스는 진심으로 사죄하는 점원을 향해 가볍게 손을 들어 대답했다.

"괜찮으세요, 아그니스 님?"

손수건을 꺼내든 에리카가 아그니스의 머리카락과 몸을 바지런히 닦기 시작했다. 그러자 '플레임 로드'는 "고마워. 손수건을 적셔서 미안하군"이라고 다정하게 웃으며 대답했다.

"······저기, 로제린."

"······."

"저거 보라고! 오히려 두 사람의 거리가 줄어든 것처럼 보이는데? 아니, 갑자기 눈은 왜 피하는데? 어, 잠깐!"

당황한 레파는 사용인의 어깨를 붙잡고 흔들었다.

"어······, 그게······, 솔직히 '플레임 로드'라면 쏟아진 주스쯤은 거뜬하게 피할 줄 알았습니다. 그러면 대량의 주스는 필시 옆에 있는 제1왕녀에게 쏟아져 화장과 옷 모두 끈적끈적해질 테고, 분위기도 축 처질 예정이었습니다만……."

"사, 상당히 무서운 생각을 하네……."

"고작 이 정도로 무슨 말씀입니까? 국익이 걸렸으니까 당연하죠. (굳이 말하자면, 저는 남자 하나를 사이에 두고 다투는 여자들의 추한 싸움을 보고 싶을 뿐입니다만. 두근두근)"

"마음의 소리가 고스란히 새어 나왔다고! 더군다나 두근두근이라니!"

로제린을 손가락으로 가리키며 인상을 구겼던 레파였지만, 금세 표정을 풀었다.

"하지만…… 아마 아닐 거야."

"……?"

"저 녀석은 일부러 피하지 않은 거야. 자기가 피하면 옆에 있는 에리카 씨에게 주스가 쏟아지니까."

"흐음. 그렇다면 '플레임 로드'는 몸을 바쳐서 에리카 양을 지킨 겁니다만."

"그러게. 하지만 분명 누가 옆자리에 있었어도 똑같이 했을 거야. 그런 녀석인걸."

"……."

로제린은 말없이 주인의 얼굴을 바라보았다. 그리고 옅게 미소 지으며 말했다.

"'플레임 로드'에 대해서라면, 본인이 더 잘 안 다는 건가요."

"노, 놀리지 마."

레파가 얼굴을 붉히며 뺨을 부풀렸다.

"이런, 다음 장소로 모양입니다. 저희도 서둘러 다음 작전으로 이행하죠."

"으, 응!"

두 사람은 슬며시 자리에서 일어나 에리카 일행의 뒤를 쫓았다.

그 후, 아그니스 일행은 거리에 늘어선 노점을 둘러보거나 신전 광장을 어슬렁거리며 시간을 보냈다. 사은제 날이라서 그런지 사람들의 복장은 화려했고, 거리에는 떠들썩함으로 가득했다.

좁은 골목을 걷고 있노라니, 보라색 로브를 푹 눌러 쓴, 허리가 굽은 노파가 의자에 앉아 있었다. 노파의 앞에는 점이라는 간판이 놓여 있는 책상이 하나.

"거기 젊은이들…… 궁합 한 번 보겠나?"

그 앞을 지나가려던 차에, 노파가 갈라진 목소리로 아그니스 일행을 불러 세웠다.

"궁합이라고요? 으음, 어쩔까요. 아그니스 님?"

"아니, 난……."

"당신, 강하군. 난 알아. 혹시 검의 달인인가."

쉰 목소리로 여자가 말하자, 아그니스는 눈을 스윽 가늘게 떴다.

"흐음……, 정말 알아보는 건가."

"점의 힘일세. 내가 모르는 건 없어."

점술가는 그렇게 말한 다음 에리카에게 고개를 돌렸다.

"눈에 띄지 않는 차림새를 하고 있지만, 실은 고귀한 분이로군."

"네?"

"다 알아. 이 눈에는 너무 많은 게 보이니까. 열흘 전쯤에, 그대는 국외에 있었군."

"괴, 굉장해! 그런 것까지 아시나요?"

"어느 여관인가? 커다란 욕탕이 보여."

"정말로…… 대단해요. 할머니는 누구신가요……?"

에리카가 아연히 말하자, 노파는 나지막한 목소리로 웃었다.

"사람들은 나를 예언자라고 부르지. 여기에서 만난 것도 필시 운명에 이끌린 거겠지. 신경 쓰이지 않나? 두 사람의 미래가? 그대의 바람이 성취되는지."

"……."

에리카의 표정이 변했다.

제1왕녀는 망설이듯이 잠시 입을 다문 후,

"아그니스 님, 점을 봐요."

"어, 점을 보려고?"

아그니스의 손을 끌고서 점을 보는 자리에 앉았다.

——여, 여기까지는 좋았는데…… 괘, 괜찮을까……?

쉰 목소리를 내는 점술가—— 로브를 푹 눌러 쓴 16세 소녀 레파 엘드리트는 등에서 땀이 줄줄 흐르는 걸 느꼈다.

작전 그 두 번째. 불행한 미래를 예언해 두 사람을 갈라놓자.

예언자라 여겨질 만큼 점을 잘 맞추는 점술가를 연기해서, 두 사람의 미래는 절망적이라 거리를 벌려야만 에리카의 목적이 이루어진다고 알린다.

여성 중에는 점을 좋아하는 사람이 많다. 에리카의 진정한 의도는 알 수 없지만, 그녀가 그 나름대로 각오를 품고 여행까지 떠났다고 하면 불길한 예언이 주는 타격은 상당히 크리라.

그러면 좋든 싫든 두 사람의 사이는 소원해질 것이다.

그러나 막상 그들을 눈앞에 두자, 심장이 입 밖으로 튀어나올 것처럼 긴장해버렸다.

——어, 어쩌지……?

당초 계획은 로제린이 준비해온 점술용 카드를 이용한 작전이었다. 행운 계열과 불행 계열로 나뉘는, 유명한 카드이다. 그런 카드를 불행 계열 카드만 남기고 섞어서 카드를 뒤집은 다음, "이게 웬일인가……"라고 불길한 예언만 하면 되는데.

문제는 에리카와 아그니스 뒤에서 메이와 에리카의 종자가 흥미롭다는 듯이 이쪽을 바라보고 있다는 점이다. 과연 잘 할 수 있을까?

──그러니까 제가 하겠다고 말씀드렸는데. 정말로 괜찮으십니까, 레파 님?

로제린이 골목 뒤쪽에 숨어서 '그림자 말' 마술로 말을 걸어왔다.

──항상 로제린에게만 기댈 수는 없어. 내 문제니까 스스로 해결해야지.

──기특한 마음가짐은 좋습니다만, 근본적으로 연기가 서투르다는 사실을 잊지 마시길.

──너, 너무해…….

──이 후에도 부디 제 지시에 따라 말씀하십시오.

레파는 끄덕 고개를 주억였다.

사실, 지금까지는 로제린의 유도에 따라서 계산대로 진행했다.

──레파 님. 또 하나 주의점이 있습니다. 제 마술 '그림자 물들이기'로 머리를 흑발로 물들이고 피부색도 어둡게 바꾸기는 했습니다만, 저희는 훔친 입국증으로 들어온 신분이니 정체가 들키면 성가셔지니까 조심하십시오.

──응, 알았어.

"어쩐지 긴장되네요."

앞에 앉은 에리카는 그렇게 말하면서 옆에 앉은 아그니스에게 팔을 휘감았다.

울컥.

레파는 쉰 목소리로 두 사람에게 말했다.

"그…… 두 젊은이는, 사귀고 있는 겐가?"

──앗, 레파 님. 그 질문을 하시면 안 됩니다!

로제린의 외침이 머리에 울림과 동시에, 에리카가 어리둥절하게 고개를 갸웃거렸다.

"……? 뭐든지 다 아는 거 아니었나요?"

──아, 아뿔싸.

무심코 머리에 피가 쏠려버렸다. 레파는 황급히 말을 지어냈다.

"무, 무무, 물론 아네. 다, 다시금 두 사람의 입에서 듣고 싶은 게야. 그 점은, 어, 어어, 어떤가?"

그렇게 말하면서 순서에 따라 주머니에서 점술 카드를 꺼내려 했지만, 초조해진 탓에 주머니 안에 든 잡동사니와 동전이 흘러나오고 말았다.

──아와와와와와.

──정말, 왜 그렇게 허둥거리시는 건가요?!

레파는 쏟은 물건들을 서둘러 주머니 속에 쑤셔 넣었다.

그리곤 태연한 척 크흠 헛기침을 했다.

"그, 그래서…… 어떤가?"

"그건…… 저기, 아그니스 님."

에리카는 옆에 앉은 아그니스를 요염하게 흘겨보았다.

"우리는…… 숲에서 함께 짜릿한 시간을 보냈죠."

"응? 아아, 그랬었지."

"……어?"

레파가 그 자리에서 움직임을 멈췄다.

로브를 푹 눌러쓴 채, 입술만 부들부들 떨기 시작했다.

——레파 님. 정신 똑바로 차리세요! 지금 한 말은 뭔가 좀 다른 것 같습니다.

"…………."

——레파 님! 제 말씀을 듣고 계신가요?

레파가 화들짝 제정신을 차렸다.

그러나 머릿속이 새하얘져서 미리 세운 계획이 다 지워져 버렸다.

——빨리 카드를 꺼내서 궁합 점을 치세요! 그러다 의심받겠어요.

"……하와, 와와와와와."

로제린에게 명령받은 대로 레파는 다시 허둥지둥 주머니에서 카드를 꺼내 두 사람 앞에서 섞었다.

그러나 동요 탓에 떨리는 손이 불안했다.

카드를 섞는 족족 팔락팔락 손안에서 흘러내리고 말았다.

"하와와와와와와."

그리고 테이블 위에 흩어진 카드는—— 전부 행운 계열 카드였다.

"해……."

레파의 입술이 다시 파들파들 떨렸다.

"행운으로…… 흘러넘칩니다……."

"와, 정말인가요, 신난다! 저희 궁합은 완벽한가 봐요. 할머니, 고마워요. 자, 이건 팁이에요."

그 후, 에리카는 룰루랄라 들떠서 '플레임 로드'를 데리고 떠나갔다.

"……."

레파는 에리카에게서 건네받은 고액 팁을 한 손에 들고 얼떨떨하게 자리에 앉아 있었다.

카드는 전부 행운으로 가득 찼다.

허둥댄 탓에 불행 계열 카드 더미가 아니라 미리 따로 빼놓았던 행운 계열 카드 더미 쪽을 손에 들고 만 것이었다.

"……끄, 끄끄끄끄, 끝이야……."

불행한 미래를 예언하기는커녕 두 사람의 빛나는 미래를 축복하고 말았다.

로제린이 벽 뒤에서 나와 머리를 싸매는 레파의 곁에 무표정하게 서 있었다.

"⋯⋯사고를 치셨군요. 이 쓸모없는 머저리 공주님."

"⋯⋯."

"어? 대꾸할 기력도 없는 겁니까?"

"⋯⋯."

"레파 님?"

"⋯⋯⋯⋯흥. 어차피 난 머저리예요. 어리버리한 여자라고요⋯⋯. 그러니까 내게 농락당했다고 말했던 남자가 어느샌가 다른 여자와 사귀는 거고, 앞으로도 아무도 날 사랑하지 않겠죠."

"무서워, 왜 갑자기 비굴해지신 겁니까? 그렇게 소극적이어서 어쩌시려고요."

"하지만⋯⋯ 짜릿한 시간을 보냈다고⋯⋯."

로제린은 반쯤 울상을 짓는 레파에게 탄식하며 말했다.

"그럼 두 사람 사이를 찢어놓으면 그만이잖습니까. 다만, 애당초 두 사람은 그 단계에 이르지 않은 것 같습니다."

"어?"

레파의 어깨가 움찔 흔들렸다.

"아무래도 아까 전 대화는 뭔가 어긋난 기분도 드는 데다, '플레임 로드'와 가까운 인물에게 증언을 얻었으니까요."

"저, 정말?"

"네, 확실한 관계자에게서 얻은 정보입니다. 자, 언제까지 주저앉아있을 건가요? 저는 겁쟁이를 섬긴 기억이 없습니다."

얼음 공주는 소리도 없이 벌떡 일어섰다.

"……농담하지 마. 날 누구라고 생각하는 거야?"

"알기 쉬워서 꽤 좋습니다."

"아, 아니야! 하지만…… 가까운 인물이라니?"

로제린은 가늘게 숨을 내쉬고 먼 곳으로 시선을 돌렸다.

"물론 '그분'이에요. 만약을 위해서 다음 수를 써두었습니다. 잘 될지 아닐지는 모르겠습니다만."

"후우……."

사은제 회장 근처에 설치된 공중 화장실에서 작은 몸집의 소녀가 한숨을 쉬었다.

아그니스의 여동생—— 메이 레스터는 거울 속에 비친 자기 모습을 바라보면서 생각을 정리했다.

메이는 생각했다.

그 메이드가 말한 대로, 빨리 오빠에게 못을 박아두는 편이 좋을지도 모른다고.

아까 점을 보는 도중, 두 사람 뒤에서 상황을 지켜보던 메이의 머리에 문득 목소리가 울렸다.

——메이 레스터 님. 오랜만에 뵙습니다.

——……로제린, 씨?

귀에 익은 음색이었다. 메이는 한순간 고개를 든 후, 머릿속으로 대답했다.

——이건, 무슨 마술이야?

——네, 벽 뒤에서 마술을 써서 말을 걸고 있습니다. 이해
가 빠르셔서 좋군요.

——최근 마술사와의 인연이 늘었으니까 마술에 대해서
공부하고 있어. 뭐, 어차피 나는 쓸 수 없지만.

——좋은 마음가짐이로군요. 상대에 대한 흥미는 서로를
이해하는 첫걸음이니까요. 그나저나 저라는 걸 잘도 알아
차리셨네요.

——그야, 레파 씨가 저기서 이상한 점술가를 노릇을 하
고 있잖아. 변장한 거 같아서 굳지 말을 걸지는 않았지만.
당신도 곁에 있으리란 건 어렴풋이 알고 있었어.

——어머, 이미 들켰습니까……. 레파 님께 충고했습니
다만 본인이 하겠다며 우기셔서요.

——괜찮아, 아마 오빠는 눈치 못 챘을 거야. 살기엔 금세
반응하지만 이런 덴 둔하니까. 레바민트 왕국 제1왕녀 때문
에 말을 걸었어?

——정말로 말이 잘 통하네요. 시간이 없으니 단적으로
상황을 이야기하겠습니다.

그렇게 말하며 로제린은 에리카에게 목적이 있어서 '플레
임 로드'에게 접근하려 드는 가능성이 있다는 사실과 '블리자
드 로즈' 일행이 그것을 막으려고 움직인다는 사실을 알렸다.

213

──메이 씨. 점을 보는 도중에 두 사람이 사귄다는 이야기가 나왔습니다만, '플레임 로드'는 정말로 에리카 양과 사귀는 겁니까?

──그건…… 아마 아닐 거야. 오빠는 내 눈을 못 속일 거고. 착각 아닐까?

──그렇다면 다행입니다. 레파 님께서도 기뻐하시겠죠.

──다만, 에리카 씨에게 좋은 인상을 품은 기분이 들어.

──낙관할 수 없다는 거군요. 그렇다면 당신이 '플레임 로드'의 주의를 환기해주실 수 있을까요? 처음에는 이 마술로 '플레임 로드'에게 말을 걸려고 했지만, 적대국 사람인 제가 충고하는 것보다 여동생인 당신이 알리는 게 훨씬 효과적이겠죠.

──알았어. 저기, 고마워. 로제린 씨.

──?

──마술 공부를 시작하고 나서 알게 됐는데, 마술사는 되도록 다른 사람에게 재주를 안 밝히잖아? 그 불문율을 깨면서까지 적대국 사람인 내게 마술로 메시지를 보내줬어. 그러니 빚은 착실히 갚을게.

──훗……. 기대하겠습니다, 메이 레스터 씨.

거기에서 머릿속 대화는 끝났다.

"……."

메이는 손을 닦으면서 로제린의 대화를 곱씹었다.

분명 자신도 의심하기는 했다. 그래서 여기까지 찾아온 것이다.

다만 에리카와는 초면이고 확증도 없다. 상황을 파악하고 나서 움직이려했지만 서두르는 편이 좋을지도 모른다.

화장실에서 나오자 주위는 이미 땅거미가 내려앉은 상황이었다. 장대에 매달린 랜턴이 세계의 윤곽을 흐릿하게 녹이며 풍경을 환상적인 색조로 덧칠했다.

다만, 그 속에 홀로 서 있었던 이는 시렌이라는 이름을 가진 에리카의 종자였다.

"얼레? 오빠와 에리카 씨는요?"

"두 분은 먼저 사은제 회장으로 가셨습니다."

"어? 그럼 서둘러 쫓아가야지."

시렌이 달리기 시작한 메이의 팔을 붙잡았다.

"기다리십시오. 에리카 님은 아그니스 님과 단둘이서 이야기하고 싶으신가 봅니다. 메이 씨 의 사은제 안내는 제가 책임지겠습니다."

"······!"

메이가 놀라서 시렌을 돌아보았다.

"저기, 나도 서둘러 오빠와 이야기하고 싶은 게 있는데······."

"나중에 해주시겠습니까? 그렇게 분부를 받아서요."

다소곳한 말투였지만 메이의 팔을 움켜쥐는 악력은 무시

무시했다. 아무래도 단순한 종자는 아닌 모양이다. 떨쳐내기는 무리이리라.

——당했어…….

선수를 빼앗겼다.

의심하고 있다는 사실을 들켰나? 잘 모르겠다.

다만 로제린의 이야기에 따르면, 에리카는 이웃 나라의 주요인물 정보가 적힌 서류를 가지고 있었다고 한다. 메이를 경계해 승부 전에 멀리 떼어놓으려는 속셈인가.

자신은 정식 손님이 아니다. 그러니 자리를 비워달라고 말하면 거절할 수 없다.

——우와아, 나는 정말 바보야……!

메이는 저도 모르게 머리를 싸맸다.

이 단계에서 손을 쓸 줄은 상상도 못 했다.

아그니스의 뒷모습은 이미 인파에 섞여서 그림자조차 보이지 않았다. 큰 소리로 에리카를 조심하라고 외치면 귀가 밝은 오빠에게는 닿을 것이다. 하지만 그러면 시렌에게도, 에리카에게도 같은 내용이 들리리라. 그렇다면 막무가내로 소리를 지를 수도 없는 노릇이다.

그녀와는 앞으로 국가적 차원에서 교류해야 한다. 그러니 섣부른 알력은 피하고 싶다.

그렇다고 해서 이 떠들썩함 속에서 속삭여 봤자 오빠의 귀에는 닿지 않으리라.

──재미있는 녀석이야. 근성도 있고.

메이는 그렇게 말한 아그니스의 얼굴을 떠올렸다.

오빠는 에리카에게 호의적이다. 오빠의 성격상, 에리카에게 넘어간다면 나중에 설득해본들 쉽게 뒤집을 수 없으리라. 사태를 결코 낙관할 수 없다.

──곤란하네. 이렇게 되면…….

"메이 씨, 왜 그러시나요?"

메이의 얼굴을 들여다보는 시렌.

메이는 잠시 허공을 바라본 후, 어깨를 으쓱이며 순진하게 웃었다.

"아니요, 우리도 사은제를 즐겨요. 시렌 씨."

사은제 회장은 성 뒤쪽, 나무들이 새까맣게 우거진 언덕을 등지고 널따랗게 펼쳐진 광장이었다.

회장에는 흐릿한 빛을 뿜는 랜턴이 빼곡했고, 수많은 사람의 웃음소리로 가득했다.

중앙에는 높디높은 탑이 솟아있었는데, 탑 외벽은 여기저기 횃불로 장식되어 있어 화려함을 자아냈다. 탑을 에워싸듯이 배치된 악단은 혼연일체로 흥겨운 선율을 연주했다.

"우오오……, 장관이군."

아그니스는 솔직한 감상을 입에 담았다.

"사은제는 바람의 정령님께 감사를 표하는 행사예요. 레바민트 왕국에서는 바람의 정령님이 소리나 빛을 좋아한다고들 믿죠. 바람이 소리를 나르고, 빛을 흔드는 것을 즐긴다고요."

"그래서 음악을 연주하거나 랜턴을 밝히는 건가. 응?"

문득 깨달은 에리카의 옆모습.

지금까지 보인 여느 표정과 다르게, 에리카의 다정한 웃음 속에 슬픔이 서려있었다. 금방이라도 울음을 터뜨릴 것처럼 회장을 둘러보는 에리카.

"왜 그래?"

"어, 아니요⋯⋯. 정말 떠들썩하다 싶어서요."

"그렇군. 다들 표정이 밝아. 줄곧 전쟁 중이었던 우리나라도 요전번에 오랜만에 해변의 축제가 열렸지. 백성이 즐거워 보이는 건 기쁜 일이야."

"⋯⋯."

에리카가 놀라서 아그니스를 보았다. 그 얼굴에 살짝 홍조를 띤 것처럼 보였다. 랜턴 빛을 받았기 때문일까.

"왜 그래?"

"어, 아니요, 아무것도 아니에요. 그보다 사은제는 어떠신가요?"

"에스키아와는 좀 다르지만 축제는 어디든지 다 좋아."

그렇게 말하면서 아그니스는 문득 뒤를 돌아보았다.

"그런데 메이는 괜찮을까? 그리고 할 얘기가 뭔데?"

"메이 씨는 시렌이 착실히 안내할 테니 안심하세요. 얘기는 조금 뒤에 나눌까요. 일단 사은제를 즐겨주세요."

레바민트의 제1왕녀는 평소처럼 자연스럽게 웃으며 회장에 발을 들였다.

한편──.

"우와, 엄청난 인파야······."

'블리자드 로즈'와 그 메이드는 아그니스 일행을 쫓아 사은제 회장에 도착했다.

"곤란하게 됐네요. 사람이 예상보다 더 많군요."

로제린의 말을 듣자 레파의 가슴속에 초조함이 퍼졌다. '플레임 로드' 일행의 뒷모습은 인파 속으로 사라지고 말았다.

"불리한 상황이군요. 유감스럽지만 메이 레스터의 충고는 사전에 막힌 모양이고, 적도 방심할 수 없는 상대입니다."

"적······."

레파는 주머니에 손을 넣어서 닿은 물건을 움켜쥐었다.

"······정말로, 적일까?"

"이제 와서 무슨 소리를 하시는 겁니까! 그러니까 항간에서 쓸모없는 머저리 공주라고 떠드는 겁니다!"

"어? 그렇게 말한 건 너뿐이잖아."

"그보다 이 인파가 문제입니다. 약속 장소를 정한 뒤 흩어져서 찾도록 하죠."

"아, 응!"

중앙에 우뚝 솟은 탑 아래에서 만나기로 약속한 뒤, 레파는 사용인과 헤어져 회장을 나아갔다.

점포 구역이나 무대 공연 구역을 종종걸음으로 돌았지만 아그니스 일행은 찾아내지 못한 채 시시각각 시간만이 흘렀다.

끊임없이 울려 퍼지는 관현악기의 음색, 그리고 사람들의 떠들썩함이 초조함을 부추겼다.

로제린의 말에 따르면, 두 사람은 현재 사귀는 사이가 아닐 가능성이 높다고 한다. 하지만 그 말이 미래를 보장하진 않는다. 언제 어디서 어떻게 관계가 진척될지 모르니까.

──안 돼. 일단 진정하는 거야.

레파는 잠시 멈춰 서서 생각하기로 했다.

괜히 무턱대고 초조해 해봤자 달라질 게 없다.

자신이 그들이라면 어떻게 행동할까? 축제 분위기를 만끽하고, 가게를 탐방하고, 그리고──.

그렇다, 슬슬 저녁 식사 때다.

──식사 구역이야.

회장에는 천막 아래에 테이블을 설치해 둔 식사 구역이 여기저기 흩어져 있었다. 가까운 곳부터 순서대로 살펴보았다. 몇 곳인가를 둘러본 후, 불현듯 레파의 가슴이 고동쳤다.

어째서일까? 어쩐지 다른 곳에 있을 것 같은 기분이 든다. 하지만——.

"없나……."

인파 뒤에 서서 대강 둘러보았지만 두 사람은 코빼기도 보이지 않았다.

——대체 어디 있는 거야……?

레파는 바짝 타들어 가는 마음으로 그 자리를 뒤로했다.

"정말 맛있었네요, 아그니스 님."

"맛있었어. 구운 치즈와 과일은 의외로 잘 어울리는구나."

레파가 찾는 두 사람—— 아그니스와 에리카는 지금 막 식사 구역을 나와 회장 안을 거닐고 있다. 레파가 그 자리를 들여다보기 고작 몇 초전에 생긴 일이었다.

갑자기 멈춰선 에리카는 아그니스에게 꾸벅 고개를 숙였다.

"정말 고맙습니다. 아그니스 님 덕분에 무척 즐거웠어요."

"나도 즐거웠어. 축제에 초대해줘서 고마워."

"후후……."

"왜 그래?"

"아니요, 아까 일이 떠올라서요. 설마 그렇게나 춤이 서툴다니."

광장 중앙에 우뚝 솟은 탑 주위에는 악단의 음악에 맞춰서 남녀가 즐겁게 춤을 추는 구역이 있다. 식사 전, 두 사람은 그 구역에서 춤을 추는 사람들과 섞여 댄스를 즐겼다.

"그러니까 싫다고 했잖아. 춤은 고역이라고."

"운동신경이 그렇게나 좋으신데, 정말 의외였어요."

"적을 섬멸하는 것처럼 명확한 목적이 있으면 얼마든지 움직일 수 있지만, 단순히 춤춘다는 건 어렵잖아. 뭘 향해서 움직이면 되지?"

"……물어본 제가 바보였어요."

에리카는 어이없다는 듯이 말한 뒤 웃음을 풋 터뜨렸다.

"그렇게 어색한 춤은 처음 봤으니까요. 아마 떠올릴 때마다 웃어버릴 거 같아요."

"좀 봐줘……."

──좋은 흐름이야.

에리카는 아그니스를 향해 자연스럽게 웃으면서 마음속으로 선언했다.

──이기는 건 나야. ……'블리자드 로즈'.

묘한 점술가 흉내까지 내며 끼어들었지만.

애당초 입국증이 한 장 없어졌다는 사실은 이미 알아챘다.

처음에는 로브를 쓴 기묘한 점술가의 정체를 짐작하지 못했다. 하지만 누구인지 알아볼 만한 계기가 있었다. 그녀가 황급히 카드를 꺼냈을 때, 주머니에서 튀어나온 잡동사니 중에 눈에 낯익은 물건이 보였다.

"……."

그 애는 정규 초대 손님이 아니다. 헌병에 연락하면 불법 입국으로 추방할 수 있으리라.

하지만 에리카는 그러지 않았다. 기왕이면 못 알아본 척 하고 심리적 타격을 주려고 했다. 다행히 순간적인 기지로 교묘하게 '플레임 로드'와 사귄다고 확신을 준 것 같다,

아니……, 다르다.

──어째서 저걸 가지고 있는 거야……?

에리카의 눈에 들어온 것은 그녀가 레파에게 준 분홍 꽃 브로치였다.

'블리자드 로즈'는 브로치를 곧바로 주머니에 넣었지만, 에리카는 확실히 인식했다. 그래서 레파가 점술가로 변장 했다는 사실을 깨달았다.

──우정 선물이라니 기뻐. 소중히 여길게.

보물처럼 소중히 브로치를 움켜쥐던 그녀의 모습이 뇌리 에 떠올랐다.

그렇게 심한 짓을 했는데, 어째서──.

에리카는 괴로운 듯이 눈을 감고 가슴에 단 푸른 꽃 브로 치를 꼬옥 움켜쥐었다.

어쩌면 다른 길이 있었을지도 모른다. 하지만 자신은 이 길을 선택을 했다.

이제 뒤로 물러설 수 없다. 물러설 마음도 없다.

이 나라를 위해서.

"으아앙."

정신을 차리자 남자아이가 눈앞에서 소리를 내며 울고 있었다.

꽤 심하게 넘어졌는지, 아이는 지면에 쓰러진 채 흐느껴 울고 있었다. 그 아이 곁에는 컵 세 개가 호쾌하게 뒤집혀 있었다. 근처에 부모의 모습은 보이지 않았다. 아마도 부모님이 노점에서 먹을 것을 사오라며 심부름을 보냈는데, 아이가 돌아가던 중 넘어져서 음식을 엎지른 모양이었다.

통행인들은 어쩔까 고민하며 얼굴을 마주 보았다.

에리카는 한 걸음 내디딘 아그니스를 한 손으로 제지했다.

"일어나렴."

에리카는 말했다.

늠름하게 울리는 음색을 듣고, 남자아이의 울음소리가 뚝 그쳤다.

"스스로 일어나야지. 그저 울며 아우성쳐봤자 아무도 도와주지 않아."

"……."

엄한 말투에 남자아이가 천천히 고개를 들었다.

"고개를 들어. 그리고 땅을 짚어. 스스로 일어나는 거야."

소년은 땅에 손을 짚고서 천천히 일어났다.

그리고 눈물과 흙으로 범벅된 얼굴을 쓱쓱 닦았다.

에리카는 그런 남자아이의 머리에 손을 툭 얹었다.

"응, 잘했어. 그래야 레바민트의 백성이지."

에리카가 분위기를 완전히 바꾸어 성녀 같은 웃음을 짓자, 남자아이는 얼굴을 발그레 물들였다. 잠행용 차림을 하고 있기 때문인지, 아이는 에리카가 풍광의 무녀라는 사실을 깨닫지 못한 모양이다.

에리카는 소년의 얼굴을 닦아주고 음료수를 사서 손에 들려주었다. "고마워, 누나!"라고 말하며 달려가는 아이를 향해 크게 손을 흔든 에리카는 그제야 퍼뜩 제정신을 차렸다.

――아, 이런.

아이에게 한 말투에 저도 모르게 본모습이 튀어나와 버렸다. 분명 아이의 모습 속에서 자신을 보았기 때문이리라.

에리카는 머뭇머뭇 아그니스의 곁으로 돌아왔다.

"아그니스 님, 지금 건 그게……."

에리카가 상황을 수습하려고 했지만 '플레임 로드'는 의심하기는커녕 오히려 어쩐지 기뻐 보였다.

"대단해. 나도 스스로 일어나라고 말할 생각이었어."

"어머……, 그랬나요?"

에리카는 재빠르게 머리를 굴린 다음 말을 입에 담았다.

"저희, 마음이 정말 잘 맞네요."

장난스러운 기색으로 말해보았는데, 아그니스는 다정한 눈빛으로 싱글거렸다.

"그럴지도 모르지."

"——······!"

에리카는 화들짝 놀란 표정으로 아그니스를 올려다 보았다.

지금이다——.

그 갈색 눈동자가 단숨에 밤하늘로 향했다.

슬슬 시간이 됐다.

"아그니스 님. 긴히 드릴 말씀이 있어요. 잠시 장소를 옮겨도 될까요?"

계획의 마지막 단계. 에리카는 작게 고개를 내저으며 살짝 가슴을 찌르는 통증을 떨쳐냈다.

자, 마지막 한 수다.

* * *

그 무렵.

회장 중앙에 우뚝 솟은 탑 아래에서, 얼음 미인이 안절부절 주위를 둘러보았다.

"레파 님. 왜 그러시나요?"

안경을 쓴 미녀가 잰걸음으로 레파의 곁에 다가왔다.

"못 찾았어. 로제린 쪽은 어땠어?"

"저도 유감이지만 찾아내지 못했습니다."

"그래. 어쩌면 좋지……."

로제린은 안경 끝을 밀어 올리며 초조의 빛이 번진 레파에게 말했다.

"그 대신이라고 말하기에는 뭣합니다만, 에리카 양의 계획은 뭔지 알 거 같습니다."

"어?!"

사용인은 고개를 끄덕이며 품에서 종이 한 장을 꺼냈다.

"그건?"

"축제 일정표입니다. '플레임 로드' 일행을 찾아낼 수는 없었습니다만, 이걸 손에 넣었습니다. 아니, 결코 제가 축제를 즐기기 위해서가 아니에요. 정말입니다."

"그건 됐으니까. 그래서?"

"일단 정리부터 하죠. 메이 레스터의 증언에 따르면 그 두 사람은 아직 연인 관계는 아니겠지요. 다만 에리카 양의 목적이 '플레임 로드'의 농락이라고 하면, 어딘가에서 관계를 진전시킬 필요가 있습니다. 그러기 위해서는 하늘이 두 쪽 나도 고백이라는 이벤트가 필요합니다."

"고백……."

"네, 그리고 사은제에는 절호의 기회가 마련되어 있습니다. 일정표 끝을 보십시오."

"……불꽃놀이?"

레파가 문자를 읽자, 로제린은 천천히 시선을 하늘로 옮겼다.

"이따금 이그마르에서도 식전 행사 때 불꽃놀이를 합니다만, 레바민트 왕국의 불꽃놀이는 예술의 영역이라는 말을 들은 적이 있습니다. 밤하늘에 커다란 불꽃이 흐드러지게 피면 사람들의 시선이 못 박힐 겁니다. 그런 최고의 분위기 속에서 고백 받는다면, 누구나 마음이 요동치겠지요."

"즉, 에리카 씨는 그 순간을 노린다는 뜻이야?"

"틀림없을 겁니다. 그러기 위해서 그녀는 '플레임 로드'를 레바민트로 초대한 겁니다. 최고의 순간을 연출하기 위해서요. 메이 레스터의 증언에 따르면 '플레임 로드'는 에리카 양에게 좋은 인상을 품은 모양이니, 상황만 정리되면 어떻게 굴러갈지 몰라요."

"……."

어떤 이유 때문인지 '플레임 로드'를 점찍은 에리카는 여행이라는 핑계를 대며 에스키아 변경으로 향했고, 은근슬쩍 '플레임 로드'와의 거리를 좁히고, 리피르에서 레파를 방해꾼이라고 인식한 후에는 교활하게 떼어놓으려고 했다.

아마도 몇 가지 계획을 세워놓고 예측하지 못한 사태가 일어날 때마다 항상 머리를 굴려 신중하게 일을 진행해왔으리라. 그 불굴의 의지와 행동력에는 전율을 느낄 정도다.

"굉장……하네."

그런 방식으로 싸울 수도 있구나.

"지금 감탄할 때인가요? 괜찮으시겠어요? 갑자기 툭 튀어나온 여자에게 '플레임 로드'를 빼앗겨도?"

"그, 그건……."

"그 붉어진 얼굴이 당신의 답입니다. 정신 똑바로 차리세요. 상대가 아무리 수완가라 해도 져줄 이유는 없습니다. 왜냐하면 당신은──."

"'최강'의 마술사니까."

"맞아요. 고백은 저지해야 합니다. 하지만 대체 그들이 어디서 불꽃놀이를 볼 지가 문제네요."

회장은 넓다. 불꽃놀이를 즐길만한 곳은 얼마든지 있다.

지금부터 찾는다 해도 과연 제시간에 맞출 수 있을까?

레파가 초조해하면서 두리번두리번 주위를 둘러보자, 로제린이 담담하게 말했다.

"이렇게 됐으니 불꽃놀이 회장을 찾아서 모든 불꽃을 얼려버리는 게 어떨까요? 좋든 싫든 불꽃놀이가 중지되어, 에리카 양은 최고의 호기를 놓치게 될 것 같습니다만."

"그건 안 돼. 분명 많은 사람이 불꽃놀이를 기대하고 있을 테니까."

"그렇게 말씀하실 줄 알았습니다. 그럼 공중을 향해 얼음 마술을 쏘아서 '플레임 로드'가 이쪽을 찾게 하는 건 어떨까요? 억지로 레파 님의 존재를 떠올리게 해서 두 사람을 갈라놓죠."

"그런 건 무리라는 걸 알잖아."

섣불리 눈에 띄면 회장에 있는 수많은 경비원이나 축제 진행요원이 눈치채고 말리라. 이쪽은 훔친 입국증으로 들어온 몸이다. 큰 소동을 일으키면 성가셔질 것이다.

로제린은 작게 숨을 내뱉고 팔짱을 끼었다.

"그들이 있는 곳을 탐지할 방법은 정말 없는 걸까요. 당신은 '최강'의 마술사잖습니까? 파팟 하고 시원스럽게 찾아주세요."

"갑자기 해결사 취급을 하네. 상대방이 마력의 파동을 뿜어내면 어느 정도 감지할 수 있을지도 모르지만…… '플레임 로드'는 마술사가 아니고, 에리카 씨도 아니겠지."

"마력……."

사용인이 불현듯 고개를 들었다.

"'플레임 로드'의 펜던트를 탐지할 수 있을까요? 검을 불러낼 때마다 펜던트를 쥐는 걸 보면, 아마도 마도구일 것 같습니다만."

"할 수 있으면 진작에 했겠지. 그 방면의 마도구는 사용할 때에만 마력을 뿜어내. 그저 가지고 있는 걸론 탐지가 거의 불가능하다고. 너도 잘 알잖아."

"뭐, 그렇겠죠……. 그나저나 곤란하게 됐네요. 완전히 벽에 부딪친 상태입니다."

"그리고 같은 편이 되어줄 만한 사람은 메이 정도인데, 그

앤 '플레임 로드'와 떨어져 버린 거 같고…….'

그때 로제린의 움직임이 뚝 멈췄다.

사용인은 얼빠진 기색으로 잠시 허공을 바라보다가 작게 중얼거렸다.

"빚은…… 갚는다…….'

로제린의 안경이 문득 번쩍 빛났다.

"레파 님. 서둘러 마력을 탐지하십시오. '플레임 로드'를 찾죠.'

"무슨 소릴 하는 거야? 플레임 로드가 마도구를 쓰지 않는 한 탐지할 방법이 없다니까.'

"하지만 메이 레스터는 제게 말했습니다. 빚은 확실히 갚겠다고요.'

"메이가? 하지만 메이는 지금…….'

"아니요. 벌레도 못 죽일 것처럼 순하게 생긴 아가씨지만, 그녀도 상당히 만만치 않은 실력자예요. 순진무구하게 웃는 얼굴 뒤에서 무슨 생각을 하는지 알 수가 없죠.'

"왠지 굉장히 심한 말을 아무렇지도 않게 하는 거 같은데……. 그럼 멀리 떨어져 있을 메이가 '플레임 로드'에게 마도구를 쓰게 만든다는 거야? 그런 게 가능해?'

"믿어보는 겁니다. 레파 님, 서두르십시오. 이 넓은 회장에서 미세한 마력의 발로를 붙잡을 수 있는 사람은 레파 님 정도일 겁니다.'

"알았어. 해볼게."

레파는 눈을 감았다.

옅은 입술에서 깊은숨이 흘러나왔다. 지면에 마력 망을 얇게 펼쳐나간다. 이 일대에 널따란 마법진을 그리는 이미지를 떠올렸다.

끓어오를 것처럼 떠들썩한 소음 속에서, 레파의 주위만이 시간이 멈춘 듯한 정숙에 휩싸였다.

집중.

이마에 땀이 밴다.

바구니 속의 미약한 마력의 흔들림을, 줍듯이, 놓치지 않듯이.

이윽고 얼음 공주는 살짝 눈을 떴다.

"믿을…… 수 없어."

"무슨 일이 있었나요, 레파 님?"

"지금, 마력의 발로를 느꼈어. 확실해."

레파는 손가락으로 회장 뒤쪽에 우뚝 솟은 나무들로 우거진 언덕을 가리켰다.

"'플레임 로드'는 저기에 있어."

* * *

시간은 과거로 살짝 거슬러 올라간다.

"저기, 대체 어디서 얘기하자는 건데?"

"어, 그게……."

에리카는 아그니스의 중얼거림에 쓴웃음을 지으며 대답했다.

두 사람은 지금 무성히 우거진 수풀 속에 있었다.

에리카가 안내한 곳은 회장 뒤쪽에 나무들이 우거진 언덕이었다. 두 사람은 잡초를 헤치고 황폐한 짐승길을 나아가 마침내 언덕 중턱에 다다랐다. 그 과정 중 에리카는 몇 번이나 풀에 걸려 넘어질 뻔했고, 그때마다 아그니스는 에리카의 손을 잡아 일으켜 세웠다.

"여기는 왕가의 사유지라서 일반인은 들어올 수 없어요. 그러니 얘기를 나누기엔 최적의 장소랍니다."

"얘기라면 아무 데서나 할 수 있잖아?"

"안 돼요. 덤으로 보여드리고 싶은 것도 있거든요."

"보여주고 싶은 거라고?"

고개를 갸웃거린 아그니스의 눈동자가 순식간에 날카로워졌다.

"잠시 물러서."

"왜 그러세요?"

"살기다. 누군가가 우릴 노리고 있어."

"네?"

'플레임 로드'는 에리카의 앞을 막아섰다.

그리고 **손가락으로 펜던트를 건드려 애검 제무스를 꺼냈** 다. 붕 소리가 나더니 어둠보다도 검은 칼이 아그니스의 손 안에 나타났다.

등 뒤에서 에리카가 침을 꿀꺽 삼키는 소리가 들렸다.

회장에서 떨어진 장소답게, 이곳엔 당연히 랜턴의 불빛이 없다. 가느다란 벌레 소리만이 울려 퍼지는 어두운 밤. 아 그니스는 밀집한 나무들 사이의 칠흑을 응시했다.

촉촉이 땀이 배어드는 피부.

팽팽한 긴장감이 그 자리를 메웠다.

"……."

잠시 시간이 지나자 아그니스는 숨을 후우 내쉬며 제무스 를 손안에서 없앴다.

"저기, 대체 어떻게 된 거죠? 아그니스 님."

"잘 모르겠는데 살기는 사라진 모양이야. 어쨌거나 갈까?"

"아, 네, 네."

아그니스는 당황한 에리카를 재촉해서 다시 언덕을 오르 기 시작했다.

살기가 갑자기 사라졌다.

더 정확히 말하자면 다른 곳으로 향했다는 느낌이지만. 그건 대체 뭐였을까?

길을 가는 도중에 딱 한 번 뒤를 돌아본 아그니스는 목덜 미를 벅벅 긁었다.

"뭐, 상관없겠지……."

두 사람은 그대로 산길을 걸어 올라갔다. 앞쪽을 가로막듯이 뒤덮인 가지와 잎을 휘익 치우자 갑자기 시야가 뚫렸다.

"오오!"

눈앞에 펼쳐진 것은 널따란 평지였다.

그야말로 전망대라고 하기에 걸맞을 정도로 탁 트인 장소. 회장은 물론이고 수도의 거리까지 한눈에 보인다. 광장에 걸린 횃불이나 랜턴, 게다가 언덕을 따라가듯이 집집을 밝히는 불빛이 반짝반짝 깜빡여 마치 별이 총총히 뜬 하늘 같았다.

"어때요? 경치가 끝내주죠?"

"확실히, 굉장한 경치야. 보여주고 싶다는 게 이거였어?"

"이게 다가 아니에요. 실은 이제 곧 축제의 클라이맥스로 불꽃놀이가 시작될 거예요."

"불꽃놀이?"

"후후후. 여하간 바람의 정령님은 소리와 빛을 좋아하시니까요. 그래서 사은제 마지막에는 불꽃을 하늘에 쏘아 올리죠. 그리고 여기는 그 모습을 제대로 볼 수 있는 특등석이고요. 어때요?"

"과연, 황공스러울 정도네."

아그니스가 그렇게 말하면서 옆을 보자, 에리카의 시선이 축제 회장 한 곳에 쏟아졌다.

그곳은 광장 중앙에 우뚝 선 거대한 탑이었다. 위에서 내려다보자 탑 정상에는 사방의 기둥이 지탱하는 작은 신전이 있었는데, 에리카는 입을 꾹 다물고 그것을 바라보는 중이었다.

"왜 그래?"

"아니요……, 경치가 예쁘다는 생각이 들어서요."

"그렇구나……. 그래서, 할 얘기란 게 뭔데?"

아그니스가 묻자, 에리카는 갑자기 결의를 담은 표정을 지으며 아그니스를 향해 똑바로 방향을 틀었다.

"네, 레파 씨 일이에요."

* * *

——어떻게 된 일이지……?

산속에서 아그니스가 검은 칼을 겨누었을 때——.

검은 복장을 두르고 어둠에 숨어든 시렌은 그 광경을 신기하게 바라보았다.

'플레임 로드'는 에리카를 지키듯이 막아섰다. 이래서야 마치——.

그때, 문득 기척이 나서 시렌은 뒤를 돌아보았다.

뒤얽힌 가지 사이. 경사진 언덕에서 사은제 회장이 내려다보인다. 집안 내력 덕분인지 시렌은 밤눈이 밝은 편이다.

주의해서 바라보자 두 사람이 뒷산으로 다가오는 모습이 보였다.

눈에 익은 미모.

——'블리자드 로즈'?

그리고 또 한 사람은 상업 도시 리피르에서 한 번 인사를 나누었던 '블리자드 로즈'의 시중인이었다.

혼란.

어째서 여기에 '블리자드 로즈'가?

하지만 단 한 가지, 시렌이 확신한 점이 있었다.

——당했다……! 당신 짓입니까, 메이 레스터?

"시렌 씨, 정말 고맙습니다. 사은제는 즐거운 행사네요!"

이 장소에 오기 전.

에리카에게 명 받은 대로, 시렌은 '플레임 로드'의 여동생 메이를 안내했다.

메이는 랜턴의 환상적인 불빛에 취하고, 악단의 소리에 몸을 들썩이고, 맛있는 디저트에 입맛을 다시며, 축제를 만끽했다.

사은제 마지막에는 불꽃을 쏘아 올리는 이벤트가 있다고 알려주자 폴짝폴짝 뛰면서 기뻐했다.

에스키아의 명문 사관학교에서 최연소 수석을 차지한 재원이라 그런지, 에리카는 메이를 상당히 경계했다. 그래서 사은제 전에 '플레임 로드'와 떼어 놓기로 했는데, 이렇다 할 행동은 전혀 없었다. 그저 순진한 소녀였다.

슬슬 불꽃놀이 시간도 가까워졌다.

밤하늘을 향해서 한껏 기지개를 켠 메이가 불현듯 깨달았다는 듯이 물었다.

"그런데 저랑 함께 있어도 괜찮은가요, 시렌 씨?"

"물론입니다. 에리카 님이 그렇게 말씀하셨으니까요."

"제가 하고 싶은 말은 에리카 씨를 혼자 둬도 괜찮겠냐는 뜻인데요."

"······?"

시렌이 고개를 갸웃거리자, 메이는 엷게 미소를 띠우며 말했다.

"저기, 시렌 씨. 어째서 제가 이 나라에 왔는지 가르쳐줄까요?"

"무슨 뜻입니까? '플레임 로드'를 따라온 게 아니었나요?"

"천만에요, 오빠와 함께 수도 칸바할에서 정해진 새로운 국가 방침을 실행하기 위해서예요. 어떤 수를 써서라도 레바민트를 상대할 강력한 패를 손에 넣기 위해서죠."

"──!"

메이의 갑작스러운 고백에 시렌이 저도 모르게 눈을 부릅뜨자, 소녀의 음색은 얼음 같은 냉기를 띠었다.

"너무 수비가 약한 거 아닌가요? 일국의 왕녀를 지금까지 교류조차 없었던 타국 남자와 단둘이 남겨두다니. 더군다나 에리카 씨가 함께 있는 건 '최강'의 사내."

시렌은 오싹 소름이 돋았다.

작은 입에서 자아내는 한마디 한마디가 마치 심장을 찌르듯이 무겁다.

"자기들만 상대를 집어삼킬 줄 알았나요? 에스키아는 이그마르와 오랫동안 전쟁 중인 몸이에요. 거꾸로 말하자면 그만한 힘이 팽팽히 맞서고 있다는 뜻이죠. 이때 한쪽 나라에 제삼국의 지원이 있으면 어떻게 될까요. 폐쇄적인 이웃 나라에서 물자를 끌어낼 수 있다면 우리는 뭐든지 할 거예요. 소중한 제1왕녀를 납치해 협박하는 것도요."

메이에게서 천진한 모습따윈 완전히 사라졌다. 거기에 있는 거라곤 몸이 저릴 것처럼 차가운 눈동자뿐.

온몸이 고동친다. 바싹 메마른 입술 사이로, 시렌은 가까스로 말을 쥐어 짜냈다.

"하, 하지만…… 어째서 제게 그런 말을……."

그러자 이번에는 태도가 돌변해서, 메이는 얼굴에 고뇌를 깊게 새겼다.

"사실 전…… 망설였어요. 이웃 나라의 왕녀를 납치하는 짓은 에스키아의 고명한 역사에 흠집을 남기는 일이 아닐까 하고요……. 에리카 씨와 만나보고 확신했어요. 그녀가 싫지 않으니까요……. 그래서——."

메이가 시렌에게 진지한 눈빛을 보냈다. 그리곤 열기가 깃든 양손으로 그 팔을 움켜쥐었다.

"시렌 씨. 서둘러 에리카 씨가 있는 곳으로 가세요."

"메이…… 씨!"

"지금이라면……, 지금이라면 아직 늦지 않았을 거예요! 어서, 빨리요!"

"──!"

시렌은 튕겨 나가듯이 전속력으로 달려 나갔다. 목적지는 축제 회장 뒤쪽에 있는 언덕.

쏜살같이 곧장, 똑바로, 시렌은 그곳으로 질주했다.

이 나라의 미래에는 그녀가 필요하다.

──에리카 님!

* * *

"그래서 갑자기 마력을 탐지할 수 있었던 거구나."

축제 회장에서 언덕을 향해 빠르게 달리면서, '블리자드 로즈'는 옆에서 뛰는 로제린에게 말했다.

"아마도 그렇겠죠. 에리카 양 본인 말고도 고백 장소를 아는 자가 또 한 사람 더 있습니다. 그건 시렌이라는 종자 소녀죠. 왜냐하면 메이 레스터를 고백 장소에 섣불리 다가가게 해서는 안 되니까요."

"메이는 반대로 그걸 이용했어."

"네. 메이 레스터는 최근 마술 공부를 한다고 했으니까, '플레임 로드'의 마도구를 발동시키면 레파 님께서 탐지할 가능성이 있다는 사실을 깨달은 거겠죠. 또 마지막에 불꽃놀이를 한다는 사실을 알면, 에리카 씨가 거기에서 고백하리라는 사실도 예상할 수 있습니다. 불꽃놀이가 시작되는 시간까지 기다린 후, 이대로 가면 에리카 양이 '플레임 로드'에게 납치당한다든가 하는 적당한 소리를 그럴싸하게 포장하며 협박한 겁니다. 참된 시중인이 그 말을 듣고 나면 한시라도 빨리 에리카 양의 안전 확보하기 위해 움직이겠죠. 당연히 '플레임 로드'를 배제하고자 할 겁니다. 그러니 곧바로 에리카 양이 있는 고백 장소로 향했을 거예요."

"결국, 그 살기에 반응한 '플레임 로드'가 마도구를 발동시켰다. 그래서 내가 탐지할 수 있었던 거구나."

"현장에 다다른 시중인 소녀는 놀랐겠죠. '플레임 로드'의 성격을 헤아리면 에리카 양에게 위해를 가하기는커녕 오히려 보호할 테니까요. 그렇죠?"

"그럴 거야. 그보다 메이는…… 의외로 대단한 사람이었잖아?"

"말했잖습니까. 그 아가씨는 얕볼 수 없어요. 빚은 갚겠다니. 훗……."

두 사람은 인파를 빠져나가 회장 뒤에 검게 우뚝 솟은 산으로 달려갔다.

떠들썩한 소음이 멀어지고, 발밑에 무성한 잡초가 가득차기 시작했다.

"안내 말씀 드리겠습니다. 불꽃놀이가 잠시 후부터 시작될 테니 기대해 주십시오."

회장에서 축제 진행 요원의 안내 소리가 들렸다.

"로제린. 시간이 얼마 없어."

"네, 서둘러야 합니다. 하지만──."

로제린은 흘깃 고개를 들고서 말했다.

"역시 간단히 굴러가지는 않을 모양이네요."

"……그런가 보네."

앞쪽에서 바늘처럼 날카로운 살기가 느껴졌다.

살기의 출처는 언덕 경사면을 타고 질주해오는 새까만 그림자. 검은 복장으로 얼굴을 꽁꽁 숨긴 누군가다.

"뭐, 필연적으로 그렇게 되겠죠. 어쩔 수 없습니다. 여긴 제게 맡기세요."

"괜찮겠어, 로제린?"

얼굴을 가린 상대였지만, 상황을 고려하면 에리카의 시중인 소녀밖에 없다. 속았다는 사실을 깨달은 그녀의 창끝이 훼방꾼 두 명에게 겨누어지는 건 당연한 일.

"어머나, 저를 걱정해 주시는 건가요, 레파 님?"

"그야, 그렇지."

"걱정하실 필요는 없습니다. 레파 님은 자신의 목표를 최우선으로 생각하세요."

"알았어."

로제린은 질풍처럼 거리를 좁혀오는 그림자를 바라보며 입술을 할짝 핥았다.

"……이런 건 오랜만이네요. 자, 조금 놀아볼까요?"

* * *

"레파……, '블리자드 로즈' 문제라고?"

언덕 전망대에서는 에리카의 말을 듣고 아그니스가 고개를 갸웃거리며 반응했다.

"네, 맞아요. 상업 도시 리피르에서 셋이 식사했을 때, 눈을 감은 채 좋아하는 이성이 있는 사람은 손을 들었던 걸 기억하세요?"

"기억하는데, 그게 뭐?"

에리카는 뒷이야기를 재촉하는 아그니스를 마음속으로 냉정하게 관찰했다.

역시 매달린다. 외통수까지 가는 길은 이미 뚜렷이 보인다.

에리카는 그런 의도를 전혀 드러내지 않은 채 진지한 표정으로 계속 말했다.

"미안해요. 사실 그때, 너무 신경 쓰인 나머지 살짝 눈을 떴어요."

"······?"

아그니스가 미간을 찌푸렸다. 이야기의 흐름이 파악되지 않아서일까. 어쩐지 불안한 기색이었다.

그리고 에리카는 말했다.

"레파 씨는 손을 들고 있었어요."

"······!"

'플레임 로드'의 분위기에 변화가 찾아왔다.

앞으로 조금 더하면 된다.

"그 후, 레파 씨와 함께 목욕할 기회가 있어서 그 일에 대해서 물어봤는데······ 레파 씨는 역시 좋아하는 남성이 있대요."

에리카는 한숨 쉬듯이 한번 입을 다문 뒤 그 말을 말했다.

"어릴 적부터 계속 연모하는 사람이······ 있다고 했어요. 그건──."

아그니스의 얼굴에 긴장감이 떠올랐다.

에리카는 가슴에 달린 푸른 꽃 브로치를 꽉 움켜쥐었다.

한순간 치밀어 오른 망설임을 떨쳐내고 숨을 크게 들이마시며 말했다.

"······이그마르 왕국의 남성이에요."

"······?!"

에리카는 명백히 아그니스의 표정이 변했다는 사실을 확

인하고 다그치듯이 말했다.

"레파 님은 국가 방침 때문에 다른 나라 남성과 결혼하게 되었다고 해요. 그래서 어쩔 수 없이 그 상대를 좋아하는 척 했지만, 이그마르 왕국의 남성을 도저히 잊을 수 없다고 말씀하셨어요."

"……."

"심각하게 고민했지만 역시 자신의 마음을 속일 수 없댔어요. 그리고 레파 씨는 제게 이걸 맡겼어요."

에리카는 그렇게 말하며 품에서 은색으로 빛나는 물체를 꺼냈다.

"――으."

그것은 분명히 아그니스가 레파에게 건네준 주먹 씌우개였다.

"레파 님은 말했어요. 자신은 사모하는 사람이 있어서 이걸 받을 수 없다고요. 그러니까, 그 다른 나라 남성에게 돌려줬으면 좋겠다고요."

"……."

――함께 가자.

아그니스는 그렇게 작게 새겨진 문자를 가만히 바라보았다.

"아그니스 님. ……그 마음은 이해해요."

에리카는 아연히 선 아그니스의 손을 살짝 감쌌다.

벌레 소리만이 울리는 조용한 공간에서, 에리카는 말을 툭 흘렸다.

"저는…… 안 될까요?"

"……."

아그니스의 붉은 눈이 에리카를 바라봤다.

뜨거운 숨결이 뺨에 닿을 만큼 가까운 거리에서, 눈동자를 적신 에리카가 촉촉한 입술을 천천히 열었다.

"저라면, 당신을 계속 지탱해줄 수 있어요."

마침내, 불꽃놀이가 시작된다.

* * *

──곤란하게 됐어.

시렌은 발을 멈추고 생각했다.

메이의 말에 낚여서, 주인을 지키기 위해 서둘러 고백 장소인 언덕으로 왔다. 하지만 '플레임 로드'가 에리카에게 위해를 가할 분위기는 전혀 없었고, 오히려 에리카를 지키듯이 막아서는 형국이었다.

분명 거짓말에 속아 넘어간 것이리라.

──성가신 상대야.

시렌은 마음속으로 혀를 찼다.

그리고 여기에도 성가신 적이 막아섰다.

고백을 방해하러 온 '블리자드 로즈'를 배제하려고 했더니, 시야가 갑자기 암흑으로 둘러싸였다.

밤의 어둠과는 다른, 별빛 한 점조차 통하지 않는 칠흑. 전후좌우는커녕 위아래의 감각조차 애매해지는 심연의 세계.

아마도 로제린이라는 이름을 가진 '블리자드 로즈'의 시중인이 한 짓이리라.

'블리자드 로즈'가 상업 도시 리피르를 떠나기 직전에 찾아온 여자. 여관에서 딱 한 번 그녀와 인사했다. 단순한 메이드인 줄 알았더니 뜻밖의 복병이 아닌가. 어둠 속에서 느껴지는 흐릿한 기척에는 수라장을 몇 번이고 헤쳐 나온 사람의 처절함이 배어 있었다.

어딘가 자신과 비슷한 냄새다.

시렌은 눈을 감았다.

시각에 의지하면 길을 잘못 들게 되리라. 오른쪽은 왼쪽에. 위는 아래에. 거꾸로 뒤바뀐 세계에서 믿을 수 있는 건 단련한 몸의 감각뿐. 똑바로── 그렇다, 똑바로 발을 내딛는 것이다.

"……후."

암흑 안쪽에서 희미한 숨결이 흐르고 갑자기 눈앞에 드리워진 흑막이 걷혔다.

그 순간, 시렌은 바로 옆으로 뛰었다.

자신의 그림자가 갑자기 우뚝 솟더니 자신의 몸을 휘감으려고 한 것이었다. 숨을 가다듬을 새도 없이, 잡초가 무성한 지면에서 몇 개나 되는 새까만 인영이 불쑥 튀어나왔다.

그림자는 손을 뻗어 망자처럼 허우적허우적 시렌을 쫓아와 매달렸다.

──큰일이야……

시렌은 검은 손 사이를 재빨리 빠져나가면서 좌우를 살펴봤다. 바로 지척에 있을 텐데, 상대의 모습조차 눈으로 확인할 수 없다. 시렌은 자연스럽게 입매가 올라가는 감각을 느꼈다.

──즐거워……지기 시작했어.

전투에서 기세를 붙이기 위해, 또는 상대를 위협하기 위한 노성을 지르는 자는 많다.

그러나 닌자는 쓸데없는 말을 하지 않는다. 모든 것을 소리 없이 끝내야만 한다.

그렇다, 밀정끼리 펼치는 전투에서 말 따윈 사치.

그저 어둠 속에서 한줄기 섬광이 빛나고 흩어져갈 뿐. 마치 불꽃처럼.

이것은 그런 싸움이다.

분신.

무수히 분열한 시렌의 잔상이 팔방으로 수리검을 던져 꿈틀거리는 그림자를 안개처럼 흩어지게 만들었다. 그러나 그 즉시 다시 생겨난 그림자는 점차 모이더니 어느샌가 올려다볼 만큼 거대한 그림자로 형태를 바꾸었다.

그림자의 새까만 얼굴이 시렌을 바라보며 바로 위에서 덮쳤다.

시렌은 몸을 낮추었다. 삐걱삐걱 소리를 내며 다리 근육이 팽창했다. 그 찰나, 시렌은 땅을 박차 거대한 그림자를 향해 포탄처럼 도약했다. 양손에 단도를 들고 고속으로 회전하면서 거대한 그림자를 도려내 흩뜨렸다.

그러자 어둠 너머에 안경을 쓴 메이드가 조용히 서 있었다.

──이겼다!

드디어 상대의 모습을 포착했다. 시렌은 단도를 겨누고 로제린을 향해 돌진했다.

그러나 메이드는 온화한 웃음을 머금은 채, 천천히 팔을 들어 손가락 끝으로 밤하늘을 가리켰다.

──아뿔싸.

그 순간, 시렌은 자신의 실수를 깨달았다.

휘이잉.

새된 소리가 울려 퍼지고, 빛줄기가 하늘을 향해 천천히 올라갔다.

불꽃놀이가 시작됐다.

이 여자의 목적은 처음부터 '블리자드 로즈'가 목적지에 다다르기 위한 시간을 버는 것이었다. 무심코 전투에 빠져 버리다니.

"……정체가 뭡니까?"

시렌이 법도를 잊고 목소리를 냈다.

그러자 여자는 극상의 미소를 지었다. 그리곤 공손하게 스커트 양 끝을 잡고서 작게 허리를 숙여 보였다.

"그야 물론——, 평범한 메이드랍니다."

* * *

그 무렵, 레파는 에리카 일행을 찾아 언덕 경사면을 달리는 중이었다.

"하악, 하악."

숨이 찬다. 생각처럼 앞으로 나아갈 수 없다.

몸이 나른하다. 다리가 잘 움직이질 않는다.

시간이 얼마 없다. 초조함 때문일까. 자꾸만 발을 헛디뎠다.

발바닥이 주르륵 미끄러질 때마다 레파는 나뭇가지를 붙잡아서 자세를 바로잡았다.

그때, 공기를 가늘게 가르는 소리가 귀에 닿았다.

——큰일이야.

불꽃이 쏘아 올려졌다.

다만, 바로 눈앞에 있는 덤불만 넘으면 단숨에 시야가 트일 것 같은 예감이 들었다.

서둘러. 아직 늦지 않았을 거야. 하지만——.

"아윽!"

옷자락을 밟아 앞으로 꼬꾸라지고 말았다. 이미 옷은 엉망진창이다.

"아아, 정말!"

거의 기다시피 앞으로 나아가 길을 막는 가지와 잎에 손을 댔고——.

"——좋아해요. 아그니스 님! 저와 사귀어 주시겠어요?"

또렷한 윤곽을 띤 고백이 고막을 때리자, 레파는 가지를 치우려던 손길을 멈추었다.

퍼어어어어어어엉!

경쾌한 파열음을 올리며, 여름의 밤하늘에 커다란 꽃이 피었다.

——아…….

레파는 초목 틈새에서 선명한 화염을 흩뿌리며 터지는 우아한 불꽃을 바라보게 되었다.

그 바로 앞에, 전망대처럼 탁 트인 곳에는 두 사람이 서있었다.

늦어버렸다. 고백 해버리고 말았다.

아니—— '플레임 로드'는 아직 대답하지 않았다. 지금 당장 덤불에서 튀어 나가 두 사람 사이에 끼어들면 최악의 결과를 막을 수 있을지도 모른다.

Illustrations copyright © Umiko

하지만 움직일 수 없었다.

바로 에리카의 표정 때문이었다.

로제린의 판단이 옳다면, 그녀는 무언가 목적을 품고 '플레임 로드'에게 다가갔으리라. 그러나 대답을 기다리는 그녀의 얼굴은 새빨갛게 물들었다. 그 진지한 표정에는 결의와 불안이 뒤섞였다. 정말로 연기일까.

떨리는 입술을 필사적으로 깨물며 참는 모습은 좋아하는 상대를 위해서 없는 용기를 쥐어짠, 그저 가냘픈 여자아이의 모습이었다. 사용인은 물러터졌다며 레파를 혼내겠지만, 눈앞에서 펼쳐진 고백을 보자 도저히 끼어들 수가 없었다.

"……."

아그니스의 침묵이 이어지는 사이, 레파는 숨조차 제대로 쉴 수 없었다.

심장 소리가 귀에 거슬릴 만큼 울리고 손발 끝이 징징 저렸다.

레바민트 왕국의 왕녀는 아마도 공들여 준비해 완벽한 타이밍에 고백했으리라. 저만한 미소녀의 고백에 흔들리지 않을 남자가 있을까?

그리고——.

"응……, 놀랐지만 기뻐. 나도 너랑 있으면 즐거워."

"——으."

'플레임 로드'의 대답에 레파는 숨을 삼켰다.

"그럼, 저와 교제를——."

아그니스가 에리카의 기세 좋은 말을 덮듯이 말을 이었다.

"하지만, 너와 사귈 수는 없어."

"——!"

레파와 에리카가 동시에 몸을 움찔 떨었다.

주먹을 꼬옥 움켜쥔 에리카가 고개를 숙이면서 입술을 움직였다.

"……대체 왜죠?"

"좋아하는 녀석이 있어."

——어? 지금 뭐라고 했지?

레파는 저도 모르게 귀를 기울였지만, 마치 둑이 터지듯이 불꽃이 하늘로 올라가기 시작해 직전의 대화가 지워졌다. 다만, 에리카가 입술을 꽈악 물었다는 사실은 알았다.

"……레파 씨인가요? 하지만 레파 씨는 이미 좋아하는 상대가……."

아그니스는 에리카에게서 건네받은 주먹 씌우개를 손바닥 위에서 굴렸다.

"그럴지도 모르지만…… 그렇다고 내가 물러날 필요는 없잖아?"

"그, 그렇지만!"

"그 녀석이 누구를 좋아하든, 분명 그 상대보다 내가 훨씬 더 강해."

"네?"

"어, 아니……"

머리를 벅벅 긁은 아그니스는 에리카를 똑바로 마주했다.

"넌 날 지탱해주겠다고 말했지. 하지만 난 누가 날 지탱해 주길 바라지 않아."

"…………."

에리카의 침묵에 호응하듯이, 불꽃놀이가 잠시 중단되었다.

정숙을 되찾은 공간.

두 사람의 대화가 다시 들렸다.

덤불 속에서 숨을 죽이던 레파의 귀에 '플레임 로드'의 이런 말이 전해졌다.

"내가 바라는 건 곁에 서 있어 주는 거야. 옆에 서서, 같은 방향을 보며, 고난이 있어도 함께 맞서길 원해. 여차할 땐 안심하고 등을 맡길 수 있는, 그렇게 생각할 수 있는 상대이길 원해."

휘이잉 하늘을 가르고 다음 불꽃이 쏘아 올려졌다.

"그럴 수 있는 건…… 레파 엘드리트—— 그 녀석뿐이야."

그 말이 레파의 고막을 흔들고——.

퍼어어어어엉, 메마른 소리가 별이 빛나는 여름 하늘에 울려 퍼졌다.

"…………."

레파는 저도 모르게 얼굴을 손으로 눌렀다. 왜 그랬는지는 모르겠다. 다만 눈시울이 뜨거워서, 강하게 누르지 않으면 눈물이 흘러나올 것 같았다.

이번 일로 한껏 마음이 흐트러지고, 우왕좌왕하며, 이런 곳까지 찾아왔는데.

그렇지만 저 남자는 아무런 변화가 없었다.

시간상으로는 몇 초.

그러나 마치 영원히 이어질 것만 같던 침묵을, 에리카는 이런 말로 깨뜨렸다.

"……………………야."

"어?"

"그게 뭐야아아아아!"

그렇게 외친 소녀는 갑자기 손바닥 뒤집듯이 말투를 바꾸더니, 마치 추궁하듯이 아그니스에게 다가갔다.

"뭐어어? 여기까지 와서 거절하다니 어떻게 된 거야? 넌 대체 무슨 생각이야?"

"어, 아니…….."

"하아, 진짜로 못 해 먹겠네! 모처럼 이것저것 고생해서 사전준비를 했는데 다 허사가 됐잖아. 이 시간과 노력을 어떻게 보상할 거야?"

"저기……?"

"아아, 진짜. 아직도 모르겠어, '플레임 로드'? 처음부터

다 계략이었어. 단순한 연기라고. 에스키아 변경에 머무른 것도, 함께 검술 훈련을 한 것도. '블리자드 로즈'에게 좋아하는 상대가 있다는 말도 거짓이야. 네 실력이 탐나서 이용하려던 거지. 홀라당 속았어?"

"그, 그런가……."

"그나저나 주먹 씌우개는 또 뭐야? 주먹 씌우개를 선물로 주다니 이상하잖아. 너희들은 어떻게 돼먹은 거야? 상식이라는 게 없어?"

"어, 네……."

너무나 험악한 기세에, 아그니스가 존댓말을 썼다.

"아아, 형편없는 촌극이었어. 그럼 난 먼저 돌아갈 테니 느긋하게 놀다 가."

그 말을 내뱉고서 에리카는 뒤도 돌아보지 않은 채 성큼성큼 걷기 시작했다. 그리고 내려가는 길에 뒤덮인 가지와 나뭇잎을 치우자──.

"아……."

거기에서 무릎을 끌어안고 앉아 있던 레파와 대놓고 눈이 마주쳐 버렸다.

"……."

에리카는 한순간 놀란 기색이었다. 하지만 아무 말없이 차갑게 레파를 바라보더니 서둘러 산에서 내려갔다.

뒤에 남겨진 것은 '최강'의 두 사람.

흠칫한 기색인 아그니스가 머뭇머뭇 입을 열었다.

"……이봐. 대체 왜 네가 이런 곳에 있는 거야?"

"우, 우연이야!"

"우, 우연이라고?"

"마, 맞아. 로제린이랑 레바민트 왕국의 불꽃놀이를 보러 왔어. 불꽃은 높은 곳에서 더 잘 보이잖아. 그래서 산에 올라왔더니 우연히 너희랑 마주쳤을 뿐이라고."

"불꽃을 보러 왔다고? 쇄국 중인 나라에 일부러?"

"맞아. ……왔어. 일부러."

레파는 입술을 꽈악 다문 뒤, 시선을 똑바로 보내며 말했다.

"……감사하라고."

"어떻게 된 건지는 잘 모르겠지만……."

아그니스는 하늘에 눈길을 준 후, 다시 한번 레파에게 고개를 돌렸다.

"감사할게."

레파의 뺨이 달아오른 순간, 아그니스는 무언가 떠올렸다는 듯이 화들짝 놀란 표정을 지었다.

"설마…… 지금 한 얘길 들은 거야?"

"뭐, 뭐어? 무, 무슨 소리야?! 전혀 모르겠네."

"그래……. 그렇다면 다행이지만."

"마, 맞아. 다행이지."

어째서인지 시선을 피하는 두 사람.

아그니스는 에리카가 내려간 산길을 내려다보았다.

에리카는 지금까지 한 행동이 전부 계략이고 '플레임 로드'를 이용하기 위한 연기였다고 말했다. 너무나 갑자기 태도가 돌변해서 어안이 벙벙할 정도였지만——.

아그니스는 잠시 입을 다물고 시원하게 울려 퍼지는 불꽃 소리를 들었다. 그리고 잠시 후, 콧등을 벅벅 긁으며 레파에게 시선을 옮겼다.

"저기, 난 생각을 좀 해봤는데……."

"그래……. 나도 생각한 게 있어."

'블리자드 로즈'는 불꽃을 올려다보며 고개를 위아래로 끄덕였다.

"시렌, 돌아가자!"

산을 뛰어 내려온 에리카는 덤불로 발이 묶였던 시렌을 이끌고 회장을 뒤로했다.

어깨를 들썩이며 성큼성큼 나아가는 주인의 옆에서 시렌은 머뭇머뭇 물었다.

"에리카 님. 결국, 어떻게 됐나요?"

"어어? 실패야, 실패! 그 자식이 날 찼어. 내 노력은 어떻게 보상할 거냐고!"

"설마 '블리자드 로즈'가 방해했나요? 제가 놓쳐버려서……."

"방해하지 않았어. 제기랄, 그게 더 짜증 나!"

에리카는 짜증을 토해내더니 가슴에 단 꽃 브로치를 손으로 비틀어 뗐다.

그리고 종종걸음으로 달리면서 그 팔을 크게 휘둘러——.

——우정 선물이라니 기뻐. 소중히 여길게.

"……대체 뭐냐고!"

입술을 깨문 에리카는 혀를 차고서 그 손을 꾹 움켜쥐었다.

"슬프신 거군요, 에리카 님……."

"뭐어? 무슨 소릴 하는 거야? '플레임 로드'는 단순히 목적을 달성할 수단이라고. 지금까지 헛수고했다고 생각하니 불쾌할 뿐이야! 서둘러 다른 수를 짜내야 해!"

땅을 차며 앞서가는 에리카. 시렌은 그 뒷모습을 눈으로 좇으면서 발걸음을 멈췄다.

그리고 이런 말을 툭 흘렸다.

"그렇다면…… 에리카 님은 어째서 그렇게 울고 계시는 건가요?"

제6장 바람이 불던 날

레바민트 왕성에서 가까운, 완만한 녹색 언덕에 백아의 영당이 세워져 있었다.

역대 왕가의 묘가 늘어선 그 건물 안에, 물빛 머리카락의 소녀가 서 있었다.

"그럼, 또 올게요. 어마마마."

에리카는 그 묘 중 하나를 향해 공손히 고개를 숙인 후 영당을 뒤로했다.

언덕에서 보이는 거리. 여전히 산들바람조차 불지 않아서, 늘어선 풍차는 그저 공허하게 서 있을 뿐. 1년 전부터 언덕에 부는 바람은 점차 기세를 잃기 시작했고—— 어느샌가 완전히 자취를 감추고 말았다.

그 결과, 나라는 활력을 잃었다.

그래도 어젯밤 사은제에서는 오랜만에 즐거워 보이는 국민의 얼굴을 볼 수 있었다.

이 나라에는 아직 힘이 남아 있다.

에리카는 품에 손을 넣어 칼집에 담긴 단검을 꺼냈다. 그리고 칼자루를 뽑아 강철색으로 빛나는 도신(刀身)을 바라보았다. 그다음 도로 칼집에 꽂아서 품속에 집어넣더니, 다시 한번 영당을 돌아본 후 급히 성으로 돌아갔다.

나선 계단을 올라 몇 개나 되는 문을 밀어 열고서 두 건물을 잇는 공중 회랑을 나아갔다.

그리고 거성 안쪽에 있는, 특별히 허가받은 자만이 들어갈 수 있는 공간으로 발을 내디뎠다.

기둥이 늘어선 복도를 천천히 걸었다. 고요함이 감도는 그곳에서는 돌바닥을 밟는 발소리가 쓸데없이 날카롭게 들려서 귀에 거슬렸다.

에리카가 다다른 곳은 호화찬란한 실내장식으로 꾸민 방이었다. 큼지막한 홀이라고 해도 지장 없을 널찍한 곳. 바닥엔 잘 닦인 돌 타일을 깔아놓았다.

"어머, 어서 오렴."

방 안쪽 의자에는 아름다운 귀부인 한 명이 앉아 있었다.

싱그럽고 탄력 있는 피부에 부드러운 표정.

윤기 있는 보라색 머리카락을 뒤로 묶고, 기품 있는 푸른 드레스를 몸에 걸쳤다.

귀부인은 아름답게 미소 짓더니 시원스러운 목소리를 냈다.

"내일 '신탁의 의식'은 잘 부탁해. 왕의 바람에 따르자, 에리카."

에리카는 살짝 허리를 굽히고 생긋 미소 지으며 말했다.

"네, 왕비님."

* * *

같은 시각.

"저기, 오빠. 있잖아……."

머뭇머뭇 입을 연 이는 '최강'의 남자를 오빠로 둔 소녀였다.

"뭐야, 메이?"

아그니스가 뒤를 돌아보자, 메이는 곤혹스러운 표정으로 말했다.

"아무리 생각해도 굉장히 이상한 상황인 거 같은데……."

"그런가?"

"그렇다고. 분명히 이상해!"

메이가 마치 하늘을 저주하는 것처럼 이렇게 말을 이었다.

"왜 내가 오빠 등에 업혀서 레바민트 왕성 안에 침입하는 건데?"

항의를 받은 오빠―― '플레임 로드'는 이상하다는 양 고개를 갸웃거렸다.

"이미 몇 번이나 말했잖아. 그 녀석을 다시 한번 만나러 가겠다고. 어제 어정쩡하게 헤어지게 되었으니."

"그 얘긴 들었지만, 보통 성문 위병에게 거절당하면 포기하는 게 당연하잖아? 근데 왜 성벽을 훌쩍 넘어서 안으로 들어온 건데! 이거 완전히 불법 침입이라고. 들키면 외교 문제가 될 거야."

탄식하는 메이의 옆에서 담담히 중얼거리는 이는 안경을 쓴 메이드였다.

"포기하죠, 메이 씨. 이 두 사람이 그렇게 결심한 이상 막을 방도가 없습니다."

"미안해, 메이."

편하게 움직이기 위해서인지, 분홍색 머리카락을 뒤로 모아 묶은 '블리자드 로즈'가 미안한 듯이 말했다.

'플레임 로드'와 '블리자드 로즈'.

두 사람의 '최강'은 여동생과 종자를 데리고 레바민트 성의 한구석에 잠입했다.

창고로 추정되는 어스름한 방을 가볍게 둘러보고서 아그니스가 낙관적으로 말했다.

"뭐, 걱정하지 마, 메이. 성안에 있는 다른 녀석들에게 안 들키면 그만이잖아?"

"아니, 그런 문제가 아닌데……."

"게다가 만약 들키면 곧바로 입을 막아버릴 거야. 그럼 문제없어."

"레파 씨까지! 그러니까……."

"그렇지. 한순간에 기절시키면 의식 장애가 일어나 전후 기억이 애매해져."

"과연, 아예 우리를 기억하지 못하게 만드는 수법이구나."

"아아, 진짜 이 두 사람은!"

"애당초 제 마술 '행방불명'을 쓰고 있으니 그리 쉽게 들키지 않을 겁니다."

"그리고 로제린 씨. 당신도 좀 조용히 해! 정말, 나 빼고는 다들 비상식적이야!"

메이는 머리카락을 마구 헝클어뜨렸다.

"그러니까 힘들게 따라오지 않아도 된다고 했잖아?"

"나만 따돌리는 거 같잖아. 그건 싫어. 게다가 오빠는 방향치니까, 내가 없으면 에리카 씨의 방을 찾는데 오래 걸릴 거야."

"실은 레파 님도 방향치십니다."

"이, 이봐, 로제린."

메이는 한숨을 후우 내쉬었다.

"대체 에리카 씨를 만나고 싶은 이유가 뭔데? 왜냐하면 그 여자는——."

'플레임 로드'와 '블리자드 로즈'는 서로 얼굴을 마주 보았다.

"잘 모르겠지만 뭔가 사정이 있었겠지. 여기까지 와서 아무 말도 못 듣고 돌아갈 수 있겠냐?"

"맞아. 이만큼 휘둘리고서 아무것도 모른 채 끝낼 수는 없어."

"오지랖이 넓은 건지, 사람이 좋은 건지……."

"정말 닮은꼴 부부예요."

"잠깐, 로제린! 혼잡한 틈을 타서 무슨 소릴 하는 거야!"

"따, 딱히 우린 그런⋯⋯."

"네네. 어서 가자, 오빠."

네 사람은 기척을 지우고 위병의 눈을 피하면서 질풍처럼 성안을 빠져나갔다. 그리고 실내장식이 다른 곳과는 명백히 차이 나는 구역까지 다다랐다.

그곳에서 발견한 건 커다란 문. 그 앞에는 위병이 여러 명서 있었다.

거기에 허둥지둥 당황한 듯이 안경을 쓴 여자가 달려갔다.

"급한 용건입니다. 에리카 님은 이 방에 계십니까?!"

"그렇긴 한데, 용건은 이쪽에서 듣지. 넌 어디의⋯⋯."

"역시 여기군요."

"어?"

다음 순간, 위병들은 모두 바닥에 털썩 쓰러졌다.

로제린의 등 뒤에서 손날을 치켜든 아그니스가 나타났다.

"미안하군. 잠시 눈 좀 붙여."

"아아⋯⋯, 이제 어엿한 범죄야⋯⋯."

"걱정하지 마, 메이, 저녁에는 개운하게 깰 거야. 목덜미를 절묘하게 때렸으니까, 어깨 결림도 좋아지겠지."

"그 의미불명 서비스는 뭔데?!"

아그니스는 병사의 품을 뒤져서 열쇠를 꺼내 들고 무거운

267

문을 열었다.

문 너머에는 널따란 복도가 있었고, 그 양옆에는 방이 몇 개나 늘어졌다. "실례할게"라고 말을 걸면서 일행은 순서대로 문을 열며 에리카를 찾았다. 그리고 다섯 번째 문을 열었을 때——.

"——윽!"

아그니스가 급하게 방안으로 달려갔다.

환담실처럼 생긴 방안에는 앤티크풍 의자나 테이블 외에도 간단한 주방이 설치되어 있었다.

안쪽에 깔린 융단 위에는 진회색 머리카락의 소녀가 쓰러져 신음하고 있었다.

"이봐, 왜 그래?"

시렌이라는 이름을 가진 에리카의 시중인 소녀이다.

"어, 어째서…… 당신들이……?"

시렌이 몸을 일으키더니 놀란 표정으로 말했다. 그러나 어딘가 동작이 굼뜨다. 눈의 초점도 잘 안 맞는 것처럼 보였다.

소녀 근처에는 컵이 굴러다니고 있었다.

"뭘 마신 거야?"

"아마…… 강력한 수면제 같은 걸……. 몸이, 잘 움직이지 않아요……."

"누가 먹였어?"

"에리카, 님이…… 아침에 우려주신 홍차에……."

"대체 어떻게 된 거야?"

옆에 선 레파가 의아한 표정을 짓자, 시렌은 화들짝 놀란 표정을 지으며 자신의 품을 뒤적였다.

"없어……."

초조한 기색으로 시렌이 말했다.

"항상 품속에 넣어두던 단도가…… 두 자루 다 사라졌어. 역시, 에리카 님……."

시렌은 힘없이 허공으로 손을 뻗었다.

"안 돼……. 에리카 님 혼자서…… 결판을 낼, 셈이야."

"결판? 누구랑?"

"현, 왕비. 에리카 님의…… 계모."

두 사람의 '최강'은 얼굴을 마주 본 뒤 시렌을 향해 방향을 틀었다.

"자세한 이야기를 들려줘."

* * *

그 무렵—— 큼지막한 홀이라고 해도 지장 없을 널찍한 왕비의 방에서는 모녀가 웃는 얼굴로 마주하고 있었다.

"요전번에는 '신탁의 의식' 준비로 한창 바쁜 시기였을 텐데, 여행을 허락해주셔서 감사합니다."

에리카는 양손을 모아 의자에 앉은 귀부인에게 공손히 고개를 숙였다.

"그렇게 서먹하게 굴지 말렴. 모녀가 된 지 고작 반년이지만, 난 에리카의 어머니란다."

"아, 죄송합니다, 무심코 긴장을 해서요."

자연스럽게 웃은 에리카는 재빨리 실내를 둘러보았다.

입구 양옆에는 청동 갑옷과 투구를 착용한 병사 두 명이 서 있었다. 다른 위병들과는 명백히 다른, 어딘가 불길한 오라를 내뿜는 병사들. 그들은 국왕과 그 전권대리인만을 섬기는 '블리츠'라 불리는 친위대 멤버이다.

에리카는 의붓어머니에게 시선을 보냈다.

"아바마마의 용태는 어떠신가요?"

"좋지 않아……. 약으로 가까스로 생명을 유지하고 계시지만, 여전히 의식은 돌아오지 않는구나."

어머니는 아름다운 얼굴을 찌푸린 뒤 당찬 모습으로 대답했다.

"이러면 안 되지. 우리가 정신을 똑바로 차려야 해. 그래서, 여행은 어땠니?"

"네. 에스키아 공화국에 머물렀는데, 우리나라와는 문화가 달라 무척 흥미로웠어요. 아, 그렇지, 선물도 사 왔어요!"

"정말? 기쁘구나."

에리카는 활짝 웃는 의붓어머니의 곁으로 천천히 다가

갔다.

"이건데요⋯⋯."

품에 손을 넣고서 꺼내 든 것은 단도였다.

"어?"

왕비가 눈동자를 크게 뜨는 사이, 에리카는 재빠르게 칼을 뽑았다. 그리고 왕비의 뒤로 돌아가 목덜미에 칼을 들이댔다.

"물러서! 다가오면 왕비의 목숨은 없어!"

에리카는 방의 입구에 선 '블리츠'에게 외쳤다. 두 사람은 몸을 낮추고 허리에 찬 검으로 손을 가져다 댔다.

"기다려라! 에리카가 많이 흥분한 거 같구나. 내가 진정시킬 테니, 당신들은 왕의 방을 지키도록. 내가 부를 때까지 물러서 있어."

"⋯⋯."

친위대는 왕비의 말에 검에서 손을 뗀 후 소리도 없이 방에서 나갔다.

'블리츠'는 왕과 전권대리인의 명만을 섬긴다. 왕의 용태가 나쁜 지금, 전권대리인인 왕비의 명에 따라야만 한다.

"에리카⋯⋯. 이게 대체 어떻게 된 일이니?"

에리카는 겁먹은 기색을 보이는 어머니에게 의연히 말했다.

"결심했어요. 전 당신을 왕으로는 만들 수 없어요."

이제 돌이킬 수 없다.

'플레임 로드'를 농락하는 데 실패한 이상, 마지막으로 남은 수단은 이것뿐이다.

"자, 목숨이 아까우면 아바마마를 돌려주세요!"

칼날이 왕비의 목덜미에 천천히 닿았다.

그리고—— 다음 순간, 새된 비명이 넓은 방에 울려 퍼졌다.

* * *

"현 왕비—— 에리카 님의 계모는…… 1년 전에 국왕이 데리고 온 의사였습니다. 전 왕비께서는 병약한 분이었기에…… 폐하께선 뛰어난 의사를 찾아다니셨거든요."

왕비의 방과는 다른 건물에 있는 에리카의 방에서 시렌의 이야기가 이어졌다.

아스라라고 하는 이름의 여의사는 실제로 해박한 지식과 실력을 갖춘 데다 인품도 좋아서, 누구에게나 친절하고 환자에게도 헌신하는 의사로 명망 높았다고 한다. 금세 왕의 마음에 들어 왕성 의사로 채용되었고, 전 왕비의 치료도 맡게 되었다.

"하지만 그 무렵 전 왕비님의 용태가 상당히 나빠져서…… 치료하는 보람도 없이 열 달 전에 돌아가시고 말았습니다……."

왕은 누구에게나 사랑받던 전 왕비의 죽음에 큰 실의에 빠졌다.

여의사는 주치의로서 우울해하는 왕을 헌신적으로 떠받들었다. 두 사람 사이에 새로운 인연이 생겨나는 데는 그리 오랜 시간이 필요하지 않았다.

그리고 반년 전, 왕은 그녀를 새로운 왕비로 맞아들이게 되었다.

"그 말만 들으면 별로 이상한 느낌은 안 드는데."

시렌은 메이의 말을 듣고 느릿느릿 고개를 끄덕였다.

"네⋯⋯, 모두 그녀가 전 왕비와 왕을 얼마나 헌신적으로 간호했는지 아니까, 왕궁의 모든 사람이 그녀를 새로운 왕비로서⋯⋯ 환영했습니다. 다만 에리카 님만은 달랐습니다⋯⋯. 자신과 비슷한 타입이라서 안다, 그녀에게는 꿍꿍이가 있다고 에리카 님은 제게 말씀하셨습니다⋯⋯."

"⋯⋯."

아직 에리카가 먹인 약의 효과가 남아 있는 모양인지, 시렌은 더듬더듬 씁쓸하게 말을 이었다.

"처음엔 솔직히, 반신반의였습니다⋯⋯. 다들 솔직한 새 왕비님을 잘 따르며 좋아했으니까요⋯⋯. 사랑하는 어머님을 여의어서, 에리카 님이 새어머니를 받아들일 수 없는 게 아닐까 했죠. 다만, 에리카 님은 이대로는 좋지 않은 일이 일어날 거라고⋯⋯ 느끼신 모양입니다. 그리고, 세 가지 사건이 일어났습니다. 첫 번째는…… 돌아가신 전 왕비의 뒤를 따르듯이 국왕 폐하의 건강까지 나빠진 겁니다."

재혼한 지 세 달쯤 지났을 무렵, 집무 중에 속이 안 좋다고 호소하며 쓰러진 왕은 급격히 몸 상태가 나빠졌다. 현 왕비의 필사적인 치료로 목숨을 건졌지만, 아직 의식이 돌아오지 않았다고 한다.

그 원인이 무엇인지 모르는 상태로, 현 왕비가 일시적인 전권대리인으로 임명되었다고.

"두 번째는?"

"왕의 칙령입니다……. 왕비가 밤샘으로 왕을 간호했을 때, 딱 한순간 왕이 눈을 떠서 이런 말을 고했다고 합니다. **다음 '신탁의 의식'에서 왕위를 왕비에게 넘긴다라고……**"

"……."

메이가 생각에 잠기듯이 턱에 손을 댔다.

"저기, 에리카 씨가 '신탁의 의식'이란 바람의 정령에게서 신탁을 받는 의식이라고 했는데 정말로 그런 게 가능해?"

"……."

시렌은 레파의 물음에 입을 다물었다.

몇 번인가 입을 달싹이다가 시선을 내리깔았다. 하지만 결국 고개를 들었다.

"지금은 체면을 신경 쓸 상황이…… 아니겠지요. 말씀드리죠. '신탁의 의식'이란…… 실은 나라를 원활하게 운영하기 위한, 제도입니다……."

그렇게 서론을 꺼낸 시렌은 사정을 이야기하기 시작했다.

'신탁의 의식'.

그것은 1년에 한 번 풍광의 무녀가 신전에서 바람의 정령에게 기도를 드리는 의식인데, 무녀는 그때 바람과 일체가 되어 정령에게서 앞으로의 국가 방침을 점치는 신탁을 받는다.

그러나 그것은 겉치레일 뿐이라고 한다.

상위 차원에 존재하는 정령의 말을 직접 전해 듣는다니 말도 안 된다. 어디까지나 그런 시늉을 하며, 정치 방침을 백성에게 알기 쉬운 형태로 제시하는 데 지나지 않는다.

따라서 실제로는 **국왕과 극히 소수의 중신이 신탁의 내용을 결정하고, 풍광의 무녀는 그 내용을 그럴싸하게 포장해 국민에게 전달할 뿐이다.**

원래 국민의 신앙심이 깊기도 해서, 당시에는 정령의 말이라고 전하면 국민의 이해를 얻기 쉬우리라는 속내가 있었다고 한다.

이것은 역대 왕가와 중신, 일부 심복들이 지켜온 이 나라의 큰 비밀이기도 하다. 그 비밀을 지키기 위해, 그리고 정령의 목소리를 들을 수 있는 특별한 혈통이 있다고 국민의 믿음을 얻기 위해 풍광의 무녀는 왕가의 피를 잇는 자만이 이어받게 된 것이라고.

"에리카 님은 자신의 몸에는 거짓말쟁이의 피가 흐른다고

자주 말씀하셨습니다…….”

시렌의 눈동자가 우울함을 띠었다.

평소에는 무난한 지침을 제시할 뿐이지만, 나라가 기로에 섰을 때는 '신탁의 의식'을 빌려서 큰 결정을 내릴 때도 있다. 쇄국——국가의 문을 닫는다는 방침도 에스키아와 이그마르의 '동국전쟁'이 시작된 수십 년 전에, 전화에 말려들까 우려한 당시의 국왕이 내린 결정이다.

그리고 지금——이 나라는 기로에 서 있다.

“레바민트의 왕위계승은 현왕의 승낙을 얻고 '신탁의 의식'에서 국민에게 알림으로써 끝났습니다……. 왕비의 이야기를 들은 중신들은 토론을 거듭했고, 끝내 에리카 님에게 '신탁의 의식'에서 현 왕비의 즉위를 선언하라고…… 전달했습니다.”

이야기만 들으면 병으로 쓰러진 왕이 신뢰하는 아내에게 정치를 맡기는 것처럼 보이지만——.

“그 상황에 에리카 양은 의문을 품은 거로군요.”

로제린이 안경 끝을 밀며 말했다.

“……네. 그리고, 세 번째로…….”

그날, 에리카는 혼자서 왕의 곁에 붙어있었다고 한다.

주사 바늘이 잔뜩 꽂힌 아버지의 애처로운 모습에 어찌할 바를 몰랐는데, 왕의 입술이 살짝 움직였다고 한다. 그 입술은 이렇게 말하는 것처럼 들렸다.

조심하거라, 나라를, 빼앗긴다——라고.

"……."

방에 한순간 침묵이 드리워진 뒤, 메이가 확인하듯이 말했다.

"왕위를 왕비에게 잇게 한다는 말은 애당초 왕비만 들었어. 그리고 왕비는 의사였지. 즉, **왕의 병이나 왕위계승도 현 왕비에 의해 조작되었다는 거야?**"

"에리카 님은 그렇게 생각하셨습니다. 하지만……."

에리카가 친했던 중신에게 이 말을 털어놓자 그는 웃어넘겨버렸다.

그 순종적이고 헌신적인 왕비가 그런 짓을 할 수 있을 리 없다. 아무리 새어머니를 받아들이기 힘들어도 그런 거짓말을 해서는 안 된다고.

오히려 다른 중신 중에는 순종적인 왕비를 꼭두각시 왕으로 삼아 실권을 쥐려고 드는 자까지 있는 형국이다.

"하지만, 에리카 님은 포기하지 않으셨습니다…… 왕비가 국왕에게 이상한 약이라도 투여하는 게 아닐까 우려해, 국왕의 몸을 자신의 곁으로 옮기도록…… 진언했습니다."

그러나 그 청은 허가되지 않았다.

왕은 절대안정이 필요하고, 의사인 자신이 바로 곁에 있어야만 한다고. 실제로 왕비는 이 나라의 그 누구보다도 뛰어난 의사이자 아내이기도 하다. 그렇게 말하니 아무 반론도 할 수 없었다.

게다가 왕의 충고도 에리카만 들었다. 아무런 증거도 없는 것이다.

그러는 사이, 안정을 취해야 한다는 명목으로 면회조차 제한받게 되었다.

"에리카 님은 초조해했습니다……. 왕비가 이 나라의 실권을 쥐기 위해 모든 짓을 꾸몄다고 하면…… '신탁의 의식'까지, 하다못해 즉위식이 있을 때까지, 그녀의 계획을 막아야만 한다고요. 그러기 위해서는, 왕을 탈환할…… 필요가 있었습니다."

만약 왕이 몇 개나 되는 주사로 묘한 약을 계속 투여받았다고 한다면.

왕은 분명 왕비에게서 수상함을 느꼈으리라.

왕의 신병을 탈환해서 약의 투여를 중단시키고 눈을 뜨게 한다. 왕의 의식만 돌아오면 왕위계승 이야기는 백지가 되고, 중신들도 에리카의 말을 들을 수밖에 없게 되리라.

"게다가, 다른 의미로도 '신탁의 의식'까지 왕을 되찾지 않으면 곤란하겠죠."

로제린이 기묘한 표정으로 말했다.

왕비의 목적이 왕위계승이라고 한다면, 자신의 즉위한 후 현왕의 존재는 방해가 될 뿐이다.

오래 살려둘 필요가 없다.

"네. 하지만, 이미 국내에 에리카 님의 편은 없습니다. 저로서는…… 역부족입니다……."

시렌은 분하다는 듯이 입술을 깨물었다.

현재 국왕의 방은 왕비의 방에서 더 깊숙한 안쪽에 있다고 한다.

그곳은 왕비── 왕의 전권대리인이 내린 엄명으로, 최강의 친위대 '블리츠'가 수호한다.

일곱 대국 중에서 가장 오랜 역사를 가진, 이 나라의 왕권을 지탱해온 집단. 차기 대장으로 기대받는 시렌으로서도 그 포위를 돌파해서 왕을 탈환하기란 불가능하다.

왕의 병상에 호응하듯이 이 나라에는 어느샌가 바람이 불지 않게 되었다.

정령은 상위 차원의 존재이고, 레바민트가 섬기는 바람의 정령에게도 의지 따위는 없다. 그래도 바람이 뚝 멈춘 이 상황은 마치 바람의 정령이 이 나라의 앞날을 우려하는 것만 같다.

"에리카 님은 힘이…… 필요했습니다."

시렌의 얼굴이 똑바로 아그니스에게 향했다.

"그래서 오빠를……."

마침내 이해했다는 표정을 짓는 메이 옆에서, 레파가 어째서인지 뺨을 잔뜩 부풀렸다.

"잠깐, 난 불만이야."

"네? 저기, 무슨……."

시렌이 눈동자를 끔뻑거렸다.

"즉, 에리카 씨는 친위대의 포위를 돌파해서 왕을 탈환할 수 있을 만큼 강한 아군을 원했던 거지? 그럼 나라도 상관없잖아?"

"죄, 죄송합니다……. 에리카 님이 남성 쪽이 조종하기 쉽다고 하셔서……. 게다가 레파 님의 힘은 볼 기회가 없었으니……."

"우우."

로제린이 어깨를 으쓱이며 여전히 불만인 레파에게 말했다.

"어쩔 수 없어요. 확실한 증거도 없이 타국에서 왕의 신병을 탈환하는 건 큰일입니다. 아무런 이득도 없는 데다 붙잡히면 큰 문제가 됩니다. 어지간히 푹 빠진 여자를 위해서가 아니라면 나서서 도와줄 사람 따위는 없겠죠. 보통은."

"조금 신경 쓰이는군."

계속 침묵하던 아그니스가 갑자기 입을 열었다.

"가설이 맞는다고 해도, 그 아스라라는 왕비는 나라의 실권을 빼앗아서 대체 뭘 하고 싶은 거지? 사치스러운 생활인가? 그거라면 왕비가 된 시점에서 이미 달성했잖아? 어린 시절에 어지간히 권력을 동경했나?"

"글쎄요, 거기까진 저도 잘……. 저는 자세하게 듣지 못했습니다만…… 원래 신성교회의 소개를 받았는데, 레바민트에 선조를 가진 분이 알선했다고……."

아그니스의 표정이 갑자기 험악해졌다.

"큰일이군. 왕비의 방은 어디에 있지?"

"저쪽, 공중 회랑 앞의 탑에 있습니다."

창에서 보이는 첨탑을 손가락으로 가리키며, 시렌은 테이블에 손을 대고서 비틀비틀 일어섰다.

"가, 가시는 겁니까……? 하지만 어째서? 증거는 없어요……. 게다가 에리카 님은 두 분에게 심한 짓을……."

메이드와 여동생이 못 말린다며 탄식했다.

"말했잖아요. 보통은 이런 일을 돕지 않는다고요."

"하지만 이 두 사람은 보통이 아니니까."

"닮은꼴 부부랍니다."

"잠깐, 로제린! 또 그 소릴…… 어?"

레파가 뒤돌아보자 아그니스는 레파의 허리를 확 끌어당겼다.

"어? 저기, 자, 잠깐!"

얼굴을 붉히는 '블리자드 로즈'에게 '플레임 로드'는 초조함을 드러내며 말했다.

"시간이 없어. 서두르자."

* * *

시간은 조금 거슬러 올라간다.

"우아아아아아아아아아아아앗!"

널찍한 왕비의 방에서는 새된 비명이 울려 퍼졌다.

소녀가 괴로운 신음을 흘리면서 바닥 위를 굴렀다.

서 있는 이는 아름다운 귀부인이었다.

"……아아, 저질러버렸네……. 이게 다 너 때문이야…….
끈덕지게 들러 붙어서 정말 귀찮았는걸."

바닥에 드러누운 에리카는 콜록콜록 기침하면서 얼떨떨
하게 의붓어머니의 얼굴을 쳐다보았다.

대체 무슨 일이 일어났는지 모르겠다. 에리카가 가진 단
검이 의붓어머니의 목덜미에 닿았나 싶더니, 자신의 몸이
바닥에 내동댕이쳐졌다. 바닥에 등을 강하게 부딪쳐서 그
런지, 숨을 제대로 쉴 수가 없었다.

"처음부터 생각했는데, 역시 너하고는 친해질 수 없을 거
같아. 겉으로만 생글거리면서 그 가면 아래에서는 무슨 생
각을 하는지 알 수가 없다니까. 마치 나 자신을 보는 것 같
아서, 열 받아서 참을 수 없어."

의붓어머니의 분위기가 완전히 뒤바뀌었다. 주위를 다정
하게 감싸던 따스한 분위기가 사라지고, 바늘처럼 날카로
운 기색을 띠었다.

예상은 했다. 몸도 사렸다.

그래도 갑작스러운 변모에 몸이 따라가지 않았다.

"왜 그러니? 어차피 넌 날 의심했잖아? 아아, 정말……

모처럼 계속 얌전히 있었는데…… 검을 목에 들이대니 역시 울컥해졌어."

의붓어머니는 윤기 나는 머리카락을 사르륵 펼치더니 양쪽 어깨를 으쓱였다.

"이제 와서 숨길 필요는 없겠지. 그래, 네 짐작이 맞아. 전부 내가 꾸몄어. 손쉬웠지, 네 아버지도 중신들도. 성실한 척을 좀 하니 손바닥 안에서 데굴데굴 구르더라."

"……역시, 아바마마의…… 병환도?"

에리카는 메마르게 손뼉을 짝짝 치는 의붓어머니에게 떨리는 목소리로 물었다.

"그 말이 맞아. 알고 있어? 이 세상에 마나의 흐름이 존재하는 것과 마찬가지로, 생물의 몸에도 마나의 흐름이 있어. 특히 외부의 마나에 영향을 끼치기 쉬운 성질을 띤 것을 마력이라고 하는데, 마술을 쓸 수 없는 사람에게도 마나 그 자체는 존재해."

"……그게, 뭐?"

"마나는 올바르게 흘러야 의미가 있고, 그 흐름이 정체되면 몸에 부조가 나타나게 되지. 두통이 나거나, 내장의 기능이 악화되거나, 활력이 사라지거나, 의식에 장애가 생기거나, 심하게 막히면 죽거나."

연지를 바른 입술 끝을 올리는 아스라.

평소의 청초한 기척은 사라지고 갑자기 요염한 색향이 늘어난 것처럼 보였다.

"체내에서 마나가 정체되다니…… 설마."

"이게 뭐게?"

아스라는 드레스 자락에서 작은 종이 포장을 꺼냈다. 반투명한 포장 용지 속에는 흰 가루가 들어 있었다.

"이건 내가 특별히 조합한 약이야. 체내의 마나의 흐름을 흐트러뜨리는 약이지. 이걸 네 아버지의 식사에 섞어서 꾸준히 먹였어. 이래 보여도 난 어릴 적부터 다양한 약을 조합해서 실험하는 게 취미였거든. 뭐, 조절을 잘못하면 실험체가 금세 죽어버리기도 했지. 그랬더니 왠걸, 정신을 차리고 보니 주위에 남은 사람이 아무도 없지 뭐야……."

아스라는 어째서인지 쓸쓸한 표정을 지었다.

그 순간, 에리카는 벌떡 일어나 바닥에 구르던 단검을 집어 들려고 했지만── 아스라가 더 빨랐다. 에리카는 아스라의 하이힐에 손을 짓밟혀 비명을 질렀다.

그 모습을 바라보며 씨익 웃은 아스라는 천천히 주운 단도를 손가락으로 가볍게 꺾어 버렸다.

"정말 빈틈이 없네."

"……뭐……야, 당신?"

"말했잖아? 어릴 적부터 약을 조합하는 게 취미였다고. 생체 실험으로 주위 사람이 전부 죽어버리자, 어쩔 수 없이 내 몸으로 실험을 시작했어. 실험을 너무 많이 해서 그런지,

체질 때문인지, 내 몸은 약효가 이상하리만큼 잘 들거든."

아스라는 드레스 스커트 자락을 걷어붙였다. 그 안쪽에는 형형색색의 액체가 든 주사기가 무수히 준비되어 있었다.

"지금은 근육을 증강하는 약을 주사 중이야. 그 밖에도 아주 많지. 이건 일주일에 한 번 맞는, 식사가 필요 없어지는 영양제. 이쪽은 피부에 윤기를 주는 약. 이건 한 달을 자지 않아도 눈이 말똥말똥하게 해주는 약. 그리고 너에겐 이게 좋을까?"

아스라는 입맛을 다시더니 보라색 액체가 든 주사기 끝을 에리카에게 들이댔다.

"나, 날 죽이려고? 풍광의 무녀가 없으면 '신탁의 의식'을 치를 수 없어! 당신은 국왕이 될 수 없다고!"

"그래서 모처럼 여태껏 널 곱게 다뤘는데, 이젠 너무 눈에 거슬려서 그래애. 그 눈빛이 싫다고. 널 죽이지는 않을 거야. 차라리 지옥에 떨어지는 게 나을 정도의 고통은 맛보겠지만. 이 세상에는 죽는 것보다 괴로운 일이 잔뜩 있다는 걸 가르쳐줄게. 부디 '신탁의 의식'을 하게 해달라고 애원할 때까지 반복할 거야."

"……어째서, 어째서, 그렇게까지 레바민트 왕국의 주인이 되고 싶은데?"

"물론, 멸하기 위해서야."

"……어?"

아스라의 갑작스러운 선언을 듣고 에리카는 눈을 휘둥그레 떴다.

"권력을 손에 넣어 사리사욕을 챙기려는 줄 알았어? 아니야아. 멸망시키기 위해서지. 우선 에스키아와 이그마르에 선전포고를 할 거야. 전쟁을 하려면 왕의 권력이 필요하잖아. 이의를 제기하는 놈은 모두 죽일 거야. 물론 전쟁에 익숙한 두 나라를 이길 순 없겠지. 하지만 힘은 깎을 수 있을 거고, 레바민트도 순조롭게 멸망하겠지."

"왜……, 왜, 그런 짓을……!"

"인체 실험에 질렸으니까 이번에는 나라를 가지고 실험해 보고 싶어졌어. 어떤 독을 어느 정도 흘리면 나라가 죽을지. 무척 흥미로워."

"그, 그런 이유로……"

국민들의 얼굴이 에리카의 뇌리를 스쳤다. 바람이 멎어서 활력을 잃었던 국민들. 하지만 어제는 오랜만에 사은제에서 많은 사람이 웃는 모습을 볼 수 있었다. 그런 웃는 표정 하나하나가, 천천히 검게 덧칠되어 사라진다.

아스라는 절망의 빛이 짙어진 에리카를 만족스럽게 바라보았다.

"점점 멋진 표정으로 변하기 시작했네. 그럼 좋은 걸 가르쳐줄게. 네 아버지는 이미 치사량의 약을 투여받았어. 조금씩이라서 효과는 느리지만, 죽는 건 확정적이야. 지금은 사망 시기를 조정 중일 뿐. 신탁의 의식이 끝난 다음날쯤에 딱 죽으려나."

"…………어?"

"멋진 계획이지? 넌 '신탁의 의식'에서 바람의 정령에게 신탁을 받고 나를 국왕으로 지정하는 거야. 그 직후 전 국왕은 사랑하는 아내에게 모든 것을 맡기고 숨을 거두는 거지. 감동적인 이야기야. 넌 국왕의 몸을 탈환하려고 했지? 필사적인 노력은 전부 헛수고였구나아. 어차피 국왕은 죽을 거야. 그리고 이 나라도 죽겠지. 아하하하하하하하!"

"……으, 아."

목소리가 나오지 않는다.

"좋아, 다른 사람의 예쁜 얼굴이 일그러지는 게 정말 좋아. 그렇다면 훨씬 더 좋은 걸 가르쳐줄게. 내가 또 누굴 죽였게?"

에리카는 믿을 수 없다는 듯이 눈을 부릅떴다.

레바민트 국왕으로 취임하는 것이 아스라의 목적이라면, 방해되는 존재는 현재의 국왕이다.

그리고──.

"설마…… 어마마마마도."

"당연하지! 애당초 몸이 약했으니까 살짝 독을 투여하기만 했는데 손쉽게 가버렸어! 다정해서 모두가 잘 따르던 왕비님. 나를 위해 죽어줘서 감사, 감사!"

강렬한 분노가, 하지만 동시에 훨씬 더 커다란 절망이 에리카의 시야를 덧칠했다.

——에리카……, 너라면 멋진 풍광의 무녀가 될 수 있는걸. ……아니, 그뿐만이 아니야. ……이 나라를 훨씬 좋은 나라로 만들 수 있어.

어째서인지 어머니가 세상을 떠날 때 했던 말이 귓속에서 되살아났다.

하지만 자신은 아무것도 할 수 없었다.

국민도 나라도 부모님도, 그 무엇 하나 지킬 수 없다.

자신은 무력하다.

"으으, 아아아아악아아아아악!"

두 눈에서 눈물이 넘쳐 뺨 위를 흘러내렸다.

"아하하하하하핫. 그 얼굴을 보고 싶었어어! 멋져어, 에리카. 가면을 벗으렴, 여자는 민낯이 제일이잖니."

아스라가 주사기를 한 손에 들고 천천히 다가왔다.

"죽을 만큼 격렬한 통증을 맛보여줄게. 그럼 분명 순종적이고 착한 아이가 될 테니까."

몸이 움직이질 않는다.

이제—— 끝이다.

그러나——.

파지익! 그 직후, 격렬한 파열음이 나더니 유리창이 성대하게 깨졌다.

"엎드려!"

누군가의 외침과 동시에 대기가 구웅 울었고, 뒤쪽에서 날아온 불꽃 덩어리가 아스라에게 직격했다.

"으아아아악!"

에리카는 바닥을 굴러다니는 의붓어머니의 모습을 경악해서 바라보았다.

"잠깐, 맞은편 탑에서 점프해서 창으로 돌입한다는 소린 못 들었어!"

"지름길이야. 감시를 피하면서 계단으로 돌아 들어오기엔 너무 오래 걸리잖아. 위험한 상황이었던 거 같으니, 결과가 좋으면 장땡이지."

"하다못해 미리 말하라고, 갑자기 공중으로 내던져진 사람 입장도 좀 생각해 봐."

긴박한 분위기와 안 어울리는 남녀의 대화가 울려 퍼졌다.

"어째서……?"

아연하게, 그저 아연하게 에리카가 중얼거렸다.

그녀가 뒤를 돌아보자 그 앞에는 두 사람의 그림자가 있었다.

그중 하나, 흑발에 붉은 눈동자를 가진 소년이 옅게 웃으며 입을 열었다.

"사정은 잘 모르겠지만, 곤란하지? 도와줄게."

그리고 여신처럼 아름다운 분홍색 머리카락의 소녀가 그

소년 옆에 서서 말을 이었다.

"그나저나 그런 일이라면 제대로 말하라고. 당신, 너무 복잡하게 생각한다고. 에리카 씨."

'플레임 로드'와 '블리자드 로즈'.

'최강'의 두 사람이 지금, 에리카의 눈앞에 서 있었다.

* * *

"아그니스 님……, 레파 씨……. 어째서……, 어째서 여기에?"

에리카가 비틀비틀 일어서서 경악한 표정으로 물었다.

"왜냐하면, 저는——."

"이야기는 나중에 해. 아직 끝나지 않았어."

"끝나지, 않았어?"

아그니스가 그렇게 말하자, 에리카의 시선이 바닥에 쓰러진 의붓어머니에게 향했다.

사치스러운 드레스는 불꽃에 검게 그을어 아직도 타닥타닥 소리를 낸다. 하지만 정작 아스라는 서늘한 표정으로 주사기 한 개를 내던지더니 금세 일어났다.

홍련의 불꽃에 휩싸였는데, 여자의 피부는 촉촉하고 매끄러웠다.

"어머, 들켰어? 우후후, 수분을 좀 보충했어. 그건 그렇고 쓸모없는 줄 알았는데, '플레임 로드'와 '블리자드 로즈'를 데리고 올 줄이야. 의외로 제법이구나, 에리카. 철석같이 실패한 줄 알았지 뭐니."

"……어?"

"눈치 못 챈 줄 알았어? 굳이 이런 시기에 에스키아로 여행을 가다니. '최강'의 검사를 끌어들여서 부왕을 탈환할 계획이었겠지? 모처럼 내가 등을 밀어주기까지 했으니까 일을 똑바로 해줘야지."

"등을…… 밀어……?"

아스라는 옷을 탁탁 털면서 천천히 일어섰다.

"넌 여행할 때 양국의 정보를 정리한 서류를 가지고 갔지? 외교부에서 작성한 줄 알았겠지만, 그건 내가 뒤에서 정보를 흘려서 만든 거야."

아스라는 설핏 웃음을 띠우면서 두 사람의 '최강'을 응시했다.

"일부러…… '플레임 로드'를 불러들이려고 한 거야?"

에리카가 혼란스러워 하자, 아스라는 눈동자에 잔인한 빛을 띠우며 대답했다.

"그래. 모처럼이니까 덤으로 죽일까 했어. 그 녀석들에게는 사소한 빚이 있으니까. '플레임 로드'와 '블리자드 로즈'가 둘이서 함께 올 줄은 몰랐지만 말이야. 신성교회가 맞선 중개역을 그만뒀다고 들었는데, 혹시 서로 친한 건가?"

"역시 그렇게 된 건가……!"

"저기, '플레임 로드'. 혹시."

레파의 물음을 듣고 아그니스는 고개를 끄덕였다.

"저 여자는 1년 전쯤 신성교회의 소개를 통해 이 나라에 들어왔어. 이 구역 담당은 말라드리아 지부야. 그 무렵엔 이미 기르강디아 제국이 숨어들었겠지."

"기르강디아 제국……."

'블리자드 로즈'의 말을 듣고 에리카가 당황하면서 대답했다.

"기르강디아 제국이라면…… 그, 삼국 회담에서 화제가 됐던 그 나라 말인가요? 대륙 최서단에 있는 나라가 레바민트까지 손을 뻗쳤다고요?"

"우후후……, 그야 일곱 대국 중 하나를 멸망시키면 대간부 '황제의 송곳니'의 석차를 올려주는걸. 말석인 난 분발할 수밖에 없잖아. 게다가 오랫동안 관여한 인체 마수화 계획의 귀중한 샘플을 장사지낸 이 녀석들에게도 복수하고 싶었고."

"그 쌍둥이의 마수화는 네 짓인가?"

말라드리아구의 신성교회에 시제(侍祭)로 잠입했던 쌍둥이 제국 병사. 그들은 거대한 검은 마수로 변모해 '최강'의 앞을 막아섰었다.

아스라는 아그니스와 레파 두 사람을 핥듯이 바라보았다.

"그래, 그 덕분에 대간부로 출세할 수 있었는데 너희 탓에 엉망이 됐다고오. 오명을 씻을 기회가 찾아왔으니 잘됐어. '최강'과 맞서려면 좀 더 육체를 강화할 필요가 있으려나?"

아스라는 주사기를 꺼내 자신의 목에 찔렀다.

"아……항."

그녀는 묘한 숨결을 흘리고 뺨을 붉혔다. 어딘가 황홀한 표정이었다.

이변은 금세 나타났다.

볼록, 볼록, 볼록.

기묘한 소리가 울리며 아스라의 목 아래가 순식간에 비대해졌다. 이상하게 팽창한 근육 덩어리 같은 몸에 아름다운 얼굴만이 달랑 얹어져 있고, 명목상 걸친 드레스 안감에는 무수한 주사기가 매달려 있다.

"근력 증강제야. 정말 싫다. 이런 모습을 드러내다니 숙녀로서 수치야."

아스라는 통나무 같은 팔로 벽 일부를 뜯어냈다.

그 안에는 검게 빛나는 날붙이가 빽빽하게 들어 있었다. 그녀는 그중 하나, 기요틴 같은 거대한 도끼 자루를 치켜들었다.

"내가 취미를 즐길 때 쓰는 고문 도구야. 이 모습을 본 녀석은 확실하게 죽이니까."

아그니스가 에리카를 돌아보며 외쳤다.

"넌 물러서 있어!"

"네, 네!"

타앙!

아스라가 오른발로 돌 타일의 가장자리를 차올렸다. 한순간 무시무시한 충격이 퍼져나가고, 방에 깔린 타일이 일제히 날아올랐다. 호화찬란한 공간에, 백을 가볍게 넘는 석판이 마치 꽃처럼 흐드러졌다.

──전투 개시.

"살살해줘. 두 분."

아스라의 달콤한 목소리가 귓가를 멤도는 것과 동시에, 거구가 사라졌다.

그 직후, 아그니스의 대각선 위쪽에 있던 돌 타일이 터무니없는 속도로 날아왔다.

베기. 아그니스는 지체없이 제무스로 타일을 갈랐다. 돌은 타오르는 절단면을 남기고 좌우로 나뉘었다.

그러나 그 뒤, 석판 너머에 아스라의 모습은 없었다.

오른쪽, 왼쪽. 양옆에서 포탄처럼 석판이 튕겨 날아왔다. 그러자 이번엔 싸늘한 얼음벽이 생기며 두 사람의 좌우를 가로막았다.

"오아아앗!"

동시에 아그니스가 흑도를 일섬했다.

뜨거운 불꽃과 불똥이 팔방으로 산화했다. 주위에서 춤추던 타일은 불꽃의 소용돌이에 휘말려 날아갔다.

불꽃의 소용돌이가 후욱 걷히고, 아그니스는 서둘러 아스라의 모습을 포착하려 했지만, 이번에도 아스라의 모습은 온데간데 없었다.

있는 거라곤 뒤에서 느껴지는 날카로운 살기.

곧바로 아그니스와 레파 두 사람이 옆으로 몸을 날리자, 바로 뒤에서 내질러진 도끼가 쾅 소리를 내며 바닥을 후려쳤다.

삐걱삐걱 비명을 지르던 바닥에 거대한 균열이 생기고, 굉음을 동반한 충격을 받아 수백 개의 돌 타일이 다시 종잇장처럼 날아올랐다.

"그럭저럭 제법인데, 두 분."

"그럭저럭? 농담이지?"

"아직 준비운동도 안 돼."

세 사람이 짧게 대화를 나눈 뒤, 아그니스의 모습이 사라졌다. 너무나 강력한 내딛기에 바닥이 쿵 소리를 내며 움푹 파였다.

동시에 아스라도 땅을 박찼다.

가우웅.

아그니스가 옆으로 후려친 제무스와 아스라의 철 도끼가 교차했다. 두 무기의 충돌점에서는 눈부신 불꽃이 뿜어져 나왔다. 그리고 두 사람의 몸은 그 무시무시한 에너지로 인해 각각 뒤쪽으로 밀려났다.

아스라의 자세가 무너지자 곧바로 그 위에 얼음 창이 비처럼 쏟아졌다. 제국 여자는 손에 든 도끼를 힘껏 휘둘러 그 얼음 창을 깨부쉈다.

"다음은 이쪽이다."

"핫!"

아그니스와 아스라가 다시 돌진했다.

불꽃이 나선 궤적을 그리고, 철 도끼를 내리치는 굉음이 울려 퍼졌다.

이미 평범한 사람의 눈으론 전투 양상을 볼 수조차 없었다. 다만 공중에 난무하는 돌 타일이 차례차례 날아가는 모습과 열파와 냉기가 서로 섞여서 생겨난 강렬한 기류, 그리고 간헐적으로 발생하는 거대한 충격파만이 세 강자의 충돌을 드러냈다.

"이게, 인간의 싸움……이야……?"

방구석에서 에리카가 떨리는 몸을 필사적으로 억누르면서 중얼거렸다.

맹렬한 전투 소리가 홀 안을 채우자 거대한 창문들이 산산조각 깨져나갔다. 그렇지만——.

"칫."

먼저 희미하게 초조한 기색을 드러낸 이는 제국 여자였다.

폭발적인 충돌음만이 울려 퍼지는 널찍한 홀 안에서, '최강' 두 사람의 말이 그 뒤를 이었다.

"대단한 근육이지만 효율적이지 못하군. 그만한 근육을 유지하려면 대량의 열량을 보급해야겠지."

"전투 중에 간간이 영양제를 맞는구나. 앞으로 몇 방이나 남았을까? 이 페이스로 버틸 수 있겠어?"

"하앙. 성가신 녀석들이네."

그리고—— 한순간 균형이 무너진 아스라의 다리를 얼음 덩굴이 휘감았다.

"붙잡았다."

"큭!"

아그니스는 제국 간부를 향해서 검 끝을 치켜들었다.

그 모습에 아스라는 순간적으로 주사기를 한 대 꺼내 들어 자신의 팔에 놓았다. 근력 약화제였다. 그녀의 거대해진 몸이 순식간에 원래의 가느다란 몸으로 돌아오자, 아그니스의 흑검이 허공을 갈랐다.

가볍게 아그니스의 검을 피한 아스라는 다리에 감긴 얼음을 도끼로 베어낸 다음 바닥을 데굴데굴 굴렀다. 그리고 천천히 일어나 목덜미를 통통 두드렸다.

"아아, 귀찮아…… 이게 '플레임 로드'와 '블리자드 로즈'인가. 생각보다 제법이잖아. '최강'이라는 칭호도 겉멋은 아닌가 보네에."

"그렇지."

"그 정도이긴 해."

"조금은 겸손해지라고. 후후후, 내 소중한 연구 성과를 망가뜨렸으니 잘게 다져줄까 했는데…… 이 정도라면 기회를 줘도 좋겠어."

"……기회라고?"

아스라는 요염한 웃음을 쿡 띠었다.

"어때? 너희, 제국에 올래?"

뜬금없는 제안을 듣고 아그니스와 레파는 서로의 얼굴을 마주 보았다.

"……우리 보고 제국에 붙으라고?"

"그래. 만약 그럴 마음이 있다면 환영할게. 너희의 실력은 잘 알았어. 너희라면 제국 패도에 도움이 되겠지. 인체 마수화 프로젝트의 귀중한 샘플을 장사지냈지만, 그 대신 '최강'의 말이 손에 들어온다면 분명 황제 폐하께서도 기뻐하실 거야."

"우리가 왜 코빼기도 못 본 황제 폐하란 놈을 기쁘게 해야하는데."

"후후, 이 제안은 너희를 위해서이기도 해. 솔직히 너희, 지금 환경에 만족해?"

"……."

아그니스와 레파는 입술을 꾹 다물고 침묵했다.

"정곡을 찔렀구나. 너무 커다란 힘은 종종 주위와 불화를 낳지. 그건 너희도 사무치도록 느꼈을 거야. 나도 그래. 제국

간부 대다수도 그렇지. 하지만 기르강디아 제국이라면——황제 폐하라면 그런 자들에게도 자리를 마련해주셔. 이분자나 이단아야말로 새로운 세계를 창조할 수 있다고."

제국 여간부는 득의양양하게 유혹의 말을 입에 담았다.

"제국이라면 너희를 제어하지도 억압하지도 않아. 그 힘을 마음껏 펼쳐서 능력을 발휘할 곳을 부여해주시겠지. 반대로 지금은 어때? 아마 구질구질하게 잔머리를 써서 너희의 힘을 이용하려고 드는 자들뿐이겠지?"

등 뒤에서 에리카가 숨을 삼키는 소리가 들렸다.

"뒤에 있는 여자도 그래. 너희 힘을 이용하려고 슬금슬금 일을 꾸민 거 같던데. 그런 녀석들을 위해서 실력을 발휘할 필요가 있을까?"

"나, 나는……!"

에리카는 목이 멨다. 잠시 입을 다물고 있던 아그니스는 이윽고 조용히 입을 열었다.

"뭐, 상당히 흥미로운 제안이기는 하군."

"잠깐, '플레임 로드'."

"난 요전번에 마수로 변한 제국의 쌍둥이 병사와 싸웠어. 아직 불완전한 기술이지만, 솔직히 그런 게 가능할 줄 몰랐어. 제국이란 꽤 대단한 나라라는 생각이 들었지."

"그렇지? 분명 마음에 들 거야."

"하지만 안 끌려."

"……."

아스라는 눈동자를 크게 뜨고서 고개를 갸웃거렸다.

"흐음……, 어째서?"

"한가지 묻고 싶어. 그 마수화 말인데, 거기까지 연구하는데 대체 얼마나 많은 인체 실험을 했지?"

"글쎄. 가볍게 수만 명일까? 하급병이나 노예, 적국 포로도 썼지. 부족한 몫은 적당히 납치해 오기도 하고. 그게 뭐?"

아그니스는 귀엽게 고개를 까딱이는 아스라를 날카로운 시선으로 바라보았다.

"모르겠어? 그래서 너희와 한패가 될 마음이 들지 않는 거야."

"전혀 모르겠는데. 숭고한 이상에는 희생이 따르기 마련이잖아. 약자에겐 가치가 없으니, 강자의 먹이가 되는 게 이 세상의 섭리 아니겠어? 이 나라도 그래. 일곱 대국의 일각이라는 말을 듣지만, 안에 갇혀서 꾸물거리는 겁쟁이들 뿐이잖아. 그러니 멸망하는 것도 당연하잖아?"

에리카가 주먹을 꾸욱 움켜쥐었다.

"그건, 그렇지는……!"

"적어도 이 녀석은 겁쟁이가 아니야."

이어지는 아그니스의 말을 듣고 제1왕녀는 고개를 들었다.

"이 녀석은 나라를 위해서 자기가 할 수 있는 일을 필사적으로 고민했잖아. 그리고 종자와 단둘이서 타국으로 넘어가 그 나름대로 싸웠어. 그런 녀석은 싫지 않아."

"뭐, 이 몸을 속였으니 대단하긴 해. 에리카 씨가 그저 남의 힘에 기대기만 하는 사람이라면 여기에 찾아올 의리는 없었겠지. 하지만 세밀한 계획을 세우고 몇 개나 되는 방책을 굴려서 임기응변으로 처신하다니. 그 점은 솔직히 대단한 거 같더라."

아그니스는 이어지던 레파의 말을 덮어씌우듯이 말했다.

"이길 수 없을지도 몰라. 구할 수 없을지도 몰라. 아무것도 변하지 않을지도 몰라. 그래도, 저 녀석은 몸부림쳤잖아. 아슬아슬할 때까지 포기하지 않고서 계속 발버둥 쳤어."

"하앙, 그래서 뭐가 바뀌었는데?"

"우리가 왔어."

'최강' 두 사람은 동시에 레바민트의 왕녀를 돌아보았다.

"자, 남은 건 네가 어떻게 하느냐에 달렸어. 난 아직 네게서 아무 말도 못 들었어."

"에리카 씨, 당신은 어쩌고 싶어?"

"두 분, 다……."

에리카는 눈시울을 손가락으로 누르고 목이 멨다.

"미안……해요!"

쥐어짜 내듯이, 떨리는 목소리가 목에서 튀어나왔다.

"속여서, 미안해요……! 하지만 모자라니까! 내 힘이 약하니까……! 무슨 일이 있어도, 이 나라를 지키고 싶었으니까…… 어머니가 사랑한 나라를 지키고 싶었으니까……!"

에리카는 눈물을 글썽이며 바닥에 손을 대고서 고개를 숙였다.

"그러니까…… 부탁할게요! 제게…… 힘을, 빌려주세요!"

"알았어."

"맡겨두라고!"

두 개의 목소리가 올곧게 울려 퍼지고, 실내에 패기가 구웅 소리를 내며 소용돌이쳤다.

한편 아스라는 커다란 한숨을 쉬고서 어깨를 추욱 늘어뜨렸다.

"……아아, 어쩐지 흥이 식었어. 그런 촌극을 보고 싶었던 게 아닌데."

"걱정하지 않아도 본편은 이제부터야. 슬슬 시작할 건데 넌 어느 쪽으로 할래, '블리자드 로즈'?"

"난 앞이야."

"그럼 내가 뒤로군."

아그니스는 그렇게 말하며 주머니에서 꺼내든 동전을 엄지로 탁 튕겨 올렸다.

"……뭘 하는 거야?"

두 사람의 대화를 듣고 아스라는 눈썹을 찌푸렸다.

공중을 빙글빙글 돈 동전은 다시 아그니스의 손안에 떨어

Illustrations copyright©Umiko

졌다. 동전은 뒷면이 위를 향해 있었다.

"으라차! 내가 이쪽이다."

"아아, 진짜! 나도 이쪽이 좋은데……!"

아그니스는 머리를 감싸 쥔 '블리자드 로즈'를 향해 의기양양하게 말했다.

"승부는 승부니까 포기해."

"하아……, 어쩔 수 없지. 에리카 씨. 아버지가 계신 방은 어디야?"

"네?! 안쪽 문을 지나서 복도를 직진하면…… 아니, 어?!"

갑작스러운 질문에 에리카는 입을 떠억 벌렸다. 그러자 아스라가 문득 소리 높여 웃기 시작했다.

"아하하핫……. 뭐야, 역시 나사가 빠진 아이들이구나. 여기서 죽이기엔 조금 아깝네에."

마침내 아스라가 상황을 이해했다.

지금 한 동전 던지기는 역할 결정이다.

승자는 여기에서 아스라와 싸운다.

패자는 '블리츠'가 수호하는 국왕의 방에서 왕을 탈환한다.

즉, **두 사람은 어느 쪽이 제국 대간부와 일대일로 대결할지를 다투었다.**

"……재미있어어. 아까 2대1은 단순한 놀이라는 거구나."

"너도 전혀 제 실력을 내지 않았잖아."

"그럼 이쪽을 부탁할게."

아스라는 성큼성큼 안쪽 문을 열고 나가는 레파를 흘겨보며 배웅했다.

"말석이라고는 해도 '제국의 송곳니'를 우습게 봤구나. 편히 저세상으로 보내주지는 않겠어. 뭐, 멋대로 가봐. 어차피 국왕은 죽을 거고. 조금 손이 가겠지만, 순서대로 죽여줄게."

아스라는 주사기 두 개를 손으로 집었다.

피처럼 붉고 탁한 주사기를 양손에 들고서 자기 목 양쪽에 푸욱 꽂았다.

"아아……, 최고야……!"

눈동자가 황홀하게 녹아들었다. 한층 더 미모가 늘어난 것처럼 보이는 아스라는 몸을 바르르 떨더니 모습을 감추었다.

구웅!

"――!"

아그니스는 갑자기 정면에서 맹렬한 타격을 받았다.

가까스로 제무스로 방어하기는 했지만 그 충격은 대단했다. 힘을 주고 버틴 양다리에서 타들어 가는 것처럼 마찰열이 느껴졌고, 벽까지 몸이 튕겨 나갔다.

"이거 봐."

아그니스는 저도 모르게 뺨을 닦았다. 지금 공격은 뭐라고 꼬집어 말할 수 없었다. 상대는 그저 똑바로 왔을 뿐. 그런데 보이지 않았다.

──또 온다.

이번에는 한순간 그림자를 포착했다. 아그니스는 곧바로 애검 제무스를 찔러넣었다.

"느려."

하지만 아스라는 아그니스의 찌르기를 가볍게 피하더니, 오른손에 든 도끼를 옆으로 후려쳤다. 아까와는 다르게 팽창하지 않은 선이 가는 몸으로 펼치는 힘은 조금 전 수준을 아득히 능가했다.

"윽!"

검 옆면으로 도끼의 일격을 받아냈지만, 아그니스는 벽을 두 개나 뚫고서 복도로 굴러갔다.

곧바로 아스라가 따라붙었다.

불꽃을 두른 검신을 치켜들어 적의 진행 방향을 화염으로 막았다. 그러나 왕비는 아그니스의 예상을 뛰어넘는 속도로 그 공격을 피한 후 다시 도끼를 높이 들었다.

간발의 차이로 옆으로 굴러서 피하는 아그니스. 아스라의 강렬한 일격은 바닥을 뚫고 벽에서 천장까지 몇 줄기나 되는 균열을 새겼다. 삐거덕삐거덕 건물이 신음하고, 석벽이 바스스 무너졌다.

뻥 뚫린 구멍을 통해 푸른 하늘과 녹색 언덕에 늘어선 풍차가 작게 보였다.

여기는 왕과 왕비만이 사는 격리된 탑이다. 외부 사람들은 아직 이변을 파악하지 못했을 것이다. 왕의 방을 수호하는 친위대는 사태를 눈치챘을지도 모르지만, 명령이 없으면 오지 않으리라. 원칙에 철저하다.

아스라는 커다란 도끼를 가볍게 어깨에 짊어지고서 미소 지었다.

"어때, '플레임 로드'? 갑자기 강해져서 깜짝 놀랐어?"

"그래, 조금은. 어떻게 그렇게 강해진 건데? 가르쳐줘."

"아항, 솔직하구나아. 난 두 개의 약을 맞았어. 하나는 눈의 근육을 증강하는 것. 자세하게 설명할 마음은 없지만 동체 시력이 비약적으로 올라갔어. 네 움직임은 전부 훤히 보이니 이제 공격을 맞지 않을 거야."

"동체 시력인가……. 하지만 그것만으로는 터무니없는 속도를 설명할 수 없겠군. 또 하나의 약은 뭐지?"

"거기까지 가르쳐줄 의리는 없지이."

아스라의 모습이 다시 사라졌다.

발판인 돌바닥이 튀어 날아가고, 두 사람은 다시 충돌했다. 몇 번이고 파괴음이 울려 퍼지고, 대기를 떨게 했다. 지붕에, 벽에, 무수한 금이 가서 거대한 탑이 진동했다.

몸의 상처가 확연히 늘어나고 있는 이는 '플레임 로드' 쪽이었다.

"왜 그러지, '최강'? 방어에만 급급하잖아?"

아그니스는 높다랗게 웃는 아스라에게 담담히 대답했다.

"너도 결정타는 못 넣고 있잖아. 내 생각엔 무기를 잘못 선택한 거 같은데. 도끼는 위력적이지만 크게 휘둘러야 하니 아무래도 속도가 떨어져. 막는 건 그리 어렵지 않아."

"억지는 이제 그만 부려. 압도적으로 열세에 몰린 건 너야. 내 마수화 샘플 연구는 불완전했기 때문에 진 거라고. 그러니까 이번엔 똑똑히 가르쳐줄게. 어차피 맨몸의 천재는 과학의 예지를 이길 수 없다는걸!"

폭풍 같은 아스라의 공격을 견뎌내면서, 아그니스는 붉은 눈을 앞으로 향했다.

"미안하지만 나는 자신을 천재라고 생각해 본 적이 한 번도 없어. 그저 나약한 어린애였지. 눈앞에 놓인 과제를 착실하게 클리어해왔을 뿐이야."

"핫."

"너는 약자에게 가치가 없다고 했어. 하지만 그건 착각이야. 약한 녀석이 언제까지나 약하리라 생각하지 마."

"억지는 이제 그만 부리라고 했잖아!"

"예언할게. 꽤 눈에 익었어. 아마, 다음, 늦어도 그다음에는 내 공격이 맞을 거야."

"그럼, 해보시지이이이!"

아스라는 이를 드러내며 덮쳐왔다.

그러나 신속으로 내지른 아그니스의 찌르기가 더 빨랐다.

파슝!

공기를 찢는 소리와 함께 아스라의 긴 머리카락 일부가 팔랑팔랑 떨어졌다.

아그니스는 검을 똑바로 들이민 자세로 작게 고개를 갸웃했다.

"뭐야, 머리카락뿐인가. 다음엔 맞겠구나."

경악으로 눈을 부릅뜬 아스라는 어금니를 빠드득 깨물며 거친 소리를 냈다.

대체 이 남자는 뭐지? 떼어냈다고 생각했는데, 터무니없는 속도로 그 차이를 좁힌다.

"……뭐야. 대체 뭐냐고, 넌!"

"'최강'의 검사야."

'플레임 로드'가 짧게 말하고 땅을 박찼다. 그리고——.

"아윽!"

검게 빛나는 칼이 엉겁결에 몸을 비튼 아스라의 왼쪽 어깨를 꿰뚫었다. 그렇지만——.

다음에 붉은 눈을 크게 뜬 이는 아그니스였다.

어지럽게 변화하는 전황. 제국의 여간부는 칼에 어깨를 꿰뚫린 채 황홀한 표정으로 '플레임 로드'의 팔을 꽉 움켜쥐었다.

"……아하, 유감이네. 여자의 연기는 조심해. 이긴 줄 알았어? 통증으로 움직임이 둔해진 줄 알았어? 전의를 잃은 줄 알았어? 내가 맞은 또 하나의 약이 뭔지 가르쳐줄게. 그건 뇌내 물질 활성화 약이야."

"윽!"

떨어질 수 없다. 아스라의 손가락은 바이스처럼 아그니스의 팔에 파고들었다.

"보통 사람의 뇌는 자는 상태야. 그걸 억지로 두들겨 깨워서 몸의 능력을 한계까지 끌어올리는 약이지. 그렇게 해서 흘러나온 뇌내 물질에는 몇 가지 부작용이 있어. 집중력을 극한까지 높이거나, 기묘한 쾌락을 얻거나, **통증을 못 느끼게 되거나.**"

어느샌가 아스라의 눈동자는 새빨갛게 충혈되었고, 눈꼬리에서는 선혈이 눈물처럼 흘러나왔다.

약의 부작용으로 몸에 부하가 걸리는 것일지도 모른다. 그럼에도 불구하고 여자는 유쾌하게 입가를 끌어올렸다.

"붙잡았어. 네 제안대로 도끼 대신 치사량의 독을 잔뜩 놔줄게. 국왕에게 놓은 약과는 달리 즉효성이 높은 걸로 말이야."

아스라는 속삭이듯이 말하며 아그니스에 팔에서 주사기를 뽑아냈다.

"——……."

그 직후, 아그니스의 몸이 기우뚱 무너져 내렸다.

무너진 벽 안쪽에서 그 광경을 지켜보던 에리카는 저도 모르게 큰소리로 외쳤다.

"아그니스 님!"

* * *

"아아, 정말 겨우 도착했네. 생각보다 멀잖아."

한편, 안쪽 복도를 나아가던 '블리자드 로즈'는 갈림길에서 몇 번인가 헤맨 끝에 간신히 가장 안쪽에 있는 방에 도착했다. 정교한 돋을새김을 벽에 새겨넣은 방이었는데, 그 방은 다른 곳과 명백히 이질적인 분위기를 내뿜었다.

레파가 발을 한걸음 내디디자 정면에서 나지막한 남자의 목소리가 들렸다.

"누구냐?"

국왕의 방 앞에는 어느새 모인 수십 명의 호위가 서 있었다.

모두 검푸른 갑옷을 두르고, 눈을 제외한 얼굴 전체를 철가면으로 가린 자들. 그들은 전부 팔짱을 끼고서 같은 자세로 직립해 있었다.

"저기, 당신들이 '블리츠'인가 하는 친위대야? 나는 이웃나라에서 온 손님이야. 제1왕녀 에리카 리히트슈타인에게 부탁받아서 왔는데, 국왕을 만날 수 있을까?"

"그 누구도 국왕 폐하를 뵐 수 없다. 딱 한 번 경고하지. 떠나라."

"그럼 나도 딱 한 번 부탁할게. 아스라 왕비는 기르강디아 제국의 앞잡이었어. 그녀가 준비한 독 때문에 국왕은 수수께끼의 병에 걸린 거라구. 그러니까 서둘러야 해."

"우리는 왕비님께 그 누구도 국왕 폐하의 방에 들이지 말라는 명을 받았다."

"그러니까, 그 왕비가 악당이라고. 내 얘기 듣고 있는 거야?"

"우리는 국왕 폐하와 그 전권대리인인 왕비님의 명령 이외에는 그 누구의 명도 따르지 않는다. 그리고 국왕 폐하가 병상에 계신 지금, 전권대리인인 왕비님의 명을 따를 뿐."

"나 원 참, 융통성이 없네. 머리를 좀 식히는 게 좋지 않겠어?"

레파가 뿜는 거대한 마력을 감지했는지, '블리츠'는 단숨에 허리를 낮춰서 자세를 잡았다.

"미안하지만, 초고속으로 처리해주겠어. 서두르지 않으면 저쪽이 먼저 끝나 버릴 거야."

'블리자드 로즈'는 작게 중얼거리고서 뒤를 돌아보았다.

이따금 들리는 충돌음은 '플레임 로드'와 제국 여자의 전투 때문에 나는 소리이리라. 역시 고전 중인가? 가세하는 편이 좋을까?

레파는 한순간 떠오른 생각을 가볍게 웃어넘겼다.

"……핫, 그럴 리가. 너는 그렇게 약하지 않잖아, '플레임 로드'."

* * *

"아그니스 님!"

에리카의 비통한 외침에, 아스라가 기울어진 지붕 위에서 조소했다.

"아하하하하하핫! 맹독 맛이 어때? 몸 안이 엉망진창으로 휘저어지는 느낌이지? 이 세상에서 느낄 수 있는 마지막 감각일 테니 그 고통, 실컷 맛보도록 해."

아그니스가 풀썩 무릎을 꿇었다. 금방이라도 숨이 넘어갈 기색이었지만, 아그니스는 필사적으로 입을 움직였다.

"……한 가지…… 묻고 싶은 게 있어. ……네가 마수화 연구 중 실험용 쥐로 삼았던…… 쌍둥이 병사와 대화한 적은 있나……?"

"뭐어? 왜 내가 고작 부대장 따위와 대화를 나눠야 하는데. 그 녀석들은 단순한 실험체인데?"

"……그런가."

아그니스가 왼팔을 쭉 뻗어 아스라의 팔을 움켜쥐었다.

"그렇게…… 다른 사람을 경시한 게 네 패인이다."

"뭐라고?"

"보고를 잘 받았어야지. 미안하지만 내겐 독이 통하지 않거든."

"——어?"

어릴 적부터 온갖 마수와 계속 싸워왔다. 그중에는 미지의 독을 가진 마수도 많았다. 그런 짐승과 무수한 사투를 벌였기 때문에 어느샌가 독에 대한 내성이 생겼다. 맞선 자리에서 쌍둥이 제국 병사가 내놓은 맹독 차를 마시고 맛없다는 소리를 지껄일 만큼은.

아그니스는 오른손을 뻗어 아직 아스라의 어깨에 박혀 있는 제무스의 자루를 움켜쥐었다.

"붙잡은 건 내 쪽이야. 도끼를 도발하면 분명 이런 수단으로 다가와 줄줄 알았어. 마지막엔 자기 특기기술로 확실하게 처리하고 싶겠지."

"자, 잠깐 기다려."

"뇌내 물질이 흘러넘치면 통증을 느끼지 않는다고 했나? 잘됐군. 나도 사양 없이 할 수 있겠어."

"······힉!"

아스라의 얼굴이 경련하는 것과 동시에, 아그니스는 혼신의 힘을 담아 칼자루를 비스듬히 내리쳤다.

"오아아아아아아아아아아아아아악!"

베기.

업화를 두른 칠흑의 칼이 왕비의 몸을 갈랐다.

크아아아아아아아아!

피보라와 타오르는 화염에 휩싸인 아스라는 짐승처럼 포효를 지르며 뒤쪽으로 날아갔다.

"피가…… 불이…… 빨리, 수분을…… 윤기를…… 치료 약을……!"

황급히 주사기를 꺼낸 아스라는 자기 몸에 계속 주삿바늘을 박으며 몸부림쳤다.

하지만 약료로 아물던 상처에서 몇 번이고 흑염이 뿜어져 나왔다. 이윽고 흑염은 재생 속도를 뛰어넘어 아스라의 몸을 태웠다.

"아아, 야, 약효가 떨어져! 약효가……!"

아스라의 아름다운 얼굴에 쩍쩍 금이 갔다. 마치 가면이 벗겨지듯이, 탄력 있는 피부가 떨어져 나가고 썩어가는 노파의 얼굴이 드러났다.

"아아아, 아아아아아악!"

아스라는 뼈가 앙상한 손으로 얼굴을 누르며 바닥에 몸을 웅크렸다.

"아, 아니야……. 내게…… 노화 따위는 없어……. 이건, 가짜……!"

잠긴 목소리가 넓은 방에 울려 퍼졌다.

이윽고 타닥타닥 튀던 불꽃이 사그라졌을 무렵. 아스라는 움직이지 않게 되었다.

"저, 저기…… 아그니스 님. 괜찮으세요?"

두 사람의 싸움을 넓은 방 안쪽에서 보던 에리카가 머뭇머뭇 다가왔다.

"바보, 떨어져 있어!"

"네?"

죽은 것처럼 축 늘어졌던 아스라가 갑자기 고개를 빙글 들었다.

그리고 움푹 패인 새까만 눈구멍으로 에리카를 바라봤다.

"젊은 여자…… 피를…… 윤기를…… 넘겨라아아!"

마치 짐승의 절규 같았다.

네발로 기어 무시무시한 속도로 에리카에게 다가가는 아스라.

"큭……."

절체절명의 위기 상황. 아그니스는 제무스를 치켜들고 에리카를 보호하고자 했지만, 그 순간 무릎이 풀썩 꺾였다.

독은 듣지 않는다고 했다. 그러나 역시 제국 간부가 조합한 독약은 아그니스의 손발에 저릿함을 남겼다.

"아……."

망자처럼 덮쳐오는 아스라의 모습을 본 에리카는 공포로 온몸이 굳어 한 발짝도 움직일 수 없었다.

'플레임 로드'는 크게 숨을 들이마시고 소리 질렀다.

"검을 잡아! 싸우는 법은 가르쳐 줬잖아!"

——으!

에리카의 손이 움찔 움직였다. 그 손이 반사적으로 품속으로 향했다.

단검 한 자루는 의붓어머니가 부러뜨렸다. 다만 시렌에게서 빼앗았던 단검은 두 자루였다. 줄곧 홀로 자신을 지탱해 준 소녀가 다소곳하게 웃던 얼굴이 뇌리에 떠올랐다.

에리카는 또 하나의 칼자루에 재빠르게 손을 댔다.

우선 쥐기.

——손이 떨어지지 않도록 단단히 쥐는 거야.

내딛기.

——중심을 빠르게 앞으로 이동시키는 거야.

그리고. 허리.

——허리를 돌리며 내딛는 힘을 상반신에 전하는 거야.

고작 하루. 하지만 몸은 몇천 번이나 반복했던 움직임을 자연스럽게 기억했다.

"에에이야아아아아아압!"

무의식중에 뱃속에서 낸 기합이 에리카의 목을 타고 튀어나왔다.

칼집에서 칼을 뽑을 틈은 없었다. 하지만 갈고 닦은 검은 칼집 끝부분은 나름 위험한 무기다. 에리카는 칼집 째로 단검을 내질러 아스라의 이마를 정확하게 때렸다.

그리고 그것이 마지막이었다.

"아…………."

가녀린 소녀가 펼친 예상 밖의 반격에, 아스라의 몸이 천천히 뒤로 넘어갔다.

――약한 녀석이 언제까지나 약하리라 생각하지 마.

'플레임 로드'가 뱉은 말이 귀에 반향을 일으켰고―― 아스라는 무언가를 움켜쥐려는 것처럼, 뼈와 살가죽뿐인 앙상한 손을 허공에 뻗은 채, 움직임을 완전히 멈추었다.

그 모습을 본 에리카가 단도를 쥔 손을 부들부들 떨며 입을 열었다.

"저, 저는……."

몸 상태를 확인하며 천천히 방으로 돌아온 아그니스가 에리카의 팔을 잡았다.

"신경 쓰지 마. 넌 몸을 지키려고 했을 뿐이야. 게다가 이 여자의 수명은 진작에 다했겠지. 수상한 약물과 많은 희생을 통해 억지로 붙잡고 있던 시간이 이제야 자연스러운 흐름으로 돌아간 거야."

구부러진 허리, 헝클어진 백발, 강마른 아스라의 모습은 백 살을 훌쩍 넘긴 사람이라 생각될 정도였다.

마침내 거짓 가면이 벗겨진 것이다.

아그니스는 에리카의 머리를 툭 두드렸다.

"좋은 찌르기였어. 소질은 나쁘지 않다고 했잖아."

"…………교관님."

저도 모르게 그렇게 불렀다는 사실을 깨닫지 못한 채, 에리카는 눈시울에 맺힌 눈물을 닦았다.

――어마마마…….

마음속 중얼거림은 돌아가신 어머니에게 보내는 추도였다. 그와 동시에 한 번도 어머니라 부르지 않고 결별한, 어딘가 처량한 노파에게 보내는 것이기도 했다.

"어, 벌써 끝났잖아."

목소리가 나는 쪽을 돌아보자, 넓은 방 안쪽 복도에 분홍색 머리카락을 나부끼는 아름다운 소녀가 있었다.

"레파 씨."

에리카가 엉겁결에 그녀의 이름을 부르자, '플레임 로드'는 어째서인지 자랑스러운 얼굴로 팔짱을 끼며 말했다.

"그래, 이쪽은 진작 처리했어. 늦었구나, '블리자드 로즈'."

왜인지 '블리자드 로즈'는 몹시 분한 얼굴로 입술을 삐죽였다.

"아, 아니야! 생각보다 국왕의 방이 멀어서 헤맸을 뿐이니까. 딱히 시간이 걸렸던 건 아니라고."

그 상황에서 에리카는 중요한 사실을 떠올렸다.

"레, 레파 씨. 그, '블리츠'는……?"

"응? 아, 괜찮아. 아무도 죽지 않았으니까. 살짝 잠재웠을 뿐이야."

"믿을 수…… 없어……."

레바민트 왕국의 왕녀는 아무렇지도 않게 말하는 레파를 아연히 바라보았다.

에스키아 공화국의 '플레임 로드'. 이그마르 왕국의 '블리자드 로즈'. 이 두 사람의 강함은 에리카의 상식을 아득히 뛰어넘었다.

"게다가 난 사람을 업고 뛰어 왔으니까 늦어도 어쩔 수 없잖아."

레파는 투덜투덜 변명을 입에 담더니 영차 소리를 내며 등에서 사람을 내려놓았다.

"아바마마!"

흰 잠옷 차림의, 초로의 남자. 바로 에리카의 아버지인 레바민트 왕국 제15대 국왕이었다.

에리카는 황급히 아버지에게 달려가 몸을 흔들었다. 그러나 국왕은 눈을 감은 채, 이따금 괴로운 듯이 미간에 주름을 잡을 뿐이었다. 아스라는 이미 아버지에게 치사량의 독을 투여했다고 말했다.

즉, 아버지를 살려낼 수 없다.

"아바마마……, 부탁이에요……. 눈을 뜨세요!"

아버지의 야윈 손을 잡고서 에리카가 통곡했다.

아스라의 이야기를 들었을 때부터 이미 각오했었다. 그러나 막상 현실을 눈앞에 마주하자 상실감이 파도처럼 밀어닥쳐 가슴이 미어졌다.

어머니도 아버지도 떠나면, 자신은 혼자 남고 만다.

"대강 정리됐군."

"그래, 그럼 이동할까. 여긴 완전 난장판이니까."

그런 분위기 속에서 두 사람의 '최강'은 태평하게 말했다.

"자, 잠깐. 그, 그렇게 가볍게 말해도, 아바마마가……."

"무슨 소릴 하는 거야, 에리카 씨? 조만간 눈을 뜨실 테니까 좀 더 제대로 된 방으로 이동하자는 거야."

"……어?"

에리카는 '블리자드 로즈'가 무슨 말을 했는지 한순간 이해할 수 없었다.

"하, 하지만 아버지는 치사량의 독을 섭취해서……."

"그런 건 일반론이잖아? 나를 누구라고 생각하는 거야?"

레파가 긴 머리카락을 우아하게 털며 말했다.

"아마 마나를 흐트러뜨리는 독이었겠지. 처음 봤을 때, 몸속 마나의 흐름이 마치 폭풍처럼 지독하게 흐트러져 있었으니까. 하지만 처치 완료! 일단 마나의 흐름은 정상으로 되돌려 놓은 상태야. 원인은 독뿐인 거 같으니, 약만 끊어버리면 조만간 완전히 회복될 거야. 덧붙여서 늦게 온 건 마술 치료 때문이기도 하니까."

레파가 변명하듯 말하자, 누워있던 국왕이 크게 기침하며 가늘게 눈을 뜨더니 입술을 움직였다. 마치…… "에리카"라고 말하는 것처럼 보였다.

"아바……마마…… 아마바바, 아바마마!"

몹시 감격한 에리카는 이마를 바닥에 비비듯이 몇 번이고 고개를 숙였다.

"고마워요……, 두 분 모두 고마워요……!"

그리고 고개를 들어 쭈뼛거리는 표정으로 물었다.

"하지만…… 대체 왜? 저는 당신들을 속이려 했어요. 심한 짓을 하려고 들었죠. 그런 저를 대체 왜……!"

'최강'의 두 사람은 곤란하다는 양 얼굴을 마주 보았다.

"뭐, 이래저래 너와 얘기하는 건 재미있었고, 근성 있는 녀석은 싫어하지 않아. 게다가 맛있는 밥도 만들어줬잖아. 우리는 '그거'니까, 필요할 때는 손을 빌려줄 거야."

'플레임 로드'가 머리를 긁적이며 말했다.

"나도 에리카 씨와 이야기하는 건 즐거웠어. 하지만 거짓말을 한 건 솔직히 화났어. 그래도 정식으로 사과해서 '그게' 된다면 용서해줄 수도 있어."

'블리자드 로즈'가 팔짱을 끼면서 고개를 휙 돌렸다.

"그러니까…… '그거'라는 건……."

대체 무슨 말일까. 에리카는 고개를 갸웃거릴 수밖에 없었다.

"'친구'가 아닐까요, 에리카 씨."

그렇게 말한 것은 넓은 방 입구에 모습을 드러낸 포니 테일의 소녀였다.

분명 메이라는 이름을 가진 '플레임 로드'의 여동생이었다.

그 옆에는 안경을 쓴 메이드가 시렌에게 어깨를 빌려주며 서 있었다.

"그렇겠죠. 어차피 이 두 사람은 또래 친구 한 명 없는 쓸쓸한 청춘을 보냈으니까요."

"바, 바보, 메이."

"그, 그런 소리 하지 마, 로제린."

'최강' 두 사람이 얼굴을 붉히더니 여동생과 사용인에게 불평을 늘어놓았다.

로제린의 어깨를 빌린 시렌이 힘없는 표정으로 웃었다.

"끝난 거군요……. 저를 두고 가시다니, 너무해요……."

"미안해. 이제 두 번 다시, 널 두고 가지 않을게."

"약속……이에요."

"그래, 약속할게. ……약속할 테니까."

에리카는 금방이라도 울음을 터뜨릴 것 같은 표정으로 시중인을 꼬옥 끌어안은 뒤, 쩔쩔매는 두 남녀를 바라보았다.

"나한테도 친구쯤은 있어. 항상 진심으로 부딪쳐오는 상대가."

"그거 마수를 말하는 거지?"

"나에게도 있어. 같은 반에 도시락을 함께 먹는 애가."

"그거 연애 소설 캐릭터죠?"

──졌어.

그게 솔직한 심정이었다.

자신은 가면을 뒤집어쓰고, 겉과 속을 나누고, 교활하게 굴며, 다른 사람을 조종하는 걸 즐겼다. 그에 비해 그들은 단순하고 올곧아서——.

——강해.

전투뿐만이 아니라 사람으로서.

나보다도 훨씬, 더, 많이.

꽁꽁 얼어있던 마음이 사르륵 녹는듯한 감각을 느꼈다.

에리카는 시중인 곁에서 떨어져, 두 사람을 정면에서 다시 마주 보았다.

"저에게 당신들의 '친구'가 될 자격이 있는지는 모르겠지만…… 만약 허락해주신다면 저야말로 부디 잘 부탁합니다."

깊이 고개 숙였다. 그리고 결의를 담아 그들에게 말했다.

"저, 한 가지 결심한 게 있어요. 오늘 있을 '신탁의 의식'에 꼭 참여해주시겠어요?"

그리고 얼음 공주를 바라보며 한 마디 덧붙였다.

"그리고, 레파 씨에게 또 하나 부탁이 있어요."

* * *

바람의 목소리를 들읍시다.

바람의 뜻을 이해합시다.

바람과 함께 노래합시다.

네 개의 기둥 위—— 올려다볼 만큼 높은 곳에 세워진, 사방이 뻥 뚫린 신전 안. 무릎을 꿇은 에리카는 허공을 향해 양손을 맞대고 기도했다.

입술에서 자아낸 기도의 말이 아름다운 음색으로 바뀌어 하늘로 사라져갔다.

사은제 다음 날. 그리고 싸움이 끝난 날의 저녁.

바람의 정령에게 신성한 기도를 올리고 말씀을 얻는 '신탁의 의식'. 사은제 회장으로도 쓰인 광장 중앙에는 탑이 우뚝 서 있는데, 에리카는 그 탑 꼭대기에 설치된 신전에서 풍광의 무녀가 맡은 소임을 완수하는 중이었다.

광장에 모인 국민들은 그 늠름한 모습에 시선을 빼앗겼다.

물 흐르듯이 이어지던 기도의 말은 이윽고 여운을 남기면서 조용히 사라졌다.

에리카는 천천히 신전 끝으로 걸어 나가 광장에 모인 국민들을 향해 시선을 떨어뜨렸다.

"국민 여러분. 지금, 바람의 정령님으로부터 신탁이 내려왔습니다."

정숙이 찾아왔다.

국민들은 마른침을 삼키며 에리카가 고하는 신탁에 귀를 쫑긋 세웠다.

그리고 에리카는 이렇게 말을 이었다.

"──에리카 리히트슈타인을 오늘부터 새로운 국왕으로 삼을 것."

관중이 크게 술렁였다.

그들이 이 자리에 모인 이유는 아마 무의식중에 기대를 품었기 때문이리라. 이 나라에 자욱이 낀 답답한 무언가를 불식시켜 줄 만한, 그런 신탁에 대한 기대를. 국민들은 예상 밖의 내용에 서로 얼굴을 마주 보더니 소리 없는 목소리를 냈다.

에리카는 양손을 맞대며 깊게 사의를 표했다.

"에리카 리히트슈타인. 신탁에 따라 아버지 대신 삼가 국왕의 자리를 받잡겠습니다."

다들 아직 곤혹스러운 기색이었지만, 에리카는 괘념치 않고 소리를 높였다.

"그럼 새 국왕이 된 제가, 두 가지 지침을 여러분에게 전하고자 합니다."

그녀는 손가락 하나를 높게 세워 들었다.

"하나. 레바민트 왕국은 쇄국을 풀고, 나라를 개방하겠습니다."

커다란 술렁임이 끓어올랐다.

새 국왕은 수십 년 간 이어진 국가 방침을 손쉽게 뒤집었다.

그러나 에리카의 신성한 모습에 술렁임은 어느샌가 잦아들었다.

"여러분도 아시다시피, 얼마 전부터 레바민트 왕국에 불던 바람이 완전히 멈췄습니다. 자세한 내용은 조만간 전해 드리겠습니다만, 실은 우리 레바민트는 커다란 위협에 노출되었습니다. 정치 중핵에 어느샌가 흉악한 독이 스며들어 멸망의 길로 굴러떨어지기 일보 직전이었습니다."

군중에게 침묵이 드리워졌다.

정체가 무엇인지는 몰라도 바람이 멎었던 날부터, 그들은 분명하게 그 불안감을 피부로 느꼈으리라.

누군가가 침을 꿀꺽 삼키는 소리가 들렸다.

"나라의 문을 걸어 잠그고 틀어박힌 사이, 독은 더욱 깊게 스며들었습니다. 그리고 그 독을 없애준 것은 외부의 힘이었습니다. 우리가 지금까지 의식조차 기울이지 않았던, 타국의 선의있는 분들이 레바민트를 구원했습니다. 저는 이 은혜를 결코 잊을 수 없겠죠."

새 국왕은 낭랑하고 투명한 목소리로 말했다.

"지금 이 대륙은 커다란 전환기를 맞이하려고 합니다. 코앞만 바라볼 때가 아닙니다. 일어섭시다. 눈을 뜹시다. 그리고 이 나라의, 이 대륙의 미래를 확인합시다."

군중은 여전히 아무 말 없이 조용했다.

에리카는 천천히 고개를 끄덕이더니 두 번째 손가락을 세웠다.

"그리고, 둘. 내년부터 '신탁의 의식'을 중지하겠습니다."

새로운 술렁임이 해일처럼 끓어올랐다.

쇄국이 문제가 아니다. 백 년 이상 이어진, 이 나라의 근간이기도 한 의식을 그만두자고 말한 것이다.

그러나 에리카는 군중이 뿜어내는 강대한 압력을 정면에서 받아들였다.

"물론 바람의 정령님에 대한 신앙심은 여전할 거고, 신성한 기도를 드리는 의식은 앞으로도 계속될 겁니다. 하지만 우리는 신탁에 너무 의존한 것 같습니다."

우리—— 그것은 맹목적으로 신탁을 따르던 국민이기도 하고, 정령의 이름을 정치에 이용했던 정치 중핵이기도 하다.

"정령님의 존재는 마음의 지주로 삼아야 할 대상일 뿐, 쓸데없이 가르침을 청해서는 안 된다고 생각합니다. 왜냐하면 우리는 사람이기 때문입니다. 사람이 행하는 일은 죽을 힘을 다해서 사람이 고민하고, 성의있게 사람의 말로 전해야 하지 않을까요."

군중은 여전히 아무런 반응이 없었다.

에리카는 떨릴 것 같은 무릎을 쭉 뻗었다.

"앞으로 레바민트 왕국은 사람이 사람을 위해서 정치를 할 겁니다. 대화합시다. 말을 거듭합시다. 온갖 의견을 받아들이겠습니다. 충분히 사려 하겠습니다."

그리고 레바민트 왕국의 새 국왕은 마지막으로 이렇게 선언했다.

"변합시다. 이 나라의 내일을 위해서. 사람들의 훨씬 더 좋은 미래를 위해서. 부디, 저를 따라와 주시겠습니까?"

군중은 대답하지 않았다.

너무 급격한 변화가 이해되지 않는지, 하나같이 기묘한 표정을 지었다. 하지만——.

"어?"

"아?"

"오?"

그들은 일제히 얼굴을 마주 보았다.

바람이.

몇 달 전에 멈추었던 바람이, 지금 확실히 불었다.

마치 바람의 정령이 새 국왕과 레바민트의 앞길을 축복하는 것처럼.

그 직후, 커다란 함성이 터져 나왔다. 그리고 그 자리에 모인 국민들은 새로운 국왕에게 환영의 뜻을 드러냈다.

에리카는 입술을 꾸욱 다물고 눈꼬리에 맺힌 눈물을 닦은 다음 깊게 고개를 숙였다.

'신탁의 의식'이 끝나고, 에리카는 두 사람의 '최강'과 그 여동생, 종자와 마주했다.

"상당히 명연설이었네요. 레파 님께 발톱의 때라도 달여 드리고 싶을 지경입니다."

"잠깐, 로제린."

레파가 팔꿈치로 사용인을 쿡 찔렀다.

옆에 있던 메이가 조금 걱정스럽다는 듯이 물었다.

"하지만 새 국왕 취임에, 쇄국 철폐, 신탁의 의식 폐지라니, 그런 대개혁을 갑자기 선언해버려도 괜찮아요?"

에리카는 그들에게 미리 의도를 전했다.

레바민트 왕국의 새 국왕은 미소를 띠우며 답했다.

"네, 아버지의 허가도 받았으니까요. 아버지는 재난을 불러들여 어머니를 잃고, 국가를 위기에 빠뜨린 것을 마음속 깊이 후회하셨어요. 바뀌어야만 한다. 그렇게 말하며 중신들도 설득해주셨습니다."

그리고 에리카는 '블리자드 로즈'를 바라봤다.

"그리고, 레파 씨. 정말로 고맙습니다. 덕분에 모두의 지지를 얻을 수 있었어요."

마지막에 불었던 바람.

그것은 에리카가 레파에게 부탁한 마술이었다.

바람 마술은 '블리자드 로즈'의 전문이 아니다. 하지만 이 천재 마술사가 사전에 술식을 준비하기만 하면, 그 광장에 한순간 바람을 불게 하는 것쯤은 가능하리라.

아그니스가 벅벅 목덜미를 긁었다.

"그런데, '신탁의 의식'을 그만두기로 한 건, 앞으로 국민을 속이기 싫어서가 아니었던가?"

"물론 그것도 본심입니다. 이번에는 바람이 불었을 뿐이에요."

"말은 하기 나름이로군. 게다가 '신탁의 의식'을 폐지하겠
다고 했으면서, 약삭빠르게 신탁을 이용해서 새 국왕으로
취임했다는 느낌이 드는데……."

"그건…… 제 나름의 매듭이에요."

딱히 신탁을 이용하지 않더라도, 혈통 상 다음 국왕은 에
리카가 될 것이다.

실제로 '신탁의 의식'에 얽힌 거짓을 전부 밝힐까 하는 생
각도 했다. 그러나 그래서는 아무도 행복해지지 않는다. 그
래서 에리카는 선조로부터 길게 이어진 신탁을 자신이 마지
막으로 받아들이고 끝내기로 했다.

"이 나라의 과거와 거짓을 모두 이해하고서 새로운 미래
를 만들어가겠다는 결의이기도 합니다. 위정자란 그런 존
재랍니다, 아그니스 님."

"뭐, 너답기는 한 거 같아."

"칭찬으로 받아들일게요."

에리카는 쓴웃음을 짓는 '플레임 로드'를 흘겨보며 웃었다.

그때 레파가 조금 기쁜 듯이 끼어들었다.

"그런데, 에리카 씨. 그 바람, 내 마술이 아니야."

"……네?"

"마술을 발동시키려고 했더니 정말로 바람이 불더라고."

"……."

에리카는 할 말을 잃었다.

바람의 정령에게 의지 따위는 없다. 자신은 그 사실을 안다. 하지만——.

"명분이 어떻든, 더 좋은 나라를 만들고 싶다는 에리카 씨의 본심에 공감한 게 아닐까?"

"……."

잠시 말 없이 있던 에리카는, 눈꼬리를 손으로 누르면서 두 사람의 '최강'에게 깊이 고개를 숙였다.

"두 분 모두. 정말 감사합니다."

그리고 고개를 들어 생긋 미소 지으며 이렇게 말했다.

"꼭 한 가지 답례를 하고 싶은데, 괜찮을까요?"

Illustrations copyright © Umiko

에스키아 공화국의 수도 칸바할.

"설마, 상황이 이렇게 전개될 줄이야……."

사령관 랄프 레스터는 봉서 한 통을 훑으며 중얼거렸다.

그리고 그는 저택 현관 입구를 잰걸음으로 나아가 마차 안에 올라탔다. 그 후 등받이에 몸을 기댄 다음, 가늘게 뜬 눈으로 다시 한번 봉서에 적힌 내용을 확인했다.

"대신의 관으로 가줘. 모처럼 방침을 정했는데…… 군의를 다시 해야 해."

이그마르 왕국의 왕도 펜리르.

이자벨라 엘드리트는 왕궁의 한 방에서 편지 한 통을 손가락으로 집으며 조용히 말했다.

"후후……, 의외로 휘저어주는데에, 그 여자……."

원래 '최강'끼리의 맞선은 중개역인 신성교회의 체면을 세워주기 위한 형식적인 행사라는 성격이 강했다. 그리고 유력한 제삼자인 신성교회가 그 역할에서 내려온 지금, 양국의 동맹은 한없이 불가능에 가까워졌을 터였다.

"하지만…… 이러면 국내가 어지러워지겠네에."

이자벨라는 그렇게 말하며 봉서에서 손을 뗐다.

종이가 팔랑팔랑 춤추며 바닥에 떨어졌다.

그것은 레바민트 왕궁에서 온 공식 서한이었다. 계절 인사말 뒤에 삼국 회의에 관한 인사말이 이어지고, 마지막엔 이런 내용으로 끝을 맺었다.

기르강디아 제국의 간첩에 의해 멸망의 위기에 처했을 때, 당국은 에스키아 공화국의 아그니스 레스터 님과 이그마르 왕국 레파 엘드리트 님에게 구원을 받았습니다.

이웃 나라 연대의 필요성을 통감함과 동시에, 이 은혜를 꼭 갚고 싶습니다.

그런고로 양국의 오랜 발전을 기원하며, 신성교회 대신 레바민트 왕국이 두 분의 약혼 중개역을 맡고 싶습니다.

──두 사람의 좋은 벗으로서

레바민트 왕국 제16대 국왕 에리카 리히트슈타인

* * *

"에리카 님. 국민들의 얼굴이 전보다 활기찬 느낌입니다."

레바민트 왕국의 거성에서 거리의 모습을 내려다보며 시렌이 말했다.

"그럴지도 몰라."

시렌은 옆에서 온화하게 미소 짓는 에리카의 옆모습을 물끄러미 바라보았다.

"그런데…… 맞선 중개역을 자청해도 괜찮으신 건가요?"

"뭐가?"

"아니……, 그게…… 에리카 님은 '플레임 로드'를 정말로……."

"…………."

에리카는 잠시 입을 다문 후, 시선을 하늘 저편으로 돌렸다.

"여자에겐 지켜내야 할 명분도 있어. 게다가 '플레임 로드'에게 어울리는 건 내가 아니라는 사실을 잘 알았으니까. 이렇게 된 이상 오기를 부려서라도 두 사람을 행복하게 만들 거야."

"저는…… 에리카 님 곁에 있으니……."

"당연하잖아. 두고 가지 않겠다고 약속한 걸 잊었어? 넌 새롭게 조직하는 '블리츠'의 우두머리가 될 거잖아. 이번 사건으로 '블리츠'의 새로운 규칙을 만들 필요성도 생겼으니, 할 일이 태산이라고."

새 국왕이 된 지금, 처리해야 할 과제가 산처럼 쌓였다. 개혁 중엔 이번 사건보다 더 심한 고난과 맞닥뜨리는 일도 많으리라. 그래도 반드시 완수해 내야 한다.

──난, 근성만큼은 자신있으니까.

그렇게 마음을 다잡은 에리카는 시중인에게 진심 어린 웃음을 지어주었다.

"좋은 나라로 만들 테니 너도 똑바로 따라와."

"네!"

시원스러운 대답이다.

그에 호응하듯, 시원한 바람이 쏴아 불어 들어와 에리카와 시렌의 앞머리를 흔들었다.

* * *

한편, 에스키아와 이그마르 양국 국경 사이에 있는 신성교회 말라드리아구 부지에서는 그런 봉서가 오간다는 사실을 아직 모르는 '최강' 두 사람이 마주했다.

"뭐, 뭐야?"

"어, 그러니까."

아그니스가 화살로 편지를 쏘아 보내 레파를 불러낸 것이었다.

오랜만에 만난 두 사람은 서로를 제대로 바라보지 못했다. 시선이 마주칠 거 같으면 황급히 눈길을 돌리길 여러 번 반복했을 때.

"그게, 이걸 건네주려고."

아그니스가 품에서 꺼낸 작은 상자를 천천히 내밀었다.

"어, 앗……!"

상자를 받아든 레파는 저도 모르게 뺨을 붉게 물들였다. 머뭇머뭇 상자를 열자——.

"아니, 응……. 뭐, 그럴 줄 알았어……."

상자에 들어있던 건 은색으로 빛나는 주먹 씌우개였다.

"에리카에게서 넘겨받았던 거야. 일단 네게 줬던 거니까."

"흐응. 뭐, 받아둘게. 그거 무게가 딱 적당하지. 나도 좀 더 몸을 단련하려던 참이었어. 그럼 안녕."

"어, 그래."

레파는 곧바로 발길을 돌려 '플레임 로드'에게 등을 보였다.

"에리카……구나."

잰걸음으로 걸으면서 레파는 살며시 중얼거렸다.

아니, 그녀는 친구다. '플레임 로드'가 그 이름을 불러도 문제될 건 없다.

하지만 곰곰이 생각해 보니 '플레임 로드'는 레파를 단 한 번도 이름으로 부른 적이 없었다. 항상 '블리자드 로즈'라고만 부를 뿐.

아니, 레파 역시 '플레임 로드'라고만 불렀지만, 그건 이름 부르기가 부끄러워서 그런 것이 아니다. 어디까지나 두 사람의 관계성은 국가와 국가가 정한 것이기도 해서 허물없이 이름을 부르기가 꺼려질 뿐인데. 아아, 정말 잘 모르겠다.

투덜투덜 불평을 반복하고 있노라니, 뒤에서 '플레임 로드'의 목소리가 날아왔다.

"그럼 안녕, 레파."

"…………어?"

레파는 우뚝 멈춰섰다. 그리고 황급히 뒤를 돌아봤다. 그러자 '플레임 로드'는 이미 등을 보인 채 걷고 있는 중이었다.

"……어, 어어어엇? 자, 잠깐, 기, 기기, 기기기기기."

뺨을 붉힌 레파는 뻐끔뻐끔 입을 달싹일 뿐, 제대로 된 말 한마디도 하지 못했다.

갑자기 이름으로 부르다니 기습도 이런 기습이 없잖아! 이 타이밍에 공격해 올 줄은 상상도 못 했다. 그보다 혹시 나만 이름 문제에 신경 썼을까?

그렇게 생각하며 '플레임 로드'를 보자, 어느샌가 저 멀리까지 간 상태. 정말 믿을 수 없는 속도다.

혹시 쑥스러워하는 걸까?

레파는 쿡 미소 짓더니 크흠 헛기침을 했다.

그리고 주변을 몇 번이나 두리번두리번 확인한 다음 숨을 흐읍 들이마시고,

"그, 그럼 안녕……, 아, 아, 아그니스."

떠나가는 등을 향해서 그렇게 작게 중얼거렸다.

──마, 말했어!

그리고 도망치듯이 기세 좋게 몸을 돌린 레파는 그 자리에서 철퍼덕 넘어지고 말았다.

잠시 배를 깔고 바닥에 누워있던 레파는 이윽고 천천히 일어났다.

그런 다음 옷을 탁탁 털고 입가에 살짝 웃음을 띄우더니 경쾌한 발걸음으로 걷기 시작했다.

후기

안녕하세요, 히시카와 사카쿠입니다.
『최강끼리 맞선 본 결과』 2권을 읽어주셔서 감사합니다.

이번엔 새 히로인이 등장했습니다.
'최강' 두 사람과 비교해서 결코 실력은 강하지 않습니다만 상당히 강단있는 인물입니다. 한 마디로 강하다고 해도 그 종류가 다양하다는 내용을 쓰고 싶었달까, 단순히 삼각관계에 빠진 연애 숙맥 두 사람이 우물쭈물하는 모습을 쓰고 싶었달까. 아마 그 양쪽 다인 것 같은데, 그런 그들의 주거니 받거니를 즐겨주시기 바랍니다.

그나저나 전 지금 신칸센 안에서 이 후기를 쓰고 있습니다.
속세에 염증을 느껴 인간이라는 종이 존재하지 않는 먼 곳으로 도망치고 있습니다……라는 건 아니고, 제10회 GA문고대상 수상식이라는 행사에 참가하고 돌아가는 길입니다.
운 좋게도 제8회 GA문고대상 우수상을 받았었는데, 그 후 2년이 흘렀습니다. 어느새 신인이라고 말하기 어려워진 건 제쳐 놓고, 빠르게 흘러가는 차창밖 풍경에 시간의 흐름을 포개고 있었습니다. 그렇게 이젠 돌아갈 수 없는 과거를 떠올렸을 때 간식 카트가 찾아오더군요. 저는 슬며시 손을 들어 에키벤(駅弁: 일본 철도역에서 파는 도시락. 노선 및 지역에 따라 다양한 특색으로 유명)과 차를 샀습니다.

에키벤 맛있어요.

아니, 그게 아니라(에키벤은 맛있습니다만) 무슨 말을 하고 싶었는가 하면, 이번에 무사히 새 시리즈 2권을 전해드릴 수 있었던 것도 많은 분이 도와주신 결과입니다.

그런고로 감사 인사를 늘어놓도록 하겠습니다.

담당자인 오바라 님, GA문고 관계자 여러분, 서점 여러분, 항상 대단히 신세 지고 있습니다.

일러스트를 담당하신 U35 선생님께서는 이번에도 너무 귀여운 캐릭터를 그려주셨는데, 뭐랄까 정말 귀여워요. 일러스트가 도착할 때마다 한순간에 흥분이 최고치에 도달합니다. 이번 권 표지의 레파를 1권 표지의 표정과 비교해보면, 그 변화를 즐기실 수 있을지도 모릅니다.

GA문고 동기·선배 작가에게는 정말 큰 도움을 받고 있습니다. 앞으로도 잘 부탁드립니다.

평소 많은 응원을 보내주는 가족과 친구에게도 감사 인사를. 그리고 이 책을 읽어주신 독자 여러분께도 감사하단 말씀을 전하고 싶습니다.

그럼 또 뵐 수 있기를 기원하며.

SAIKYODOSHI GA OMIAI SHITA KEKKA 2
Copyright © 2018 Sakaku Hishikawa
Illustrations copyright © 2018 Umiko
Korean translation rights arranged with SB Creative Corp.
through Japan UNI Agency, Inc., Tokyo

최강끼리 맞선 본 결과 2

2019년 7월 24일 1판 1쇄 인쇄
2019년 8월 1일 1판 1쇄 발행

저　　자	히시카와 사카쿠
일러스트	우미코
옮 긴 이	정우주
발 행 인	유재욱
본 부 장	조병권
담당편집	이성호
편집 1팀	정영길 김민지 조찬희 이성호
편집 2팀	김다솜
편집 3팀	박상섭 김효연 임미나
디 자 인	강혜린 박은정
라 이 츠	박선희 오유진
디 지 털	최민성 박지혜
발 행 처	㈜소미미디어
등　　록	제2015-000008호
주　　소	서울시 마포구 토정로 222, 403호 (신수동, 한국출판콘텐츠센터)
판　　매	㈜소미미디어
제 작 처	코리아피앤피
마 케 팅	한민지 한주원
물　　류	허석용 최태욱
전　　화	편집부 (070)4164-3962, 3963 기획실 (02)567-3388
	판매 및 마케팅 (070)4165-6888, Fax (02)322-7665

ISBN 979-11-6389-613-5 04830
ISBN 979-11-6389-490-2 (세트)